Wie ein Fisch im Wasser

Geschichten vom Schwimmen

Mit einer exklusiven Geschichte von
Seraina Kobler

Ausgewählt von
Elke Ritzlmayr

Diogenes

Nachweis am Schluss des Bandes
Covermotiv: Illustration von Kate Jansen, ›Poolside Bliss‹

Originalausgabe

www.diogenes.ch
60/23/36/1
ISBN 978 3 257 24695 7

Inhalt

SERAINA KOBLER

Eisbadetage

Es gibt Tage im Frühling, die fühlen sich an wie Herbst. Mit von Nebelschwaden umhüllten Baumwipfeln und noch dürrem Geäst, das sich in schwarzen Regenpfützen spiegelt. Und es gibt Tage im Winter, die sich wie Frühling anfühlen. Wenn der Föhn plötzlich warme Luft durch die Alpentäler in den Norden bläst. Und Vögel singen und zwitschern, zwischen den Jahren, im dunklen Morgengrauen. Und bald darauf der Geruch nach Sonnenstrahlen durchs offene Fenster dringt und sich die Hochnebelschleier lichten, um einen tiefen Himmel freizugeben.

An solchen Tagen lässt sich die Zeit überlisten. Die gerade vergangene oder die erst kommende Jahreszeit wird zu einem Gegenüber, ein paar flüchtige Augenblicke lang. Vielleicht ist das der Grund, warum ich mich an einem eiskalten, aber strahlend klaren Tag im Februar aufmachte, um im Zürichsee zu baden. Letztlich war es eine einzige Vorstellung, die mich die nötige Überwindung aufbringen ließ. Nämlich mitten im Winter etwas zu tun, das zutiefst sommerlich ist.

Eisbadetage markieren ein Vorher und ein Nachher. Aus der gewohnten Zone raus, aus den Gewohnheiten. Dem Reflex, die Heizung raufzudrehen, etwas entgegensetzen, die Kraft der eigenen Wärme. Lange waren die Jahreszeiten für die Menschen Schicksal, unumkehrbar. Der Jahreszeit zu entkommen ist ein alter Traum, lange bevor Reiseerfahrungen für alle möglich waren, lange bevor es Erdbeeren im Winter gab. Gespeichert, vielleicht in den Zellen unserer Vorfahren, ganz sicher aber in ihren Träumen und Geschichten. In Erzählungen von ewigem Leben, von versteckten Gärten, in denen auch im Winter exotische Blumen blühen und honigsüße Früchte gedeihen. Denn die Jahreszeiten in den Händen zu halten ist wie die Zeit selbst in den Händen zu halten.

An jenem Februartag stand unverhofft bereits eine Dame vor der Parkbank, dahinter die verwaiste Badeanstalt, die im Winter auch als Park zugänglich ist, und rubbelte sich trocken, während ein paar schneeweiße Schwäne vor dem Alpenpanorama trieben. Die Dame eine Komplizin, war begeistert von kaltem Wasser, seit vielen Jahren. Es gibt eigentlich nur eine Regel, sagte sie: Rein – und dann einfach immer ausatmen.

Erstaunlicherweise war es einfacher als an einem heißen Sommertag, wenn die Kluft zwischen Wassertemperatur und Luft größer ist. Wenn du bei vier Grad Außentemperatur in vier Grad kaltes Wasser läufst, dann ist beides vor allem eines – kalt. Aber wenigstens gleich kalt. Natürlich brennt es auf der Haut, natürlich gibt es die Nadelstiche an der empfindlichen Zone am Nacken. Aber gleichzeitig bist du hellwach und klar. Und ein paar Schwimmzüge lang, oder bis zur nächsten Boje, schrumpft alles im Leben auf das Wesentliche zusammen. Es gibt nur noch eine Regel: Einfach immer ausatmen.

Für den Rest eines Eisbadetages hat dein Gesicht einen

strahlenden Schimmer und dazu ein breites Lächeln. Denn im Sommer nach einer Orange zu verlangen bedeutet, den nächsten Winter erleben zu wollen. Und im Winter im See schwimmen zu gehen bedeutet, den nächsten Sommer erleben zu wollen.

Und im kalten Wasser sind beide ein paar Minuten lang eins.

MAX AUB

Vom Schwimmen

Schock. Das Wasser, an der Oberfläche hart, weich im Innern. Und die Kühle, die ganz und gar einhüllt, lükkenlos. Betreten einer anderen Welt, erneutes Erwachen. Sich wie ein Fisch fühlen dürfen, für einen Moment.

Einen Arm aus dem Wasser heraus nach vorn werfen, ihn wieder eintauchen, um es zu zerteilen, wieder den andern herausheben. Und dasselbe noch einmal. Durchpflügen, durchqueren, sich seinen Weg bahnen. Vom Beinschlag vorangeschoben, getragen von der eigenen, beruhigenden Kraft. Wenn er jetzt innehielte, ginge er unter. Sich in einem anderen Element bewegen, es sanft bezwingen. Das Meer ward nicht für die Menschen, doch es ist wie geschaffen für den Menschen und seine Tätigkeit. Kopf hoch, Mund auf, einatmen, und nochmal, und nochmal. Ein Arm, der andere, Kopf hoch. Aufschlitzen, zerteilen, durchqueren, zerschneiden: die Schulter eine Klinge. Die Arme Windmühlenflügel, die Beine Motor. Das Wasser, bezwungen und zahm. Es trägt ihn. Die Hände Schaufeln, die versuchen, mit rhythmischen Schlägen so weit wie möglich auszugreifen. Weiter! Weiter! Wer zieht an ihm? Wer schiebt? Wer denkt sich das aus? Die Arme flüchtige Bögen, versunkene Brücken, die gleich wieder auftauchen. Wonne des salzigen, kühlen Wassers. Freundschaftliche Umarmung. Glücklich, sich sicher zu fühlen, getragen von seinem Willen und seiner Kraft. Jetzt reicht ein sachtes Kreisen der Arme, um ihn zu tragen. Er dreht um. In der Ferne sieht er den Strand und das Grün der Palmen. Alles klein, wie Spielzeug. Vergeblich wirft die Sonne ihre Strahlen auf sein Haar. An seiner Kehle spürt Enrique das kühle Wasser wie ein Halsband. Mit einem einfachen Stoß der Wirbelsäule kommt er rücklings auf das besiegte Meer zu liegen. Still, Stille: den toten Mann machen. Toter Mann: ein Stamm werden, Holz. Jetzt ist er aus Holz und treibt dahin. Treibt mit dem Wind, hart an der Wasserlinie, zwischen zwei Elementen, Gedankenstrich. Sich treiben lassen. Regungslos die Überlegenheit zur Schau stellen. Gelassenheit: unter sich Leere, über sich Leere. Leere trägt ihn und koppelt ihn an eine andere Leere. Die Augen schließen. Punkt. Geschlossen, in sich verschlossen durch das ganze Mittelmeer treiben. Gottesopfer. Nichts hören, nichts, absolut gar nichts. Nur die rötliche Sonne durch die Lider.

– Wenn ich will, sehe ich es nicht.

Welche Erholung, vollständig, ewig! Geliebte Einsamkeit, auf allen Seiten von Leben umgeben. Eine Möwe und ihr Schatten jagen an ihm vorüber. Sich treiben lassen. Nicht sein, Dasein. Unerschöpfliche Langsamkeit.

Eine halbe Drehung, wieder kraulen, wieder ganz Sieger. Erfüllt, in Kenntnis der eigenen Grenzen, im Wissen, bis wohin man gelangt, wohin man geht, in der Gewißheit, den Hafen zu erreichen, zu landen. Sich vollständig fühlen, von den Fingernägeln bis zu den Fußnägeln, wie man sich nie auf festem Boden fühlen kann, wo man sich immer auf etwas stützt.

Er treibt die ungeheuren Wasser auseinander, bezwingt sie, herrscht darin, zerteilt sie mit den Schultern, dringt in sie, verletzt sie: sie tragen ihn. Er ackert, öffnet, reißt, durchtrennt, spaltet, pflügt gleichmäßig: eins, zwei, eins, zwei, eins, zwei. Ein Arm voran und freundliche Kühle. Zurückschwimmen eben.

JOHN CHEEVER

Der Schwimmer

Es war einer jener Sonntage im Hochsommer, an denen alle Leute herumsitzen und sagen: »Ich hab gestern Abend zu viel getrunken.« Man hätte hören können, wie es sich die Gemeindemitglieder beim Verlassen der Kirche zuflüsterten, man hätte es von den Lippen des Geistlichen hören können, der sich im Vestiarium mit seinem Talar abmühte, man hätte es auch auf den Golf- und Tennisplätzen oder im Naturschutzgebiet hören können, wo der Leiter der Audubon-Gruppe einen furchtbaren Kater hatte. »Ich hab zu viel getrunken«, sagte Donald Westerhazy. »Wir haben alle zu viel getrunken«, sagte Lucinda Merrill. »Es muss am Wein liegen«, behauptete Helen Westerhazy. »Ich hab zu viel von dem Rotwein getrunken.«

Man saß am Schwimmbecken der Westerhazys, das sich aus einem artesischen Brunnen mit stark eisenhaltigem blassgrünem Wasser speiste. Es war ein schöner Tag. Im Westen türmte sich eine wuchtige Wolkenwand auf, die aus der Ferne – wie vom Bug eines auf die Küste zusteuernden Schiffes – so sehr einer Stadt glich, dass man geneigt war, ihr einen Namen zu geben. Lissabon. Hackensack. Die Sonne brannte. Neddy Merrill saß an dem grünen Wasser, eine Hand hineingetaucht, in der anderen ein Glas Gin. Er war ein schlanker Mann – von ausgesprochen jugendlicher

Schlankheit –, und obwohl er ganz und gar nicht mehr jung war, war er an jenem Morgen das Treppengeländer hinuntergerutscht, hatte der bronzenen Kehrseite der Aphrodite auf dem Dielentisch einen Klaps gegeben und war auf das nach Kaffee duftende Esszimmer zugetrabt. Man hätte ihn mit einem Sommertag vergleichen können, besonders mit dessen letzten Stunden, und obwohl er weder einen Tennisschläger noch einen Segelsack dabeihatte, vermittelte er den Eindruck von Jugend, Sport und schönem Wetter. Er war schwimmen gewesen und holte nun tief und schnaufend Luft, als könnte er die einzelnen Elemente jenes Moments in seine Lunge saugen – die Wärme der Sonne, sein tiefes Glücksgefühl, alles schien in seine Brust zu strömen. Sein eigenes Haus stand in Bullet Park, zwölf Kilometer südlich, und dort hatten seine vier hübschen Töchter vermutlich bereits zu Mittag gegessen und spielten jetzt Tennis. Plötzlich kam ihm in den Sinn, dass er einen Bogen nach Südwesten schlagen und auf dem Wasserweg zu seinem Haus gelangen könnte.

Er empfand sein Leben nicht als beengend, und die Freude an seinem Einfall ließ sich nicht durch die damit verbundenen Fluchtvorstellungen erklären. Ihm war, als sähe er die Kette der Schwimmbecken, den gleichsam unterirdischen Strom, der sich durch den ganzen Bezirk zog, mit den Augen eines Kartografen vor sich. Er hatte eine Entdeckung gemacht, einen Beitrag zur modernen Geografie geleistet und würde den Strom nach seiner Frau Lucinda nennen. Er war weder ein Witzbold noch ein Narr, legte jedoch auf Originalität größten Wert und hegte die unbestimmte, bescheidene Vorstellung, eine legendäre Gestalt zu sein. Es war ein wunderbarer Tag, und eine lange Schwimmtour schien ihm wie geschaffen, diesen Tag noch zu verschönern und zu feiern.

Er streifte den Pullover ab, der über seinen Schultern hing, und sprang ins Wasser. Für Männer, die sich nicht kopfüber in Schwimmbecken stürzten, empfand er eine unerklärliche Verachtung. Er schwamm mit kräftigen Kraulschlägen, holte entweder nach jedem oder nach jedem vierten Schlag Luft und zählte im hintersten Winkel seines Bewusstseins das Eins-zwei, Eins-zwei seines Beinschlags mit. Dieser Stil war für längere Strecken ungeeignet, aber mit der Ausbreitung des Schwimmsports hatten sich bestimmte Gepflogenheiten herausgebildet, und in dieser Gegend der Welt war es nun einmal üblich zu kraulen. Von dem hellgrünen Wasser umschlossen und getragen zu werden, kam ihm nicht wie ein Vergnügen, sondern wie die Rückkehr in einen Naturzustand vor, und er wäre gern ohne Badehose geschwommen, doch bei seinem Vorhaben war das unmöglich. Auf der anderen Seite zog er sich am Beckenrand hoch – die Leiter benutzte er nie – und lief über den Rasen. Als Lucinda fragte, was er vorhabe, erwiderte er, er wolle nach Hause schwimmen.

Die einzigen Landkarten und Skizzen, nach denen er sich richten konnte, entsprangen seiner Erinnerung und seinem Vorstellungsvermögen, doch sie waren klar genug. Zuerst kamen die Grahams, die Hammers, die Lears, die Howlands und die Crosscups. Er würde die Ditmar Street überqueren, um zu den Bunkers und, ein kleines Stück weiter, zu den Levys, den Welchers und zum öffentlichen Schwimmbad in Lancaster zu gelangen. Dann kamen die

Hallorans, die Sachses, die Biswangers, Shirley Adams, die Gilmartins und die Clydes. Es war ein herrlicher Tag, und er empfand es als Gnade, als Wohltat, in einer Welt zu leben, die so reichlich mit Wasser versorgt war. Sein Herz schlug höher, und er lief übers Gras. Die ungewöhnliche Route, die er auf dem Heimweg einschlagen wollte, gab ihm das Gefühl, ein Pilger, ein Forscher, ein Mann mit einem Schicksal zu sein, und er wusste, dass er unterwegs überall Freunde finden würde, dass die Ufer des Lucinda River von Freunden gesäumt sein würden.

Er zwängte sich durch eine Hecke, die das Grundstück der Westerhazys von dem der Grahams trennte, ging unter blühenden Apfelbäumen hindurch, vorbei an dem Schuppen, der die Pumpe und den Filter beherbergte, und kam am Schwimmbecken der Grahams heraus. »Hey, Neddy«, sagte Mrs Graham, »das ist ja eine Überraschung. Ich hab den ganzen Morgen versucht, dich anzurufen. Komm, ich hol dir einen Drink.« Da begriff er, wie alle Forscher, dass angesichts der gastfreundlichen Bräuche und Gepflogenheiten der Eingeborenen Vorsicht geboten war, wenn er sein Ziel jemals erreichen wollte. Er wollte die Grahams weder verwirren noch unhöflich erscheinen, aber er hatte keine Zeit, länger zu bleiben. Er durchquerte ihr Schwimmbecken, setzte sich in der Sonne zu ihnen und wurde wenig später erlöst, als zwei Autos mit Freunden aus Connecticut eintrafen. Während der stürmischen Begrüßungsszenen konnte er sich heimlich davonschleichen. Er ging an der Stirnseite des Hauses vorbei, stieg über eine Dornenhecke und gelangte über ein unbebautes Grundstück zu den Hammers. Mrs Hammer blickte von ihren Rosen auf und sah ihn vorbeischwimmen, ohne genau zu wissen, wer das war. Die Lears hörten, wie er an den offenen Fenstern ihres Wohnzimmers vorbeikraulte. Die Howlands und die Crosscups waren nicht zu Hause. Als er das Grundstück der Howlands verließ, überquerte er die Ditmar Street und machte sich auf den Weg zu den Bunkers, wo er schon von Weitem den Lärm einer Party hörte.

Stimmen und Gelächter hallten vom Wasser wider und schienen in der Luft zu schweben. Das Schwimmbecken der Bunkers lag auf einer Anhöhe, und er stieg die Stufen zu einer Terrasse hinauf, auf der fünfundzwanzig bis dreißig Personen standen und tranken. Der einzige Mensch im Wasser war Rusty Towers, der in einem Schlauchboot trieb. Ach, wie schön und üppig war es doch an den Ufern des Lucinda River! Glückliche Männer und Frauen versammelten sich an den saphirblauen Wassern, während ihnen die weißbejackten Kellner des Partyservice-Unternehmens kalten Gin reichten. Am Himmel flog ein rotes De-Haviland-Übungsflugzeug mit der Ausgelassenenheit eines schaukelnden Kindes einen Kreis nach dem anderen. Ned empfand bei diesem Anblick eine flüchtige Rührung, eine zärtliche Regung für die Versammlung, wie für etwas Anziehendes, Greifbares. In der Ferne hörte er Donnergrollen. Als Enid Bunker ihn sah, kreischte sie sofort: »Ach, seht mal an, wer da kommt! Was für eine Überraschung! Als Lucinda gesagt hat, du könntest nicht kommen, wäre ich fast gestorben.« Sie bahnte sich einen Weg durch die Menge, und als sie sich geküsst hatten, führte sie ihn zur Bar. Doch sie kamen nur langsam voran, denn er musste mehrmals stehen bleiben, um acht bis zehn weitere Frauen zu küssen und ebenso vielen Männern die Hand zu schütteln. Ein lächelnder Barkeeper, wie er ihn schon auf Hunderten von Partys gesehen hatte, gab ihm einen Gin Tonic, und er blieb einen Augenblick an der Theke stehen, bestrebt, sich in kein Gespräch verwickeln zu lassen, das seine Reise verzögern konnte. Als er eingekreist zu werden drohte, sprang er ins Wasser und schwamm dicht am Rand entlang, um nicht mit Rustys Schlauchboot zusammenzustoßen. Auf der anderen Seite des Beckens wich er mit breitem Lächeln den Tomlinsons aus und trottete den Gartenweg hinauf. Der Kies schnitt ihm in die Fußsohlen, doch das war die einzige Unannehmlichkeit. Die Party spielte sich nur rings um das Schwimmbecken ab, und als er auf das Haus zuging, verhallte das glitzernde, wässrige Stimmengewirr, und er hörte das Radio in der Küche der Bunkers, wo jemand der Übertragung eines Baseballspiels lauschte. Sonntagnachmittag. Zwischen den parkenden Autos hindurch ging er an der Raseneinfassung der Einfahrt entlang zur Alewives Lane. Auf der Straße wollte er nicht in seiner Badehose gesehen werden, doch es herrschte kein Verkehr, und er gelangte unbemerkt zur Einfahrt der Levys, zu erkennen an einem Schild mit der Aufschrift PRIVATBESITZ und einem grünen, rohrförmigen Behälter für die *New York Times*. Alle Türen und Fenster des großen Hauses standen offen, doch ansonsten gab es kein Lebenszeichen. Nicht einmal ein Hund bellte. Er ging ums Haus herum zum Schwimmbecken und sah, dass die Levys erst vor Kurzem weggefahren sein mussten. An der tiefen Seite des Beckens, wo sich ein Umkleidehäuschen oder Pavillon mit japanischen Lampions befand, standen auf einem Tisch Gläser, Flaschen und

Schalen mit Nüssen. Als er das Becken durchquert hatte, holte er sich ein Glas und goss sich etwas zu trinken ein. Es war sein vierter oder fünfter Drink, und er hatte fast die Hälfte des Lucinda River durchschwommen. Er fühlte sich müde und sauber und war in jenem Augenblick froh, allein zu sein, froh über alles.

Ein Unwetter stand bevor. Die Wolkenwand, die wie eine Stadt ausgesehen hatte, hatte sich ausgedehnt und verfinstert, und wie er so dasaß, hörte er wieder das Grollen des Donners. Das De-Haviland-Übungsflugzeug kreiste noch immer am Himmel, und Ned hatte das Gefühl, er könne den Piloten geradezu vor Freude über den Nachmittag lachen hören, doch beim nächsten Donnerschlag machte er sich mit seiner Maschine auf den Heimweg. Das Signal eines Zuges ertönte, und Ned fragte sich, wie spät es inzwischen wohl war. Vier? Fünf? Er stellte sich den Provinzbahnhof um diese Uhrzeit vor, wo vermutlich ein Kellner, den Smoking unter einem Regenmantel verborgen, ein Zwerg mit einem in Zeitungspapier gewickelten Blumenstrauß und eine Frau mit tränengeröteten Augen auf den Nahverkehrszug warteten. Plötzlich wurde es dunkel, es war der Augenblick, in dem die winzigen Vögel eine eindringliche Vorahnung des aufziehenden Gewitters in ihren Gesang zu legen scheinen. Dann kam aus der Krone einer hinter ihm stehenden Eiche ein feines Rauschen, als hätte jemand einen Wasserhahn aufgedreht. Und schon plätscherte es aus den Baumkronen aller hohen Bäume wie aus einem Springbrunnen. Warum fand er an Gewittern so viel Gefallen, was hatte die Aufregung zu bedeuten, die er verspürte, wenn die Tür aufsprang und Regenböen die Treppe hinauffegten, warum kam ihm die schlichte Aufgabe, die Fenster eines alten Hauses zu schließen, so angemessen und notwendig vor, und warum hatte das erste Regengeprassel eines Gewittersturms für ihn den unverkennbaren Klang guter Nachrichten, heiterer, froher Botschaften? Plötzlich ertönte ein lauter Knall, es roch nach Schießpulver, und der Regen peitschte die japanischen Lampions, die Mrs Levy vorletztes Jahr in Kyoto gekauft hatte, oder war es im Jahr davor gewesen?

Er blieb in der Gartenlaube der Levys, bis sich das Gewitter verzogen hatte. Die Luft hatte sich durch den Regen stark abgekühlt, und er fröstelte. Der stürmische Wind hatte die gelbroten Blätter eines Ahorns abgerissen und sie über den Rasen und das Wasser verstreut. Da noch Hochsommer war, musste der Baum wohl von Trockenfäule befallen sein. Dennoch stimmte ihn dieses Zeichen des Herbstes seltsam traurig. Er straffte die Schultern, leerte sein Glas und machte sich auf den Weg zum Schwimmbecken der Welchers. Das hieß, er musste den Reitplatz der Lindleys überqueren, und zu seinem Erstaunen stellte er fest, dass er mit Gras überwuchert war und man alle Hindernisse abgebaut hatte. Er fragte sich, ob die Lindleys ihre Pferde verkauft oder sie in Pflege gegeben hatten, um den Sommer über verreisen zu können. Irgendetwas glaubte er über die Lindleys und ihre Pferde gehört zu haben, konnte sich jedoch nicht mehr genau erinnern. Er ging weiter, barfuß durchs nasse Gras, zu den Welchers, wo er das Schwimmbecken leer vorfand.

Diese Unterbrechung seiner Wasserkette enttäuschte ihn maßlos, und er kam sich vor wie ein Forscher, der auf der Suche nach einem reißenden Gebirgsquell nur ein ausgetrocknetes Bachbett vorfindet. Er war enttäuscht und verwirrt. Es war durchaus üblich, den Sommer über zu verreisen, aber deshalb ließ man doch nicht das Wasser aus dem Schwimmbecken ab. Die Welchers waren bestimmt weggezogen. Die Gartenmöbel waren zusammengeklappt, gestapelt und mit einer Plane abgedeckt worden. Das Badehäuschen war zugesperrt. Alle Fenster des Hauses waren geschlossen, und als er nach vorn zur Einfahrt ging, sah er das an einen Baum genagelte Schild mit der Aufschrift ZU VERKAUFEN. Wann hatte er zum letzten Mal etwas von den Welchers gehört – das heißt, wann hatten er und Lucinda zum letzten Mal eine ihrer Einladungen zum Abendessen ausgeschlagen? Es kam ihm vor, als wäre es erst vor einer Woche gewesen. Ließ ihn sein Gedächtnis im Stich, oder hatte er es so darauf gedrillt, unerfreuliche Tatsachen zu verdrängen, dass sein Wirklichkeitssinn beeinträchtigt war? In der Ferne hörte er jemanden Tennis spielen. Das munterte ihn auf und verscheuchte seine Befürchtungen, und plötzlich waren ihm der bedeckte Himmel und die kalte Luft völlig gleichgültig. Dies war der Tag, an dem Neddy Merrill durch den ganzen Bezirk schwamm. Ein großer Tag! Dann nahm er den schwierigsten Abschnitt in Angriff.

Wäre man an jenem Sonntagnachmittag mit dem Auto unterwegs gewesen, hätte man vielleicht gesehen, wie er halbnackt auf dem Seitenstreifen der Route 424 stand und auf eine Gelegenheit wartete, die Straße zu überqueren. Vermutlich hätte man sich gefragt, ob er einem Verbrechen zum Opfer gefallen war, eine Autopanne gehabt hatte oder lediglich ein Spinner war. Wie er dort barfuß in dem am Highway herumliegenden Müll stand – Bierdosen, Lappen und Reifenflicken –, der Lächerlichkeit preisgegeben, gab er ein mitleiderregendes Bild ab. Er hatte bereits beim Aufbruch gewusst, dass dieses Hindernis zu seiner Reise gehörte – es fand sich auf seinen Landkarten –, doch als er sich den Autokolonnen gegenübersah, die sich durch das Sommerlicht schlängelten, begriff er, dass er nicht darauf vorbereitet war. Die Leute lachten ihn aus, verhöhnten ihn, einer warf eine Bierdose nach ihm, und er konnte dieser Situation keine Würde und keinen Humor entgegensetzen. Er hätte zu den Westerhazys zurückkehren können, wo Lucinda wohl immer noch in der Sonne saß. Er hatte nichts unterschrieben, keinen Schwur abgelegt, nichts versprochen, nicht einmal sich selbst. Warum war er trotz seiner Überzeugung, dass auch der halsstarrigste Mensch gesundem Menschenverstand zugänglich ist, außerstande umzukehren? Warum war er fest entschlossen, seine Reise zu vollenden, selbst wenn er dabei sein Leben riskierte? Wann war dieser Ulk, dieser Scherz, diese Alberei in bitteren Ernst umgeschlagen? Er konnte nicht umkehren, er konnte sich nicht einmal mehr das grüne Wasser der Westerhazys mit aller Deutlichkeit ins Gedächtnis rufen, geschweige denn das Gefühl, die Elemente des Tages in sich aufzusaugen, oder die angenehmen, entspannten Stimmen seiner Freunde, die sagten, sie hätten zu viel getrunken. Innerhalb einer Stunde hatte er einen Weg zurückgelegt, der ihm die Rückkehr unmöglich machte.

Ein alter Mann, der mit fünfundzwanzig Stundenkilometern den Highway entlanggondelte, gestattete ihm, auf den Grünstreifen in der Straßenmitte zu gelangen. Hier war er dem Spott der Leute ausgesetzt, die nordwärts fuhren, doch nach zehn, fünfzehn Minuten gelang es ihm, die Fahrbahn zu überqueren. Von dort war es nicht weit bis zum Freizeitzentrum am Ortsrand von Lancaster, wo es mehrere Handballfelder und ein öffentliches Schwimmbad gab.

Die Auswirkung des Wassers auf die Stimmen, die Illusion des Glitzerns und Schwebens, war hier dieselbe wie bei den Bunkers, allerdings klang alles lauter, schroffer und schriller, und kaum hatte er das von Menschen wimmelnde Gelände betreten, sah er sich mit Reglementierungen konfrontiert. ALLE SCHWIMMER MÜSSEN SICH VOR DEM BETRETEN DES BECKENS DUSCHEN. ALLE SCHWIMMER MÜSSEN DAS FUSSBAD BENUTZEN. ALLE SCHWIMMER MÜSSEN IHRE EINTRITTSMARKE TRAGEN. Er duschte, wusch sich in einer trüben, scharfen Lösung die Füße und begab sich zum Beckenrand. Das Wasser stank nach Chlor und kam ihm wie eine schmutzige Brühe vor. Zwei Bademeister saßen auf ihren Türmen, ließen in regelmäßigen Abständen ihre Trillerpfeifen ertönen und beschimpften die Schwimmer über eine Lautsprecheranlage. Neddy dachte sehnsüchtig an das saphirblaue Wasser der Bunkers und befürchtete, er könnte sich eine Krankheit zuziehen und seinem Charme und Wohlergehen schaden, wenn er in dieser Brühe schwamm, doch er rief sich ins Gedächtnis, dass er ein Forscher, ein Pilger war und es sich nur um eine brackige Schleife des Lucinda River handelte. Übellaunig vor Ekel sprang er in die Chlorbrühe und musste den Kopf über Wasser halten, um mit niemandem zusammenzuprallen, wurde aber dennoch gestoßen, bespritzt und angerempelt. Als er im flachen Teil des Schwimmbeckens anlangte, brüllten die beiden Bademeister ihm zu: »He, Sie da, Sie ohne Eintrittsmarke, verlassen Sie sofort das Becken.« Er gehorchte, aber sie hatten keine Möglichkeit, ihn zu verfolgen, und er ging in der sonnenöl- und chlorgeschwängerten Luft durch die Umzäunung nach draußen und dann an den Handballfeldern vorbei. Er überquerte die Straße und betrat das Waldstück, das zum Besitz der Hallorans gehörte. Zwischen den Bäumen wucherten Sträucher, und es ging durch tückisches, schwieriges Gelände, bis er den Rasen und die gestutzte Buchenhecke erreichte, die das Schwimmbecken umschloss.

Die Hallorans waren gute Freunde, ein steinreiches älteres Ehepaar, das sich darin zu sonnen schien, dass man sie für Kommunisten hielt. Sie waren eifrige Weltverbesserer, aber keine Kommunisten, und doch schien es sie in freudige Erregung zu versetzen, wenn man sie, wie es mitunter vorkam, subversiver Umtriebe bezichtigte. Ihre Buchenhecke war gelb, und Neddy vermutete, dass sie, wie der Ahorn der Levys, von Trockenfäule befallen war. Er rief: »Hallo, hallo!«, um die Hallorans auf sein Kommen vorzubereiten und die Störung ihrer Privatsphäre abzumildern. Aus irgendwelchen unerfindlichen Gründen trugen die Hallorans keine Badekleidung. Eigentlich waren auch keine Erklärungen nötig. Ihre Nacktheit war nur eine Begleiterscheinung ihres kompromisslosen Reformeifers, und Ned zog höflich die Badehose aus, bevor er durch die Öffnung in der Hecke trat.

Mrs Halloran, eine füllige Frau mit weißem Haar und

unbekümmerter Miene, las gerade die *Times.* Mr Halloran fischte mit einem Schöpfnetz Buchenblätter aus dem Wasser. Anscheinend waren die beiden weder überrascht noch verärgert, ihn zu sehen. Ihr Schwimmbecken war vielleicht das älteste im ganzen Land, ein Rechteck aus Feldsteinen, das sich aus einem Bach speiste. Es gab weder einen Filter noch eine Pumpe, und das Wasser hatte denselben trüben Goldton wie der Bach.

»Ich schwimme durch den Bezirk«, sagte Ned.

»Ich wusste gar nicht, dass das geht«, rief Mrs Halloran.

»Also, von den Westerhazys bis hierher hab ich's geschafft«, erwiderte Ned. »Das dürften ungefähr sechs Kilometer sein.«

Er legte seine Badehose auf der tieferen Seite ab, begab sich auf die andere Seite und schwamm zurück. Als er sich am Beckenrand hochzog, hörte er Mrs Halloran sagen: »Hat uns schrecklich leidgetan, als wir von deinen ganzen Fehlschlägen gehört haben, Neddy.«

»Meinen Fehlschlägen?«, fragte Ned. »Ich weiß gar nicht, was du meinst.«

»Na ja, wir haben gehört, du hättest das Haus verkauft, und dass deine armen Kinder ...«

»Ich kann mich nicht erinnern, dass ich das Haus verkauft hätte«, entgegnete Ned, »und meine Töchter sind zu Hause.«

»Ja«, sagte Mrs Halloran seufzend. »Ja ...« In ihrer Stimme schwang eine unangebrachte Schwermut mit, und Ned sagte aufmunternd: »Danke fürs Schwimmen.«

»Gute Reise«, sagte Mrs Halloran.

Hinter der Hecke zog er die Badehose wieder an und

schnürte sie zu. Sie saß locker, und er überlegte, ob er im Laufe eines Nachmittags so viel abgenommen haben konnte. Er fror und war müde, die nackten Hallorans und ihr dunkles Wasser hatten ihn deprimiert. Die Schwimmtour überstieg seine Kräfte, aber wie hätte er das ahnen sollen, als er am Morgen das Treppengeländer hinuntergerutscht war und bei den Westerhazys in der Sonne gesessen hatte? Er konnte kaum noch die Arme bewegen. Seine Beine waren wie Gummi und schmerzten in den Gelenken. Aber am schlimmsten war die Kälte, die ihm in den Knochen saß, und das Gefühl, dass ihm nie wieder warm sein würde. Ringsum fielen Blätter herab, und im Wind roch er Holzrauch. Wer verbrannte denn um diese Jahreszeit Holz?

Er brauchte einen Drink. Der Whiskey würde ihn wärmen, ihm neue Kraft verleihen, ihm helfen, das letzte Stück seiner Reise zu bewältigen, ihm das Gefühl zurückgeben, dass es originell und heldenmütig war, durch den ganzen Bezirk zu schwimmen. Kanalschwimmer tranken Brandy. Er brauchte einen Schluck Alkohol. Er überquerte den Rasen vor dem Haus der Hallorans und ging auf einem schmalen Pfad zu dem Haus, das sie für ihre einzige Tochter Helen und deren Mann Eric Sachs gebaut hatten. Das Schwimmbecken der Sachses war klein, und dort fand er Helen und ihren Mann.

»Ach, *Neddy*«, sagte Helen. »Hast du bei Mutter zu Mittag gegessen?«

»Eigentlich nicht«, sagte Ned. »Aber ich hab bei deinen Eltern vorbeigeschaut.« Diese Erklärung schien ihr zu genügen. »Tut mir schrecklich leid, dass ich euch so überfalle, aber ich hab mich verkühlt und wollte euch fragen, ob ich einen Drink bekommen kann.«

»Ich würde dir gern was geben«, erwiderte Helen, »aber seit Erics Operation haben wir nichts mehr im Haus. Das ist schon drei Jahre her.«

Litt er an Gedächtnisverlust, hatte er aufgrund seiner Fähigkeit, alles Schmerzliche zu verdrängen, vergessen, dass er sein Haus verkauft hatte, dass seine Kinder in Schwierigkeiten steckten und sein Freund krank gewesen war? Er ließ den Blick von Erics Gesicht zu seinem Bauch gleiten, wo er drei blasse Operationsnarben sah, zwei davon mindestens dreißig Zentimeter lang. Sein Nabel war verschwunden, und Neddy überlegte, was die Hand, wenn sie um drei Uhr nachts im Schlaf nach ihrem Mann tastete, mit einem Bauch ohne Nabel anfangen sollte, ohne Verbindung zur Geburt, mit diesem Bruch der Nachfolge?

»Bei den Biswangers bekommst du bestimmt einen Drink«, sagte Helen. »Da findet eine Riesenparty statt. Das hört man bis hier. Hör mal!«

Sie hob den Kopf, und über die Straße, die Rasenflächen, die Gärten, den Wald und die Felder hinweg hörte er wieder das glitzernde Stimmengewirr über dem Wasser. »Tja, ich feuchte mich mal kurz an«, sagte er, immer noch überzeugt, dass er sich sein Fortbewegungsmittel nicht frei aussuchen konnte. Er sprang in das kalte Wasser der Sachses und legte keuchend, dem Ertrinken nahe, den Weg bis zur anderen Seite des Beckens zurück. »Lucinda und ich würden euch furchtbar gern mal wieder besuchen«, sagte er über die Schulter hinweg, das Gesicht bereits dem Grundstück der Biswangers zugekehrt. »Tut uns leid, dass wir so lange nicht da waren, aber wir melden uns bald.«

Auf dem Weg zu den Biswangers und ihrer geräuschvollen Party musste er mehrere Felder überqueren. Es würde ihnen eine Ehre sein, ihm einen Drink anzubieten, eine wirkliche Freude. Die Biswangers luden ihn und Lucinda jedes Jahr viermal zum Abendessen ein, und zwar sechs Wochen im Voraus. Sie erhielten stets eine Absage, und doch schickten sie immer wieder ihre Einladungen, als wollten sie sich mit den strengen, undemokratischen Spielregeln der Gesellschaft nicht abfinden. Sie gehörten zu den Leuten, die beim Cocktail über Preise sprachen, beim Essen Börsentipps austauschten und anschließend im Beisein von Frauen anstößige Geschichten erzählten. Sie zählten nicht zu Neddys Freundeskreis – sie standen nicht einmal auf Lucindas Weihnachtskartenliste. Als er sich ihrem Schwimmbecken näherte, empfand er Gleichgültigkeit und Barmherzigkeit, aber auch ein gewisses Unbehagen, denn es wurde allmählich dunkel, obwohl es doch die längsten Tage des Jahres waren. Als er sich unter die Leute mischte, war die Party in vollem Gange. Grace Biswanger gehörte zu jenen Gastgeberinnen, die den Optiker, den Tierarzt, den Immobilienhändler und den Zahnarzt einluden. Niemand schwamm, und das sich im Schwimmbecken spiegelnde letzte Tageslicht hatte einen winterlichen Schimmer. Es gab eine Bar, und er ging darauf zu. Als Grace Biswanger ihn erblickte, kam sie ihm entgegen, jedoch nicht herzlich, wie er mit Recht hätte erwarten können, sondern streitlustig.

»Also, auf dieser Party gibt es wirklich alles«, sagte sie mit lauter Stimme, »sogar einen ungebetenen Gast.«

Sie konnte ihn nicht öffentlich vor den Kopf stoßen – das stand außer Frage, und er zuckte auch nicht zusammen. »Hat der ungebetene Gast einen Drink verdient?«, fragte er höflich.

»Tu dir keinen Zwang an«, sagte sie. »Du scheinst ja auf Einladungen keinen großen Wert zu legen.«

Sie kehrte ihm den Rücken zu, um sich ein paar Gästen zu widmen, und er ging zur Bar und bestellte einen Whiskey. Der Barkeeper bediente ihn, war aber ziemlich unhöflich. In Neddys Welt vergaben die Angestellten der Partyservices Zensuren, und wenn man von einem Teilzeitbarkeeper abschätzig behandelt wurde, hieß das, dass man in der allgemeinen Wertschätzung gesunken war. Vielleicht war der Mann aber auch bloß neu und kannte sich noch nicht aus. Plötzlich hörte er Grace hinter seinem Rücken sagen: »Sie sind über Nacht Bankrott gegangen – hatten nur noch ihr Einkommen –, und eines Sonntags tauchte er betrunken hier auf und wollte uns um fünftausend Dollar anpumpen …« Sie sprach ständig über Geld. Das war schlimmer, als Erbsen mit dem Messer zu essen. Er sprang ins Wasser, schwamm zur anderen Seite und machte sich aus dem Staub.

Das nächste Schwimmbecken, das drittletzte auf seiner Liste, gehörte seiner ehemaligen Geliebten Shirley Adams. Wenn er bei den Biswangers Kränkungen erlitten hatte, hier konnten sie geheilt werden. Die Liebe – eigentlich eher sexuelles Gerangel – war das schmerzstillende Allheilmittel, die leuchtend bunte Pille, die seine Schritte wieder beflügeln, seinem Herzen die Lebensfreude zurückgeben würde. Sie hatten vor einer Woche, einem Monat, einem

Jahr eine Affäre gehabt. Er wusste es nicht mehr genau. Er hatte Schluss gemacht, hatte die Oberhand, und er trat mit riesigem Selbstvertrauen durch das Tor in der Mauer, die ihr Schwimmbecken umschloss. In gewisser Hinsicht schien das Schwimmbecken ihm zu gehören, weil der Liebhaber, insbesondere der heimliche Liebhaber, über den Besitz seiner Geliebten mit einer Autorität verfügt, die dem heiligen Stand der Ehe fremd ist. Sie saß da mit ihrem messingfarbenen Haar, doch ihre Gestalt am Rand des beleuchteten himmelblauen Wassers weckte in ihm keine tiefgehenden Erinnerungen. Seiner Meinung nach war es eine unbeschwerte Affäre gewesen, obwohl Shirley am Ende geweint hatte. Sein Anblick schien sie zu verwirren, und er fragte sich, ob sie noch immer gekränkt war. Gott bewahre, wollte sie etwa wieder in Tränen ausbrechen?

»Was willst du?«, fragte sie.

»Ich schwimme durch den Bezirk.«

»Meine Güte! Wirst du denn nie erwachsen?«

»Was ist denn?«

»Wenn du gekommen bist, um mich anzupumpen«, sagte sie, »ich gebe dir keinen Cent mehr.«

»Du könntest mir was zu trinken geben.«

»Könnte ich, aber ich will nicht. Ich bin nicht allein.«

»Tja, ich muss weiter.«

Er sprang ins Wasser und schwamm zur anderen Seite, doch als er versuchte, sich zum Beckenrand hochzuziehen, merkte er, dass er in den Armen und Schultern keine Kraft mehr hatte, und er paddelte zur Leiter und kletterte hinauf. Als er über die Schulter blickte, sah er im erleuchteten Badehäuschen einen jungen Mann. Er ging über den dunklen Rasen, und in der Nachtluft schlug ihm der Duft von Chrysanthemen oder Ringelblumen entgegen – irgendein hartnäckiger Herbstgeruch, streng wie Gas. Als er nach oben blickte, sah er die Sterne am Himmel stehen, doch warum kam es ihm vor, als könne er Andromeda, Kepheus und Kassiopeia sehen? Wo waren die hochsommerlichen Sternbilder geblieben? Er fing an zu weinen.

Es war wohl das erste Mal, dass er als Erwachsener weinte, aber mit Sicherheit das erste Mal, dass ihm so elend und kalt war, dass er sich so müde und verwirrt fühlte. Er konnte weder die Unhöflichkeit des Barkeepers noch das abweisende Verhalten einer Geliebten verstehen, die vor ihm auf den Knien gelegen und seine Hose mit Tränen benetzt hatte. Er war zu lange geschwommen, zu lange im Wasser gewesen, und ihm taten Hals und Nase weh. Er brauchte unbedingt einen Drink, etwas Gesellschaft und saubere, trockene Kleidung, und obwohl er direkt über die Straße zu seinem Haus hätte gelangen können, ging er weiter zum Schwimmbecken der Gilmartins. Hier machte er erstmals in seinem Leben keinen Kopfsprung, sondern ging die Stufen hinunter ins eiskalte Wasser und schwamm mit linkischem Seitenschlag, den er vermutlich in seiner Jugend gelernt hatte. Auf dem Weg zu den Clydes wankte er vor Müdigkeit. Er paddelte durch ihr Schwimmbecken, musste jedoch immer wieder anhalten, um mit der Hand am Beckenrand zu verschnaufen. Er kletterte die Leiter hinauf und fragte sich, ob er noch die Kraft habe, sich nach Hause zu schleppen. Er hatte sein Vorhaben in die Tat umgesetzt und war durch den ganzen Bezirk geschwommen, doch er war so erschöpft, dass sich kein echtes Triumphgefühl einstellen wollte. Gebeugt, sich an den Torpfosten abstützend, bog er in die Einfahrt seines eigenen Hauses ein.

Alles war dunkel. War es so spät, dass alle schon im Bett lagen? War Lucinda bei den Westerhazys zum Abendessen geblieben? Leisteten die Mädchen ihr dort Gesellschaft, oder waren sie woanders hingefahren? Hatten sie denn nicht wie jeden Sonntag vereinbart, alle Einladungen abzulehnen und zu Hause zu bleiben? Er wollte die Garagentore öffnen, um nachzusehen, welche Autos da waren, doch die Tore waren verschlossen, und von den Türgriffen blätterte der Rost auf seine Hände. Als er auf das Haus zuging, sah er, dass das heftige Gewitter eine der Regenrinnen losgerissen hatte. Sie hing wie eine abgeknickte Schirmspeiche über der Haustür, aber das konnte er am nächsten Tag wieder in Ordnung bringen. Das Haus war verschlossen, und er dachte, die dumme Köchin oder das dumme Hausmädchen hätten alles abgeschlossen, doch dann fiel ihm ein, dass sie schon seit einiger Zeit kein Hausmädchen und keine Köchin mehr hatten. Er schrie, er hämmerte an die Tür, versuchte sie mit der Schulter aufzubrechen, und dann, als er zum Fenster hineinschaute, sah er, dass das Haus leer war.

GINA MAYER

Eine Bahn Brust, eine Bahn Rücken, eine Bahn Kraul

Die dicke Dame im geblümten Badeanzug blockierte die Badeleiter. Mit der flachen Hand schöpfte sie Wasser aus dem Becken, benetzte damit ihren Bauch, ihre mächtigen Oberarme und tätschelte ihren Busen.

»Kalt heute«, sagte sie zu Betty, die fröstelnd hinter ihr stand. »Noch kälter als gestern.«

Sie stieg eine Stufe nach unten, aber ihr üppiger Oberkörper bewegte sich gleichzeitig nach oben, weg vom Wasser. Sie schnappte nach Luft. Währenddessen lief Bettys Zeit ab. Sie hatte ihre Dauerkarte zu Hause liegen lassen und ein Einzelbillett lösen müssen, das nur anderthalb Stunden gültig war. Wenn man die Zeit abzog, die man zum Duschen und Umziehen brauchte, blieben höchstens fünfundsiebzig Minuten zum Schwimmen übrig. Und die vergeudete sie nun hier an der Badeleiter.

»Sie sparen, wo sie können«, schimpfte die Frau. »Die Heizung …«

Mehr hörte Betty nicht, weil das Wasser über ihrem Kopf zusammenschlug. Sie war vom Rand ins Becken gesprungen.

Als sie auftauchte, hörte sie den schrillen Pfiff, der durch die Schwimmhalle gellte.

»Es ist verboten, vom Beckenrand zu springen!« Hinter der dicken Dame, die immer noch an der Badeleiter klebte wie ein Kaugummi am Schuh, stand der Bademeister, die Trillerpfeife in der Hand, und deutete wütend auf das Schild an der Wand. »Können Sie nicht lesen?«

»Gut, dass Sie hier sind.« Die Frau drehte sich zu ihm um. »Ich möchte mich beschweren. Die Wassertemperatur ist heute wirklich …«

Betty nutzte die Gelegenheit und tauchte weg.

Blaue Stille.

Über ihr Beine, die sich froschartig schlossen und streckten. Unter ihr die türkisfarbenen Schwimmbadkacheln. Um sie herum das Wasser, kalt und klar.

Die Stimmen verstummten, die Meckerei der dicken Frau, die Antwort des Bademeisters, das Schmatzen der Badelatschen. Bettys Gedanken verschwammen und lösten sich auf. Alles verlor sein Gewicht.

Sie legte eine halbe Beckenlänge unter Wasser zurück, bevor sie wieder auftauchte und zu kraulen begann. Es war noch früh, das Becken war weitestgehend leer, sie hatte freie Bahn. Später kämen die Schulklassen, vierzig kreischende, johlende Kinder im Wasser und am Rand ein Lehrer, dessen Anweisungen keiner Beachtung schenkte.

Am Nachmittag dann Mütter mit ihren Kleinkindern, Jugendliche, die sich gegenseitig ins Becken schubsten und unter Wasser drückten und ihre Slalombahnen um Hausfrauen mit blumenverzierten Badekappen zogen. Und in der letzten Stunde vor der Schließung die Werktätigen, die direkt von der Arbeit ins Schwimmbad kamen.

Wie Betty früher. Dreimal in der Woche hatte sie die

Schwimmsachen mit in die Bäckerei genommen und war nach Feierabend mit der Straßenbahn zum Friedrichsbad gefahren.

Eine Bahn Bruststil, eine Bahn Rücken, eine Bahn Kraul. So hielt sie es. Sie zählte die Bahnen nicht, die sie zurücklegte, sie achtete auch nicht auf die Uhr neben der Tür zu den Duschen. Der Bademeister holte sie schon aus dem Becken, wenn das Bad geschlossen wurde.

Sie schwamm.

Und Schwester Edeltraud hielt den Mund. Sonst mischte sie sich überall ein. Wenn Betty sich morgens anzog, wenn sie das Haus verließ, wenn sie Brötchen in eine Papiertüte packte.

Wer sich wie eine Dirne anzieht, wird auch so behandelt, sagte sie. Wahre Schönheit kommt aus einem reinen Herzen. Wenn du einst vor deinem Schöpfer stehst, nützt dir die Schminke nicht.

Sie sah alles. Was Betty tat und was sie nicht tat. Und nichts davon gefiel ihr.

Aber im Schwimmbad war sie still. Vielleicht fehlten ihr beim Anblick der vielen halb nackten Menschen die Worte. Die jungen Mädchen mit ihren bunten Zweiteilern, die Männer mit haariger Brust und muskulösen Oberschenkeln. Und dazwischen Betty im blauen Badeanzug. Eine Bahn Brust, eine Bahn Rücken, eine Bahn Kraul. Schwerelos. Frei.

Heute konnte sie sich nicht darauf verlassen, dass sie der Bademeister rechtzeitig aus dem Becken holte. Sie musste selbst auf die Zeit achten.

Gleich nachdem Martin zur Arbeit gegangen war, war sie

zum Schwimmbad gefahren. Das schmutzige Frühstücksgeschirr stand noch auf dem Tisch, das Bett war noch nicht gemacht. Sie würde sich später darum kümmern, bis Martin Feierabend hatte, hatte sie noch jede Menge Zeit. Dennoch war es ein seltsames Gefühl, am Vormittag schwimmen zu gehen. Als täte sie etwas Verbotenes.

Sie schlug am Beckenrand an, drehte sich auf den Rücken und blickte hoch zu den Leuchtstoffröhren, die sich an der Decke der Schwimmhalle entlangzogen. Und stellte sich vor, dass es der blaue Himmel wäre. Ihr rechter Arm glitt nach oben, beschrieb einen Halbkreis in der Luft, tauchte hinter ihrem Kopf wieder ein und schaufelte durch das Wasser, während sich gleichzeitig der linke Arm aus dem Wasser hob. Wenn das Schwimmbad voll war, musste man beim Rückenschwimmen aufpassen, dass man dicht am Rand blieb. Sonst stieß man früher oder später mit einer der Damen zusammen, die mit hoch erhobenem Kopf durch die Wellen pflügten und doch nichts sahen.

»Sie sehen aus wie eine Schwimmerin«, hatte Martin zu Betty gesagt, als er das erste Mal in die Bäckerei gekommen war. Er wollte Rosinenstuten, der lag auf dem obersten Regalbrett. Und als sie sich umdrehte und streckte, um einen Laib herunterzuholen, waren ihm ihre muskulösen Arme aufgefallen. Die breiten Schultern.

Zu viel Sport ist nicht gut für Mädchen, sagte Schwester Edeltraud.

Aber Martin gefielen ihre kräftigen Arme. Er mochte auch ihre kurzen Haare, die Schwester Edeltraud fürchterlich fand, obwohl sie ansonsten ja sehr fürs Praktische war.

Er kam von da an jeden Tag in die Bäckerei, kaufte Puddingschnecken und Apfeltaschen, Windbeutel, Mohnbrötchen und Pumpernickel. Wenn Betty einmal nicht im Laden war, weil sie gerade Kaffeepause machte oder hinten in der Backstube frische Brötchen holte, dann wartete er so lange, bis sie wieder nach vorn kam. Und nach drei Wochen fragte er sie: »Hätten Sie Lust, mich heute Abend ins Kino zu begleiten?«

»Welcher Film wird denn gegeben?«, fragte Betty zurück und ärgerte sich im gleichen Moment fürchterlich. Als ob das eine Rolle spielte. Aber Frau Storz stand genau neben ihr, sortierte Fünf-Pfennig-Münzen in die Ladenkasse und tat so, als ob sie nicht zuhörte.

»Ich habe keine Ahnung«, sagte Martin.

»Wenn das so ist, komme ich gerne mit«, antwortete Betty.

Daraufhin verzählte sich Frau Storz prompt und musste noch mal von vorne anfangen.

Sie sahen *Kohlhiesels Töchter* im Saal 2 der Lichtburg. In Saal 1 lief James Bond, der Martin viel lieber gewesen wäre, da war sich Betty sicher, aber sie hatte den Liebesfilm gewählt, weil sie sehen wollte, wie er reagierte. Er kaufte zwei Billetts, ohne mit der Wimper zu zucken.

Es war ja auch vollkommen egal, in welchem Film sie saßen. Sie bekamen beide kaum etwas von der Handlung mit. Betty hörte jedoch, was Lilo Pulver als Liesel ihrem Alter Ego Susi vorsang:

Das Glück kommt über Nacht, vielleicht eh du's gedacht.
Die Liebe winkt auch dir, das glaube mir.

Und genau so war es.

Als sie das nächste Mal auf die Uhr schaute, war es fünf nach neun. Sie musste schleunigst aus dem Becken, wenn sie nicht nachzahlen wollte.

Unter der Dusche schloss sie die Augen und reckte ihr Gesicht in den Wasserstrahl. Klares, warmes Wasser, soviel sie wollte, solang sie wollte. Auch wenn sie hundert Jahre würde, niemals würde sie aufhören, das zu genießen.

In der Umkleide rubbelte sie sich hastig trocken, schlüpfte in ihre Kleider, die Schuhe, den Mantel. Sie warf eine Münze in den Föhn, kämmte sich mit den Fingern durch die Haare, während die heiße Luft durch ihr Haar wirbelte und ihr Gesicht zum Glühen brachte. Neben ihr nebelte sich eine Frau mit Haarspray ein, der scharfe Geruch erinnerte Betty an Sieglinde, die sie seit jenem Abend nicht mehr wiedergesehen hatte. Betty hatte Martin nichts von ihrer Bemerkung erzählt. Sie hatte versucht, den Vorfall zu vergessen. Aber natürlich gelang es ihr nicht.

Martin ist der geborene Schürzenjäger. So einer ändert sich nie.

Vorgestern Nacht hatte sie davon geträumt. Im Traum hatte sie auf der Couch im Wohnzimmer gesessen und Martin dabei zugesehen, wie er mit einer fremden Frau Walzer tanzte. Und während er mit ihr tanzte, zog er sie langsam aus.

Sie war schreiend aufgewacht.

Als Martin sie festhielt und streichelte, erzählte sie ihm, dass sie schlecht geträumt hatte. Aber nicht, was sie geträumt hatte.

Und Martin flüsterte: »Träume sind Schäume. Alles ist gut.«

»Verlass mich nicht«, flüsterte Betty zurück. »Versprich mir, dass du mich nie verlässt.«

»Niemals«, sagte Martin.

Glaub mir, ich kenn mich da aus.

»Aber ich weiß es besser«, murmelte Betty.

»Was?«, fragte die Frau mit der Haarspraydose.

Betty schüttelte den Kopf und hastete zum Ausgang.

In der kleinen Kabine neben der Absperrung saß ein junges Mädchen und verkaufte die Eintrittskarten und prüfte die Tickets der Leute, die das Schwimmbad verließen.

»Sie sind drüber«, erklärte es, als Betty ihm ihre Karte reichte.

»Aber nur ein paar Minuten.« Betty warf einen Blick auf die Uhr. Der große Zeiger stand ein kleines Stück unter der Drei.

9 Uhr 15 stand auf ihrem Ticket.

»Zu spät ist zu spät«, sagte das Mädchen und klappte die Kasse auf, die vor ihm stand. Es nahm einen Stapel Eintrittskarten heraus und riss das oberste Billett ab.

»Nun komm schon«, sagte Betty. Das Mädchen musste neu hier sein, sie hatte es noch nie zuvor gesehen. Vielleicht war es sein erster Tag, und es wollte alles richtig machen. Es war noch sehr jung, fünfzehn, höchstens sechzehn Jahre alt, schätzte Betty. Dass sie so einem unerfahrenen Ding die

Kasse überließen, verwunderte sie. Vielleicht war es ja die Tochter von einem der Bademeister.

»Dat macht neunzig Pfennig«, sagte das Mädchen.

»Was?« Betty riss die Augen auf. »Wegen zwei Minuten? Ich bitte dich. Ich habe eigentlich eine Dauerkarte, ich hab sie heute nur vergessen.«

»Neunzig Pfennig.« Das Mädchen nahm einen Kaugummi aus der Tasche, wickelte ihn aus und schob ihn in den Mund, ohne dabei den Blick von Betty zu wenden.

Sein Gesicht war blass und herzförmig, die Augen groß und dunkel. Halblanges, schmutzig braunes Haar, das wirkte, als hätte man es mit einer Nagelschere abgehackt. Das Mädchen war sehr dünn, aber wie es Betty jetzt anstarrte, hatte etwas Bedrohliches.

»Wenn Sie nicht zahlen wollen, hol ich den Chef.«

Dann hol ihn doch, wollte Betty entgegnen. Dann kann ich mich gleich über dich beschweren. Aber sie brachte keinen Ton heraus.

Das Mädchen starrte sie unverwandt an, starrte in sie hinein und sah ihre Gedanken und erkannte, dass Betty Angst hatte. Betty spürte, wie ihr ein kalter Schauder über den Rücken lief. Sie senkte den Blick, kramte nach der Geldbörse in ihrer Tasche. »Meinetwegen«, murmelte sie. »Wegen der paar Groschen streite ich mich doch nicht lange rum.« Ohne den Blick zu heben, wusste sie, dass das Mädchen triumphierend grinste.

»So, jetzt kann ich wieder übernehmen, Claudia.« Aus den Umkleideräumen kam die Badefrau, die sonst immer an der Kasse saß. »Danke fürs Aufpassen. Annegret wartet in der Dusche auf dich.«

Das Mädchen stand auf. Es war wirklich ungeheuer dünn, stellte Betty jetzt fest. Es drückte sich aus der Kabine, in der die Badefrau Platz nahm und Betty erwartungsvoll ansah.

»Ich möchte raus«, sagte Betty.

»Ihr Billett.« Die Frau streckte die Hand nach Bettys Karte aus, suchte nach der aufgestempelten Uhrzeit und fand sie nicht. »Das ist nicht gültig.«

»Ich musste nachzahlen.« Betty deutete auf ihre ursprüngliche Eintrittskarte, die neben der Kasse lag.

Die Badefrau starrte auf das Ticket, auf die Uhr an der Wand, die inzwischen neun Uhr zwanzig zeigte, auf Betty und schließlich auf Claudia, die mit aufreizender Lässigkeit an der Tür zu den Umkleiden lehnte. »Wegen fünf Minuten?«

Claudia kaute ihren Kaugummi und zuckte mit den Schultern. »Vorschrift ist Vorschrift.«

Die Badefrau griff wortlos in die Kasse, fischte neunzig Pfennig heraus, drückte sie Betty in die Hand und schloss die Kasse mit einem Knall. »Worauf wartest du noch, Claudia? Du sollst Annegret in den Duschen helfen.« Dann öffnete sie die Absperrung für Betty.

Als sie zum Ausgang ging, spürte sie den Blick des Mädchens in ihrem Rücken. Gegen ihren Willen drehte sie sich noch einmal nach ihm um. Aber Claudia war nicht mehr da.

FRANZISKA ZU REVENTLOW

Der Herr Fischötter

Es war in einem Seebad – wir amüsierten uns ausnahmsweise wirklich gut und hatten uns unter anderem mit einem Rechtsanwalt befreundet, den wir sehr schätzten. Er hieß Berger und war ein angenehmer Gesellschafter, nur hatte er einige Sonderbarkeiten, die man sich nicht recht zu erklären wußte. Zum Beispiel, wenn wir alle zusammen baden gingen, uns stundenlang im Wasser und am Strande ergötzten oder müde und gesprächig in der Sonne lagen, tat er niemals mit, sondern verschwand, sowie nur davon die Rede war. Und es war auffallend, wie er jedesmal zusammenfuhr, wenn von Baden, Wasser, Schwimmen und dergleichen gesprochen wurde. Überhaupt litt er manchmal an scheinbar völlig unmotivierten Depressionszuständen, und es war dann nichts mit ihm anzufangen. Sein offenes, heiteres Wesen verkehrte sich ohne jeden Übergang in düstere Verschlossenheit, so daß keiner von uns sich getraut hätte, teilnehmende oder persönliche Fragen an ihn zu richten.

Waren wir unter uns, so unterhielten wir uns des öfteren darüber und konnten nicht aus ihm klug werden. Vor allem seine rätselhafte Wasserscheu blieb uns unbegreiflich. Daß es ihm an Mut fehlte, war wohl ausgeschlossen, daß er nicht schwimmen konnte und sich zu blamieren fürchtete, sehr unwahrscheinlich. Er hätte es dann ja auch lernen können. – Oder sollte es am Ende Prüderie sein? Vielleicht nahm er Ärgernis an unserem zwanglosen Treiben, umging es, daran teilzunehmen, und badete heimlich alleine.

Wir versuchten nun in dieser Richtung Beobachtungen anzustellen, benahmen uns, wenn der Rechtsanwalt zugegen war, noch zwangloser als sonst. Die Unterhaltung gestaltete sich immer frivoler, es wurde kokettiert und geliebelt, pikante Anekdoten erzählt, kurz, der ganze Ton kam bedenklich herunter. Bei unseren Spaziergängen veranstalteten wir gemeinsame Luftbäder auf Waldwiesen – aber der Rechtsanwalt machte alles fröhlich und unbefangen mit und genoß es sichtlich, sich in einem Milieu zu bewegen, das raffinierte Kultur atmete und doch von jeder Konvention frei war. Nur wenn vom Baden die Rede war, zog er sich nach wie vor verstimmt zurück.

Kurz, unsere Methode blieb ganz ohne Erfolg, wir gaben es auf und trösteten uns damit, daß sein Seelenleben uns ja eigentlich gar nichts anging und für unsere freundschaftlichen Beziehungen ganz unwesentlich war. Wir ließen den schlechten Ton wieder fahren und milderten unser Benehmen auf seine ursprüngliche Dezenz zurück. Der Rechtsanwalt schien es zu bedauern, fügte sich aber darein. Das Leben ging seinen Gang, und die Hochsommerhitze schläferte unser Interesse für diese Fragen immer mehr ein.

Aber dann geschah es, daß wir an einem schwülen Augustabend in einer kleinen Gastwirtschaft saßen. Wir führten ziemlich langweilige und matte Gespräche – da kam ein alter Förster, den wir kannten, durch den Garten, blieb an unserem Tisch stehen und erzählte, ihm sei heute ein seltenes Wild vor die Flinte gekommen. Um uns liebenswürdig zu zeigen, heuchelten wir lebhafte Neugier. – Er warf seinen schweren Rucksack auf einen Stuhl, knüpfte ihn auf, und der runde Kopf eines ansehnlichen Fischotters kam zum Vorschein. Wir bewunderten ihn und machten dem Alten Komplimente, obgleich wir keinen rechten Begriff von dem Wert, der Seltenheit, ja überhaupt von dem Vorhandensein dieses Tieres in der Naturgeschichte hatten. Dann bemerkten wir, daß der Rechtsanwalt den Otter geradezu entsetzt anstarrte, und lachten darüber, aber das Lachen verging uns, als er von seinem Platz auffuhr und den Förster mit fürchterlicher Stimme anschrie: »Fort damit – schaffen Sie ihn weg – der verfluchte Kerl ist an allem schuld.«

Es folgte eine peinliche Szene, um so peinlicher, als keiner von den Anwesenden ahnte, was es zu bedeuten habe, und man sich deshalb jeder Einmischung enthalten mußte.

Der würdige Förster war einen Moment sprachlos, als der elegante Herr im Tennisanzug so auf ihn losfuhr, dann beschuldigte er ihn in bitteren Worten des Wahnsinns, und als der Rechtsanwalt erregt antwortete: noch sei er bei klarem Verstand, aber wenn man die verfluchte Bestie nicht rasch fortschaffe, stehe er für nichts ein – da maß der alte Mann ihn mit einem prüfenden Blick, wich einen Schritt zurück und sagte langsam: »Jetzt erkenne ich Sie – was hat das unschuldige Tier damit zu schaffen? – Sie waren es, der zum Unglück noch die Schuld fügt. – Unseliger Mensch – ich war dabei, wie man Ihr Opfer aus dem Walde trug. – Möge Gott Ihnen Frieden geben!«

Der Rechtsanwalt fuhr sich über die Stirn – durch die Haare – und wurde plötzlich ruhig, mehr wie ruhig, alles

Leben war aus seinen Zügen gewichen. Dann sagte er mit sichtlicher Anstrengung: »Verzeihen Sie mir – Sie haben wohl recht – – ich bin manchmal halb von Sinnen. – Aber ich bitte Sie, schaffen Sie das Tier fort – – ich kann es nicht sehen.«

Er drückte dem Alten sichtlich erschüttert die Hand und wiederholte: »Verzeihen Sie mir!« – Der schüttelte den grauen Kopf, wünschte uns guten Abend und ging. Den toten Otter nahm er mit, und wir fühlten uns etwas erleichtert. Uns fing an vor ihm zu grauen, wie ein Unhold aus dem Märchen hatte er dagelegen und uns aus seinen halboffenen, verglasten Augen angesehen, während die beiden Männer sich gegenüberstanden und von furchtbaren Dingen redeten.

Berger setzte sich, er zitterte an allen Gliedern, und es dauerte eine Weile, bis er sich wieder gefaßt hatte. Verstört sah er sich dann im Kreise um und sagte: »Ich muß auch Sie alle um Verzeihung bitten, meine lieben Freunde, aber vielleicht weiß einer oder der andere von Ihnen aus eigener Erfahrung, daß es Momente gibt, wo einem die Sache über den Kopf wächst und man seiner selbst nicht mehr Herr ist. – Ja, und nach diesem bedauerlichen Auftritt bin ich Ihnen wohl eine Erklärung schuldig. Sie möchten nach den Worten des Alten sonst wohl den Verdacht hegen, daß ein Mörder und Verbrecher unter Ihnen weilt – –«

Hier brach er ab und verfiel wieder in dumpfes Sinnen: »Mörder – o lächerlich – es war mein gutes Recht – einer von uns mußte fort – und der Verbrecher war er – aber muß er denn immer wieder kommen und mich mit seinen schrecklichen Augen ansehen?«

Er stand noch einmal auf, ging ein paar Minuten auf und ab, schob den Stuhl fort, auf dem der Otter gelegen hatte, und erzählte uns dann seine Geschichte.

Vor einigen Jahren hatte er schon einen Sommer hier zugebracht, mit einem Mädchen, das er grenzenlos und leidenschaftlich liebte und mit dem er sich nach Ablauf der Saison zu verloben gedachte. Ein Geschöpf von seltenem Liebreiz war sie gewesen und die langen Sommermonate so still, glühend und heiter, daß er wie in einem unwahrscheinlichen Glückstraum zu leben meinte.

Den größten Teil des Tages brachten sie am Strande zu. Er selbst war nur ein mäßiger Schwimmer, da er gerade zu diesem Sport in seiner Jugend wenig Gelegenheit gehabt. Das Mädchen dagegen – sie hieß Alwine – schien mit dem Wasser und mit allen Schwimmkünsten so vertraut, daß man hätte glauben können, es sei ihr eigentliches Element, in dem sie geboren und aufgewachsen war. Die leidenschaftliche Liebe, mit der sie dem Meer zugetan war, konnte ihn manchmal fast beunruhigen. Wenn die sonst so Ruhige und Besonnene lachend und jubelnd in den Wellen auf und nieder tauchte, überkam ihn ein Gefühl, das der Eifersucht verwandt war – als gäbe es noch etwas in ihrem Wesen, woran er nicht teilhaben konnte. Sie sagte auch selbst, ihr sei im Wasser zumut, als ob sie sich in einem fremden Dasein herumtreibe, das mit ihrem sonstigen Leben gar nichts gemein habe.

Dann kam ein fremder Herr in den Badeort. Am Morgen nach seiner Ankunft waren sie unangenehm überrascht, als der neue Gast am Strande erschien. Aber er hielt sich in diskreter Ferne, schwamm weit hinaus, so weit, daß man sich leise beunruhigt fühlte, kehrte jedoch wohlbehalten zurück und unternahm wohl eine Fußtour, denn sie bekamen ihn den ganzen Tag nicht mehr zu Gesicht. Am nächsten Morgen war er wieder da, sie sahen ihn in einer nahen Badehütte verschwinden, und bald darauf schwamm er hinaus, kehrte wieder um und näherte sich dem Platz, wo die beiden Liebenden zu baden pflegten. Das Mädchen war schon eine Zeitlang im Wasser, während der Rechtsanwalt sich noch nicht entschließen mochte, sondern im Sande lag, ihr nachsah und überlegte, was zu tun sei, um jedem Bekanntwerden mit diesem Fremden auszuweichen. Er rief Alwine zu, sie möge nicht so weit hinausgehen, aber sie hörte es wohl nicht mehr, sie trieb auf dem Rücken, schaute in den blauen Sommerhimmel hinauf und lebte ganz in ihrer fernen Wasserwelt. Der Fremde schwamm auf eine sonderbare Weise, bald geradeaus und auf dem Rükken, bald warf er sich auf die Seite, daß das Wasser aufspritzte und sein Kopf bei jedem Stoß emporfuhr und er so eine Art Halbkreis beschrieb, dann wieder tauchte er unter, tauchte unwahrscheinlich lange und kam eine ganze Strecke weiter wieder zum Vorschein. Jedenfalls war er ein ausgezeichneter Schwimmer, und der Rechtsanwalt fühlte etwas wie Neid. Er stand auf, begab sich nun ebenfalls ins Wasser und suchte Alwine einzuholen. Als er noch ungefähr zehn Schritte von ihr entfernt war, drehte sie sich auf die Seite und wandte den Kopf nach dem Fremden, der immer näher kam. Gleichzeitig tauchte dieser unter und dicht vor dem Mädchen wieder empor – deutlich sah man seinen runden, auffallend runden, glattgeschorenen Kopf mit den kreisförmigen, etwas trüben Augen. Der Kopf machte eine

Art Verbeugung, und der fremde Herr sagte höflich und reserviert: »Gestatten Gnädige – mein Name ist Fischötter.«

Und Alwine – sie wurde leichenblaß und schrie so grauenhaft, wie er noch nie einen Menschen hatte schreien hören, schlug um sich, daß die nassen Arme in der Sonne funkelten und schwamm in rasender Eile davon. Sie mochte den Fremden mit dem runden Kopf und dem sinnlosen Namen wohl für einen Spuk gehalten haben und wollte ihm entfliehen.

Der Rechtsanwalt nahm alle seine Kräfte zusammen, und der Fischötter schoß neben ihm dahin wie ein Pfeil, aber als sie noch ein gutes Stück von ihr entfernt waren, schrie sie wiederum auf, reckte sich noch einmal empor und versank vor ihren Augen.

Rascher wie er war der andere zur Stelle, aber Alwine kam nicht mehr zum Vorschein. Inzwischen waren Leute, die am Ufer standen, aufmerksam geworden, Berger winkte ihnen, und sie ruderten rasch mit einem Boot heran. Der Fischötter schwamm immer wieder im Kreise um die Stelle herum, wo das Mädchen versunken war, tauchte wiederholt und brachte endlich den leblosen Körper an die Oberfläche. Man hob ihn in das Boot, und die erschöpften Schwimmer stiegen ebenfalls ein.

Keiner sprach ein Wort. Der Rechtsanwalt war wie betäubt vor Qual und Entsetzen, und der Fischötter saß ebenfalls stumm da. Von seinem runden Kopf rannen die Wassertropfen, und die glasigen, runden Augen blickten in hilflosem Schrecken bald auf das Mädchen, bald auf ihren Geliebten. Er mußte wohl dunkel fühlen, daß er allein die Schuld an dem Unglück trug, aber er konnte es nicht fassen, wußte es sich in keiner Weise zu erklären. Er hatte seine Künste produziert, sich einer schwimmenden Dame vorgestellt, und die Dame war ertrunken. Aber warum und weshalb?

Der Rechtsanwalt aber fühlte einen wahnwitzigen Groll in sich aufsteigen gegen diese elende Kreatur, die ihn um sein Liebstes gebracht. Erst in dieser schrecklichen Stunde ging ihm das volle Verständnis für die seltsame Empfindungswelt seines Mädchens auf, von der sie ihm so oft gesprochen. – Wäre der Herr Fischötter ihr am Festlande oder im Salon begegnet, so hätte sie vielleicht Vergnügen an ihm gefunden – so aber mußte sie elend durch ihn zugrunde gehen. Und Berger selbst fing allmählich an, ihn für eine Spukgestalt zu halten, wie er triefend, blaß und glasäugig neben der Leiche saß, einem Ungeheuer gleich, das seine Beute bewacht.

Am Ufer angelangt, erwachte er wieder zum Bewußtsein der Wirklichkeit, ordnete rasch an, daß man Alwine in das Hotel tragen und einen Arzt rufen solle. Vielleicht, mein Gott, vielleicht war ja noch Hoffnung.

Dann wandte er sich nach dem Fremden um, der immer noch wortlos, triefend und devot dastand, und sagte kurz: »Ich werde Ihnen heute noch meinen Sekundanten schikken – mein Name ist Doktor Berger.« – Und bestürzt murmelte der andere: »Gestatten Sie, mein Name ist –« Fischötter, wollte er murmeln, aber das Wort erstarb ihm auf den Lippen, denn Doktor Berger herrschte ihn mit furchtbarer Stimme an: »Halten Sie ein – kein Wort mehr – nie wieder!«

Damit ließ er ihn stehen und eilte in das Hotel.

Alle Wiederbelebungsversuche waren umsonst – die Geliebte war tot und sein Lebensglück vernichtet.

Am nächsten Morgen wurde das Duell ausgetragen. Dumpf, verstört, halb fühllos von all dem Jammer und von der durchwachten Nacht kam er zum Rendezvous. Als er seinen Gegner vor sich sah – angekleidet, korrekt und in tadelloser Haltung, mußte er sich einen Augenblick besinnen, was das alles heißen sollte und was dieser Mensch ihm eigentlich angetan habe. Und schon war er nahe daran, ihm die Hand zu reichen und zu sagen: »Gehen Sie in Gottes Namen Ihrer Wege!« – Aber als dann der andere sich nochmals vorstellen wollte und mit etwas belegter Stimme begann: »Gestatten Sie – mein Name ist –« – da erfaßte ihn eine Art Raserei, und er schrie ihm entgegen: »Sie oder ich – für uns beide ist nicht Platz auf dieser Welt.«

Der Fischötter ergab sich blind und unterwürfig in sein Schicksal, er hatte seit den gestrigen Ereignissen überhaupt nicht den leisesten Versuch gemacht, sich ihm zu entziehen. Warum er so handelte, ist immer ein Rätsel geblieben.

Stumm wie ein wehrloses Wild stand er da, und zehn Minuten später lag er blutend auf dem grünen Waldboden. Berger aber wußte selber kaum, wie ihm zumute war, er begriff weder sich selbst noch den anderen. Doch wollte er den Brauch nicht verletzen und trat auf den Sterbenden zu, um ihm noch einmal die Hand zu geben, aber als er den runden, glatten Kopf dicht vor sich sah und die kreisförmigen, brechenden Augen ihn trübe und vorwurfsvoll anblickten – da vermochte er es nicht, sondern blieb schaudernd und unschlüssig stehen, bis der alte Förster mit seinen Gehilfen kam und den toten Fischötter forttrug.

Der Erzähler schwieg, und auch wir wußten unsere Teilnahme nur durch tiefes Stillschweigen zu bekunden. Nach einer Weile erhob er sich dann und äußerte, er wolle uns jetzt gleich Lebewohl sagen, denn er gedenke morgen abzureisen. Über drei Jahre habe er schwer mit sich gerungen, um dieser Erinnerungen Herr zu werden – immer und überall hätten ihn die brechenden Glasaugen jenes Unglücklichen verfolgt, und in diesem Sommer habe er sich dann entschlossen, wieder hierher zu kommen – in der unsinnigen Hoffnung, daß angesichts der nüchternen Tageswirklichkeit das Phantom entweichen möge. Ja, und in unserem Kreise sei ihm so wohl gewesen, daß er wirklich neuen Lebensmut gewonnen habe. Aber nun sei selbst in unserer Mitte der unselige Fischötter in Gestalt eines scheinbar zufällig erlegten Wildes wieder auferstanden, und nun müßten wohl auch wir empfinden, daß unser Verkehr für alle Zeit zerstört sei. Nie wieder würden wir wie bisher in harmloser Fröhlichkeit beisammen sitzen können, ohne mit ihm an das tote Tier und an den toten Herrn Fischötter mit den glasigen, gebrochenen Augen zu denken.

Wir wußten nichts darauf zu erwidern, wir fühlten, daß er wohl recht hatte und daß auch unsres Bleibens hier nicht mehr lange sein würde. So schüttelten wir ihm bewegt die Hand und sahen ihm nach, wie er müde und gebeugt durch den dunklen Wald davonschritt.

F. SCOTT FITZGERALD

Die Schwimmer

I

Auf der Place Benoît schmorte eine Wolke von Benzinabgasen in der Junisonne. Es war ein abscheulicher Anblick, denn anders als Sonnenhitze kündete sie nicht von ländlichen Refugien, sondern nur von Straßen, die an dem gleichen eklen Asthma würgten. In den Geschäftsräumen der Pariser Zweigstelle der Promissory Trust Company mit Blick auf den Platz inhalierte ein Amerikaner von Mitte dreißig die Ausdünstungen, und sie wurden für ihn zum Geruch dessen, was er als Nächstes zu tun hatte. Finsteres Entsetzen überkam ihn; er ging zur Toilette einen Stock höher; hinter der Tür blieb er zitternd stehen.

Aus dem Fenster der Toilette sah er ein Reklameschild – »1000 Chemises«. Die fraglichen Hemden füllten das Schaufenster des Ladens, aufeinandergetürmt, mit Krawatten versehen und ausgestopft oder geschmacklos auf dem Boden des Schaufensters drapiert. 1000 Chemises – man zähle sie! Zur Linken las er Papeterie, Pâtisserie, Solde, Réclame und Constance Talmadge in *Déjeuner de soleil*; sein Blick wich nach rechts aus und traf auf noch unfrohere Ankündigungen: Vêtements Écclésiastiques, Déclarations de Décès und Pompes Funèbres. Leben und Tod.

Aus Henry Marstons Zittern wurde ein Zucken; wie angenehm, dachte er, wenn dies das Ende wäre und nichts weiter getan werden müsste, und nicht ohne Hoffnung setzte er sich auf einen Hocker. Doch das, was man dafür hält, ist fast nie das Ende, und nach einiger Zeit, als er zu erschöpft war, um sich weiter Gedanken zu machen, hörten die Zuckungen auf, und es ging ihm besser. Als er die Treppe hinunterging, sah er so frisch und beherrscht aus wie jeder andere Bankangestellte; er unterhielt sich mit zwei Kunden, die er kannte, und fasste grimmig den Mittag ins Auge.

»Na so was, Henry Clay Marston!« Ein gutaussehender alter Mann schüttelte ihm die Hand und setzte sich neben seinen Schreibtisch.

»Henry, ich wollte mit Ihnen über die Sache sprechen, die wir neulich angeschnitten hatten. Wie wäre es mit einem Lunch? In dem kleinen Restaurant unter den Bäumen im Grünen?«

»Ich kann leider nicht, Richter Waterbury; ich habe einen Termin.«

»Dann sage ich es jetzt hier, denn ich reise heute Nachmittag ab. Was zahlen Ihnen diese Plutokraten dafür, dass Sie hier eine wichtige Miene machen?«

Henry Marston wusste, was kommen würde.

»Zehntausend zuzüglich Spesen«, antwortete er.

»Wie würde es Ihnen gefallen, für das doppelte Gehalt nach Richmond zurückzukommen? Sie sind seit mehr als acht Jahren hier und können sich gar nicht vorstellen, was Sie alles verpassen. Meine Söhne haben beide –«

Henry hörte aufmerksam zu, doch er konnte sich an diesem Vormittag nicht konzentrieren. Er sagte etwas Unverbindliches darüber, dass es sich in Paris besser leben lasse, ohne sich dazu hinreißen zu lassen, seine ehrliche Meinung über das Leben zu Hause zu äußern.

Richter Waterbury winkte einen großen, blassen Mann herbei, der am Briefschalter stand.

»Das ist Mr. Wiese«, sagte der Richter. »Mr. Wiese kommt aus dem Süden und ist auf dem besten Weg, Partner bei mir zu werden.«

»Freut mich, Sie kennenzulernen, Sööh.« Mr. Wieses Südstaatenakzent war ein bisschen dick aufgetragen. »Habe gehört, dass der Richter Ihnen einen Vorschlag machen will.«

»Ja«, antwortete Henry kurz angebunden. Er kannte diesen Typus, und er verabscheute ihn – der erfolgreiche Streber, vermutlich Ergebnis der Kreuzung aus politischem Hasardeur und verarmtem Südstaatenweißen. Als Wiese sich entfernte, sagte der Richter beinahe verzeihungheischend: »Henry, er ist einer der reichsten Männer im Süden.« Und nach einer Pause: »Kommen Sie nach Hause, Junge.«

»Ich werde darüber nachdenken, Richter.« Für einen Augenblick überwältigte ihn die Freundlichkeit des grauhaarigen Mannes mit der gesunden Gesichtsfarbe, doch dann verblich alles wieder und wurde eindimensional, maschinengefertigt, platt, stumpf und uneuropäisch. Henry Marston achtete die offenherzige Freundlichkeit; bei seiner Arbeit in der Bank ging er jeden Tag so behutsam damit um, wie ein Museumskurator ein kostbares Objekt aus einer fernen Zeit und von einem fernen Ort berührt; dennoch konnte sie ihm nicht helfen; die Fragen, die Henry Marstons Leben betrafen, konnten nur in Frankreich beantwortet werden. Die sieben Generationen Vorfahren aus Virginia fanden sich jeden Tag zur Mittagszeit hinter ihm ein, wenn er nach Hause ging.

Das Zuhause war eine elegante Wohnung mit hohen Räumen im Renaissancepalast eines Kardinals in der Rue Monsieur – etwas, was Henry sich in Amerika nicht hätte leisten können. Mit etwas mehr Geschmack als dem unbeirrbaren Traditionalismus der französischen Bourgeoisie hatte Choupette sie wirklich schön eingerichtet, und sie bewegte sich mit ihren Kindern anmutig in den Räumlichkeiten. Sie war eine zerbrechliche, südländisch anmutende Blondine mit schönen, kraftvollen Zügen und lebhaften und traurigen französischen Augen, die Henry damals, im Jahr 1918, in einer *pension* in Grenoble als Erstes aufgefallen waren. Die beiden Söhne hatten das Aussehen Henrys geerbt, der wenige Jahre vor dem Krieg zum bestaussehenden Mann der Universität von Virginia gekürt worden war.

Henry stieg die breiten Treppenfluchten hinauf und blieb im Treppenhaus stehen, um Atem zu holen. Es war ruhig und kühl hier, doch gleichzeitig war die Atmosphäre wie eine undeutliche Ankündigung der Szene, die ihm bevorstand. Er hörte eine Uhr in seiner Wohnung ein Uhr schlagen und steckte den Schlüssel in die Tür.

Die Zofe, die seit dreißig Jahren für Choupettes Familie arbeitete, stand vor ihm, den Mund zu einem ersterbenden Seufzer aufgerissen.

»*Bonjour*, Louise.«

»Monsieur!« Er warf seinen Hut auf einen Stuhl. »Aber

Monsieur – aber ich dachte, Monsieur hätte am Telefon gesagt, Sie würden zu den Kindern nach Tours fahren!«

»Ich habe es mir anders überlegt, Louise.«

Er war einen Schritt vorgetreten; beim Anblick der schreckensstarren Miene der Frau waren seine letzten Zweifel verflogen.

»Ist Madame zu Hause?«

Im gleichen Augenblick bemerkte er den Hut und den Stock eines Mannes auf dem Tisch im Eingangsraum, und zum ersten Mal in seinem Leben hörte er die Stille – eine laute, singende Stille, so bedrückend wie Kanonendonner oder Donnergrollen. Und dann, als der leise Aufschrei der Zofe den endlosen Augenblick zerriss, trat er durch die Portieren in das benachbarte Zimmer.

Eine Stunde darauf klingelte Doktor Derocco von der Faculté de Médecine an der Wohnungstür. Choupette Marston öffnete mit leicht angespannter Miene die Tür. Und nach einem kurzen Austausch französischer Höflichkeiten sagte sie gefasst:

»Mein Ehemann hat sich in den letzten Wochen nicht wohl gefühlt. Aber er hat keine konkreten Beschwerden geäußert, und ich habe mir weiter keine Sorgen gemacht. Er ist auf einmal zusammengebrochen; er kann nicht sprechen und sich nicht bewegen. Möglicherweise wurde sein Anfall durch eine gewisse Indiskretion meinerseits befördert – es kam jedenfalls zu einer heftigen Auseinandersetzung, zu einem Streit, und wenn mein Ehemann aufgeregt ist, versteht er manchmal die französische Sprache nicht besonders gut.«

»Ich werde ihn mir ansehen«, sagte der Arzt, und er

dachte sich: ›Manche Dinge versteht man auf Anhieb in allen Sprachen.‹

In den nächsten vier Wochen bekamen mehrere Leute sonderbare Reden über eintausend Hemden zu hören, darüber, dass die gesamte Pariser Bevölkerung durch billiges Benzin betäubt werde; anwesend waren ein Psychiater, der keine Anzeichen einer gravierenden geistigen Erkrankung zu erkennen vermochte, eine Krankenschwester aus dem amerikanischen Krankenhaus und eine erschrockene, trotzige und auf ihre Weise zutiefst zerknirschte Choupette. Einen Monat später, als Henry sein vertrautes Zimmer wiedererkannte, in dem gedämpftes Licht herrschte, sah er sie an seinem Bett sitzen und griff nach ihrer Hand.

»Ich liebe dich noch immer«, sagte er, »das ist das Komische an der Sache.«

»Schlaf, du männlicher Kohlkopf.«

»Jedenfalls«, fuhr er mit schwacher Ironie fort, »kannst du dich darauf verlassen, dass ich mich wie ein Europäer verhalten werde.«

»Bitte! Du zerreißt mir das Herz.«

Als er sich im Bett aufsetzte, waren sie einander augenscheinlich wieder nahe – näher, als sie es seit Monaten gewesen waren.

»Jetzt gibt es noch einmal Ferien für euch«, sagte Henry zu den beiden Söhnen, die vom Land zurückgekommen waren. »Papa muss ans Meer reisen, um ganz gesund zu werden.«

»Dürfen wir dann auch schwimmen?«

»Wollt ihr ertrinken, meine Schätzchen?«, rief Choupette. »In eurem Alter? Das kommt nicht in Frage!«

Und so kam es, dass sie in St. Jean de Luz stattdessen am Strand saßen und ein paar unverzagten französischen Jüngern von *le sport* zusahen, die sich zwischen Floß, Sprungbrett, Motorboot und Sandstrand bewegten. Es gab vorbeifahrende Schiffe und bunte Inseln zu betrachten, Berge, die in kalte Höhen hinaufreichten, rote und gelbe Villen mit Namen wie Fleur des Bois, Mon Nid oder Sans-Souci und weiter im Landesinneren müde französische Dörfer aus Zement und grauem Stein.

Choupette saß neben Henry und hielt einen Sonnenschirm, um ihre Pfirsichhaut vor der Sonne zu schützen.

»Sieh nur!«, sagte sie beim Anblick sonnengebräunter amerikanischer Mädchen. »Ist das vielleicht schön? Mit dreißig haben sie dann eine Lederhaut wie einen braunen Schleier, der alles überdeckt, und sie sehen alle gleich aus. Und Frauen von hundert Kilo Gewicht in solchen Badeanzügen! Waren Kleider nicht ursprünglich dafür gedacht, die Fehler der Natur zu kaschieren?«

Henry Clay Marston war Virginier, von dem Schlag, der stolzer darauf ist, Virginier zu sein, als darauf, Amerikaner zu sein. Das gewichtige, durch einen ganzen Kontinent geprägte Wort bedeutete ihm weniger als die Erinnerung an seinen Großvater, der 1858 seinen Sklaven die Freiheit gegeben hatte, von Manassas bis Appomattox gekämpft hatte, Huxley und Spencer für leichte Lektüre hielt und unter Elite das Beste verstand, was ein Volk hervorbringt.

Choupette sagte all das wenig. Ihre spezifischere Kritik an Henrys Landsleuten richtete sich auf die Frauen.

»Wie würdest du sie einordnen?«, rief sie. »Vornehme Damen, Spießbürgerinnen, Abenteurerinnen – sie sehen alle gleich aus! Oder? Wie käme ich mir vor, wenn ich mich so aufführen wollte wie deine Freundin Madame de Richepin? Mein Vater war Professor an einer kleinen Universität, und es gibt Dinge, die ich niemals tun würde, weil es für meine Gesellschaftsklasse, für meine Familie ungehörig wäre. Und Madame de Richepin würde andere Dinge nicht tun, weil ihre Klasse, ihre Herkunft das nicht zulässt.« Sie deutete auf ein amerikanisches Mädchen, das ins Wasser ging: »Aber diese junge Dame ist möglicherweise eine Sekretärin, die denkt, sie müsste sich verstellen und sich kleiden und benehmen, als besäße sie ein Vermögen.«

»Vielleicht wird sie eines Tages eines besitzen.«

»Das wird ihnen allen eingeredet; aber dieses Glück hat nur eine von hundert. Deshalb haben sie alle so traurige und unzufriedene Mienen, wenn sie älter als dreißig sind.«

Obwohl Henry alles in allem ihrer Meinung war, musste er dennoch insgeheim darüber lächeln, welchen Gegenstand Choupette mit ihren harschen Worten bedachte. Das Mädchen, höchstens achtzehn Jahre alt, war der Typus, den sein Vater als reinrassig bezeichnet hätte. Ein in sich gekehrtes, gedankenverlorenes Gesicht, dessen Schönheit nur deshalb zu erkennen war, weil die makellosen Züge gleichsam zu verlangen schienen, beachtet zu werden, obwohl das Gesicht auf ihre Makellosigkeit hätte verzichten können, ohne sich in seinem Adel, in seiner Vornehmheit geschmälert zu sehen.

Mit ihrer Anmut, die so kühn wie elegant war, bildete sie den vollendeten Typus des amerikanischen Mädchens, bei dessen Anblick man sich fragt, ob die Männer heutzutage um seinetwillen geopfert werden, ähnlich wie im vergangenen Jahrhundert die niedrigeren Schichten in England geopfert wurden, um die herrschende Klasse zu schaffen.

Die zwei jungen Männer, die aus dem Wasser kamen, als sie hineinging, hatten breite Schultern und leere Gesichter. Sie erübrigte ein Lächeln für sie, das nicht herzlicher war, als sie es verdienten, das genügen musste, bis sie einen zum Vater ihrer Kinder auserwählen und sich in ihr Schicksal ergeben würde. Bis dahin ... Henry Marston konnte sehen, wie glücklich sie war, als ihre Arme beim Kraulen wie fliegende Fische das Wasser zerteilten, als ihr Körper wie ein Wasservogel oder wie ein Klappmesser vom Sprungbrett schnellte und als ihr Kopf aus der Tiefe auftauchte und unbekümmert das nasse Haar aus den Augen schüttelte.

Die zwei jungen Männer kamen vorbei.

»Sie wirbeln Wasser auf«, sagte Choupette, »und dann gehen sie woandershin und wirbeln dort Wasser auf. Sie sind monatelang in Frankreich und wissen nicht einmal, wie der Präsident heißt. Sie sind Schmarotzer, wie es sie in Europa seit hundert Jahren nicht gegeben hat.«

Aber Henry war plötzlich aufgestanden, und alle Strandbesucher standen ebenfalls auf. In den fünfzig Metern Wasser zwischen dem leeren Floß und dem Strand war etwas passiert. Der blonde Kopf erschien an der Wasseroberfläche; er plantschte nicht mehr, sondern rief: »*Au secours!* Hilfe!«, und die Stimme klang schwach und erschreckt.

»Henry!«, rief Choupette. »Henry, lass das!«

Um die Mittagsstunde war der Strand fast menschenleer, doch Henry und mehrere andere Männer eilten zum Wasser; auch die zwei jungen Amerikaner hörten den Hilferuf, drehten sich um und liefen hinterher. Ein halbes Dutzend

Köpfe bewegte sich hektisch im Wasser. Choupette gelang es, sich noch immer an ihrem Sonnenschirm festzuhalten und zugleich die Hände zu ringen, während sie am Strand entlanglief und schrie: »Henry! Henry!«

Sehr bald waren noch mehr Helfer zur Stelle, und dann bildeten sich zwei wachsende Grüppchen um zwei reglose Körper am Meeresufer. Der junge Mann, der das Mädchen gerettet hatte, brachte es innerhalb einer Minute zu Bewusstsein, aber schwieriger war es, das Wasser aus Henry zu pumpen, der nie schwimmen gelernt hatte.

II

»Das ist der Mann, der nicht wusste, ob er schwimmen kann, weil er es nie ausprobiert hat.«

Henry erhob sich aus seinem Liegestuhl und grinste verlegen. Es war am Morgen danach, und das gerettete Mädchen war mit seinem Bruder gerade an den Strand gekommen. Sie erwiderte Henrys Lächeln, strahlend unverbindlich und eher mitleidig als dankbar.

»Das Mindeste, was ich zum Dank tun kann, ist, dass ich es Ihnen beibringe«, sagte sie.

»Das wäre prima. Das dachte ich mir schon gestern im Wasser, bevor ich zum zehnten Mal untertauchte.«

»Sie können mir vertrauen. Ich werde nie wieder Schokoladeneis essen, bevor ich schwimmen gehe.«

Als sie ins Wasser ging, fragte Choupette: »Wie lange bleiben wir noch hier? Besonders unterhaltsam ist das Leben hier nicht.«

»Wir bleiben, bis ich schwimmen kann. Und die Jungen auch.«

»Schon recht. Ich habe einen hübschen Badeanzug in zweierlei Blau für fünfzig Franc gesehen; den kaufe ich dir heute Nachmittag.«

Henry, der sich ein wenig schmerbäuchig und ungesund käsig vorkam, wagte sich vorsichtig ins Wasser, seine Söhne an der Hand. Die großen Wellen sprangen ihn an und raubten ihm das Gleichgewicht, doch die Jungen quietschten vor Begeisterung; das zurückfließende Wasser sammelte sich bedrohlich um seine Füße auf dem Weg zurück ins Meer. Weiter draußen stand er neben anderen ängstlichen Geistern bis zur Taille im Wasser, sah zu, wie Leute von dem Sprungbrett auf dem Floß sprangen, hoffte, dass das Mädchen kommen würde, um sein Versprechen wahrzumachen, und bereute seinen Wunsch fast, als es kam.

»Ich fange mit Ihrem Ältesten an. Sie sehen zu und versuchen es dann selbst.«

Er ließ sich im Wasser treiben. Es stieg ihm brennend und stechend in die Nase; es blendete seine Augen; es drang ihm in die Ohren, wo es noch Stunden später wie Kiesel klirrte und klapperte. Auch die Sonne fiel über ihn her und löste lange Streifen Pergament von seinen Schultern und bedeckte seinen Rücken mit Blasen, so dass er nächtelang Folterqualen litt. Nach einer Woche schwamm er – mühsam, keuchend und nicht sehr weit. Das Mädchen brachte ihm eine Art Kraulen bei, denn er hatte begriffen, dass Brustschwimmen eine veraltete Kunst war, gut genug für Unfähige und Betagte. Choupette ertappte ihn dabei, dass er sein gebräuntes Gesicht mit einer gewissen Faszination im Spiegel betrachtete, und der jüngere Sohn holte sich im Sand eine leichte Hautinfektion, die ihn aus dem Schwimmwettbewerb ausscheiden ließ. Doch es kam der Tag, an dem Henry sich entschlossen zu dem Floß durchkämpfte und sich mit dem letzten Atemzug hinaufhievte.

»Das hätten wir erledigt«, sagte er zu dem Mädchen, als er wieder sprechen konnte, »und morgen kann ich St. Jean verlassen.«

»Wie schade.«

»Was werden Sie als Nächstes tun?«

»Ich fahre mit meinem Bruder nach Antibes; dort kann man bis Ende Oktober schwimmen. Danach Florida.«

»Um zu schwimmen?«, fragte er belustigt.

»Sicher. Um zu schwimmen.«

»Warum schwimmen Sie?«

»Um sauber zu werden«, antwortete sie überraschend.

»Sauber wovon?«

Sie runzelte die Stirn. »Ich weiß nicht, warum ich das gesagt habe. Aber im Meer komme ich mir sauber vor.«

»Amerikaner machen sich zu viel Gedanken über Sauberkeit«, sagte er.

»Kann man sich darüber zu viel Gedanken machen?«

»Ich will sagen, dass wir so heikel geworden sind, dass wir unseren eigenen Dreck nicht mehr anfassen wollen.«

»Ich weiß nicht.«

»Aber warum –« Er hielt überrascht inne. Er war im Begriff gewesen, sie nach einer Menge anderer Dinge zu fragen, sie zu fragen, was sauber sei und was nicht, was zu wissen sich lohne und was nur Geschwätz sei – sich einen neuen Zugang zum Leben zu eröffnen. Als er ein letztes

Mal in ihre Augen sah, die voller kühler Geheimnisse waren, wurde ihm klar, wie sehr ihm diese Vormittage fehlen würden, ohne dass er hätte sagen können, ob sein Interesse dem Mädchen galt oder dem, was sie von seinem immer wieder neuen, sich immer wieder verändernden Land verkörperte.

»Also gut«, sagte er am Abend zu Choupette, »morgen fahren wir.«

»Nach Paris?«

»Nach Amerika.«

»Heißt das, ich soll mitfahren? Und die Kinder auch?«

»Ja.«

»Aber das ist lächerlich«, protestierte sie. »Letztes Mal hat es mehr gekostet, als wir hier in einem halben Jahr ausgeben. Und wir waren nur zu dritt. Und jetzt, wo wir so viel gespart haben –«

»Genau darum geht es mir. Ich bin es leid, so weiterzumachen; du sollst nicht überall Geld abzwacken müssen und dir nichts zum Anziehen kaufen können. Ich muss mehr verdienen. Ein Amerikaner ohne Geld ist kein Amerikaner.«

»Soll das heißen, dass wir dort bleiben?«

»Das ist gut möglich.«

Sie sahen einander an, und Choupette verstand unwillkürlich, was er sagen wollte. Acht Jahre lang hatte er sich unablässig angepasst und ihr Leben gelebt, er hatte der moralischen Verwirrung seines Heimatlandes den Rücken gekehrt und sich stattdessen der Tradition, der Weisheit und der Raffinesse Frankreichs gebeugt. Nach der Sache in Paris hatte er geglaubt, die Hauptsache wäre, zu verstehen und zu vergeben und die Familie als etwas vom Wankelmut der Liebe Unabhängiges zu erhalten. Nun erst, da er vor Gesundheit regelrecht glühte, wie er es seit Jahren nicht mehr getan hatte, wurde ihm die eigene Reaktion klar. Die Gesundheit hatte ihn befreit. Obwohl er wusste, was verloren war, hatte er die Männlichkeit zurückerlangt, die er acht Jahre zuvor einem altklugen provenzalischen Mädchen ausgehändigt hatte.

Sie wehrte sich noch eine Zeitlang.

»Du hast eine gute Stellung, und wir haben eigentlich mehr als genug Geld. Du weißt, dass wir hier günstiger leben können.«

»Die Jungen werden langsam größer, und ich glaube nicht, dass ich sie in Frankreich zur Schule schicken will.«

»Aber das war alles schon geklärt«, jammerte sie. »Du hast selbst zugegeben, dass die Schulbildung in Amerika oberflächlich und ein Sammelsurium schrulliger Marotten ist. Sollen sie so werden wie die zwei Nullen am Strand?«

»Vielleicht habe ich mehr an mich gedacht, Choupette. Männer, die vor acht Jahren mit ihren Kreditbriefen frisch vom College in die Bank kamen, fahren jetzt mit Autos herum, die zehntausend Dollar kosten. Mir war das immer egal. Ich habe mir immer eingeredet, dass ich besser dran wäre als sie, weil wir wissen, dass Lobster armoricaine in Wahrheit Lobster américaine heißt. Vielleicht sehe ich das nicht mehr so.«

Sie erstarrte. »Wenn das so ist …«

»Du musst dich nur entscheiden. Wir können von vorn anfangen.«

Choupette überlegte kurz. »Natürlich könnte meine Schwester die Wohnung übernehmen.«

»Natürlich.« Er kam in Fahrt. »Es wird eine Menge Dinge geben, die dir gefallen – wir werden ein schickes Auto haben und eine dieser elektrischen Kühlkisten und alle möglichen komischen Apparate, die die Hausangestellten ersetzen. Es wird schon klappen. Du wirst lernen, Golf zu spielen und den lieben langen Tag über Kinder zu reden. Und vergiss nicht das Kino.«

Choupette stöhnte.

»Zuerst wird es ziemlich schrecklich sein«, gab er zu, »aber es gibt noch ein paar gute Schwarze Köchinnen, und wir werden zwei Badezimmer haben.«

»Mehr als eines auf einmal kann ich nicht benutzen.«

»Du wirst es lernen.«

Als einen Monat später in den Narrows die wunderschöne weiße Insel in ihr Blickfeld geschwommen kam, hatte Henry plötzlich wie alle einen Kloß in der Kehle, und am liebsten hätte er Choupette und allen Fremden zugerufen: »Seht nur, seht!«

III

Fast ganze drei Jahre später verließ Henry Marston sein Büro in der Calumet Tobacco Company und ging den Flur entlang zu den Räumen Richter Waterburys. Henrys Gesicht sah älter aus, mit einer Spur von Härte, und der weiße Leinenanzug konnte nicht kaschieren, dass sein Körper etwas schwerfälliger geworden war.

»Störe ich, Richter?«

»Kommen Sie rein, Henry.«

»Ich fahre morgen ans Meer, um mir das Gewicht abzuschwimmen. Ich wollte vorher noch mit Ihnen sprechen.«

»Fahren die Kinder mit?«

»Aber sicher.«

»Und Choupette fährt nach Europa?«

»Dieses Jahr nicht. Wenn sie nicht in Richmond bleibt, kommt sie wahrscheinlich mit.«

Der Richter dachte sich: ›Er weiß alles, so viel steht fest.‹

»Richter, ich wollte Ihnen sagen, dass ich für Ende September kündigen werde.«

Der Stuhl des Richters knarrte unter seinem Gewicht, als er die Füße auf den Boden stellte.

»Sie wollen aufhören, Henry?«

»Nicht direkt. Walter Ross will zurückkommen; lassen Sie mich seine Stelle in Frankreich übernehmen.«

»Junge, wissen Sie, was wir Walter Ross zahlen?«

»Siebentausend.«

»Und Sie verdienen fünfundzwanzigtausend.«

»Sie wissen sicher, dass ich ein bisschen Glück an der Börse hatte«, sagte Henry bescheiden.

»Ich habe etwas von einem Betrag zwischen hunderttausend und einer halben Million gehört.«

»Irgendwo dazwischen.«

»Und warum dann eine Siebentausend-Dollar-Stelle? Hat Choupette Heimweh?«

»Nein. Ich glaube, Choupette gefällt es hier. Sie hat sich erstaunlich gut eingelebt.«

Er weiß Bescheid, dachte der Richter. Er will weg.

Nachdem Henry gegangen war, blickte der Richter zu

dem Porträt seines Großvaters an der Wand hinauf. In jenen Tagen wäre die Sache einfacher gewesen. Pistolenduell in der Morgendämmerung auf der alten Wharton-Wiese. Es wäre für Henry von Vorteil gewesen, hätte sich an diesen Dingen nichts geändert.

Der Chauffeur setzte Henry vor einem georgianischen Haus in einer neuen Siedlung am Stadtrand ab. Henry ließ seinen Hut im Flur und ging auf die Seitenveranda.

Mit höflichem Lächeln sah Choupette von der Hollywoodschaukel auf. Bis auf eine gewisse wache Miene und die undefinierbare Eleganz in Kleidungsfragen hätte sie als Amerikanerin durchgehen können. Südstaatenwendungen überlagerten ihren französischen Akzent mit etwas bezaubernd Altmodischem, und es gab noch immer Collegeschüler, die sie bei den Weihnachtsbällen wie eine Debütantin umschwärmten.

Henry nickte Mr. Charles Wiese zu, der mit einem Gin-Fizz neben sich in einem Rohrsessel saß.

»Ich muss mit Ihnen sprechen«, sagte Henry, indem er sich setzte.

Wiese und Choupette wechselten einen schnellen Blick, bevor sie ihn ansahen.

»Sie sind ungebunden, Wiese«, sagte Henry. »Warum heiraten Sie und Choupette nicht?«

Choupette richtete sich auf; ihre Augen sprühten Blitze.

»Warte bitte.« Henry wandte sich wieder zu Wiese. »Ich habe die Sache das vergangene Jahr mehr oder weniger laufen lassen, während ich meine Finanzen geregelt habe. Aber Ihr letzter grandioser Einfall hat mir nicht gefallen, er hat mich sogar geärgert, und ich ärgere mich nicht gerne.«

»Wovon sprechen Sie eigentlich?«, fragte Wiese.

»Auf meiner letzten Reise nach New York haben Sie mich beschatten lassen. Ich nehme an, Sie hofften, auf diese Weise Beweismaterial gegen mich für die Scheidung sammeln zu können. Ist Ihnen leider nicht gelungen.«

»Ich weiß nicht, wie Sie auf solche Ideen kommen, Marston; Sie –«

»Lügen Sie mich nicht an!«

»Sööh –«, setzte Wiese an, doch Henry unterbrach ihn ungehalten: »Lassen Sie Ihr ›Sööh‹-Getue und regen Sie sich nicht künstlich auf. Sie haben es nicht mit einem verängstigten Baumwollpflücker mit dem Bauch voller Parasiten zu tun. Ich will keine Szene; dafür sind meine Gefühle zu temperiert. Ich will, dass wir uns über eine Scheidung einigen.«

»Warum bringst du das so aufs Tapet?«, rief Choupette, vor Aufregung auf Französisch. »Können wir nicht allein darüber sprechen, wenn du denkst, du hättest so viel gegen mich in der Hand?«

»Augenblick mal; am besten machen wir gleich reinen Tisch«, sagte Wiese. »Choupette wünscht sich die Scheidung. Ihr Leben mit Ihnen ist unbefriedigend, und sie ist nur deshalb bei Ihnen geblieben, weil sie ihre Ideale hochhält. Das können Sie sicherlich nicht würdigen, aber so ist es; sie hat es einfach nicht übers Herz gebracht, ihre Familie zu zerstören.«

»Sehr ergreifend.« Henry sah Choupette mit bitterer Belustigung an. »Aber jetzt befassen wir uns besser mit den Fakten. Ich würde die Sache gerne abschließen, bevor ich nach Frankreich zurückgehe.«

Choupette und Wiese wechselten wieder einen Blick.

»Das dürfte nicht weiter schwierig sein«, sagte Wiese. »Choupette will keinen Cent von Ihrem Geld.«

»Ich weiß. Sie will die Kinder. Die Antwort lautet nein.«

»Was für eine Unverschämtheit!«, rief Choupette. »Wie kannst du auch nur eine Sekunde lang glauben, ich würde auf meine Kinder verzichten?«

»Was bezwecken Sie damit, Marston?«, fragte Wiese. »Wollen Sie sie nach Frankreich mitnehmen und zu Exilanten machen, wie Sie einer sind?«

»Wohl kaum. Sie sind in der St.-Regis-Schule angemeldet und danach in Yale. Und ich habe keineswegs vor, ihnen den Umgang mit ihrer Mutter zu verbieten, wenn dieser der Sinn danach steht – was nicht oft der Fall sein dürfte, nach den vergangenen zwei Jahren zu schließen. Aber ich will das Sorgerecht haben, ohne Wenn und Aber.«

»Warum?«, fragten die anderen wie aus einem Mund.

»Wegen des Zuhauses.«

»Was zum Teufel soll das heißen?«

»Lieber sollen sie Handwerker werden, als in einem Zuhause wie bei Ihnen und Choupette aufwachsen.«

Schweigen trat ein. Unvermittelt ergriff Choupette ihr Glas, spritzte den Inhalt Henry ins Gesicht und ließ sich dann heftig schluchzend auf ihren Sitz fallen.

Henry tupfte sich das Gesicht mit seinem Taschentuch ab und stand auf.

»Das habe ich befürchtet«, sagte er, »aber ich denke, ich habe mich klar und deutlich ausgedrückt.«

Er ging in sein Zimmer hinauf und legte sich auf das Bett. Im vergangenen Jahr hatte er tausend durchwachte Stunden darauf verwendet, in Gedanken das Problem auszufechten, wie er die Söhne behalten konnte, ohne jene juristischen Schritte gegen Choupette zu ergreifen, zu denen er sich nicht überwinden konnte. Er wusste, dass sie die Kinder nur wollte, weil ihre Familie in Frankreich sie ohne die Kinder misstrauisch, ja sogar verächtlich beäugen würde; doch mit der Unvoreingenommenheit, wie sie Leuten einer gewissen Abstammung eigen ist, sah Henry diesen Beweggrund als völlig legitim an. Außerdem wollte er jeglichen Skandal um die Mutter seiner Söhne vermeiden, und dieser Umstand hatte seine Position an diesem Nachmittag nicht unerheblich geschwächt.

Wenn Schwierigkeiten unüberwindlich und unausweichlich wurden, suchte Henry Erleichterung im Sport. Seit drei Jahren war für ihn das Schwimmen eine Art Zuflucht gewesen, wie sie für andere Musik oder Alkohol darstellten. Nun, an diesem Punkt seiner Ehe angekommen, beschloss er, für eine Woche an die Küste von Virginia zu fahren, um nicht mehr denken zu müssen und seinen Geist im Wasser zu klären. Weit draußen hinter den Wellenbrechern sah er den grünen und braunen Horizont seiner Heimat mit der gelassenen Unpersönlichkeit eines Tümmlers liegen. Die Last seiner zerrütteten Ehe löste sich von ihm, sobald sein Körper übermütig in den Wogen tollte und er sich in einem Raum bewegte, der ein Gebilde wie aus einem Kindertraum war. Manchmal begleiteten ihn Spielkameraden, an die er sich erinnerte; andere Male, wenn er mit seinen Söhnen schwamm, war ihm zumute, als flöge er auf einer leuchtenden Spur zum Mond. Er sagte immer wieder, Amerikaner sollten mit Flossen auf die Welt kommen, und vielleicht taten sie das ja, vielleicht war Geld eine Form von Flossen. In England erzeugte der Landbesitz ein starkes Gefühl der Zugehörigkeit zu Grund und Boden, wohingegen die ruhelosen Amerikaner mit ihren flachen Wurzeln auf Flossen und Flügel angewiesen waren. In Amerika war sogar ab und zu die Rede von einer Schulausbildung, in der Geschichte und Vergangenheit nicht berücksichtigt werden sollten, die einen rüstete für Abenteuer in den Lüften, unbeschwert von Erbe oder Tradition.

Als Henry am nächsten Nachmittag im Meer an diese Dinge dachte, lenkte es seine Gedanken auf die Kinder; er machte kehrt und kraulte langsam zum Ufer zurück. Da er nicht sehr gut in Form war, machte er eine Pause an einem Floß, um zu Atem zu kommen, und als er aufblickte, sah er Augen, die er kannte. Im nächsten Augenblick unterhielt er sich mit dem Mädchen, das er vier Jahre zuvor zu retten versucht hatte.

Er war überglücklich. Er hatte nicht gewusst, wie lebhaft er sich an sie erinnerte. Sie stammte aus Virginia – das hätte er sich damals denken können angesichts der Trägheit und scheinbaren Unbekümmertheit, hinter denen sich stete Höflichkeit und Aufmerksamkeit verbargen; gute Formen ohne Förmlichkeit, die in Freundlichkeit und Rücksicht gründeten. Als er ihren Namen erfuhr, wusste er Bescheid, es war ein Name von der Ostküste, ein »guter« Name wie sein eigener.

Sie lagen in der Sonne und plauderten wie alte Freunde, nicht über unterschiedliche Kulturen oder über Manieren oder die Dinge, derentwegen Henry sich Gedanken über Choupette machte, sondern so, als wären sie über all das sowieso einer Meinung; sie plauderten darüber, was sie mochten und was sie amüsant fanden. Sie führte ihm einen komplizierten Sprung vom höchsten Sprungbrett vor, und er machte ihn ungeschickt nach – das war amüsant. Sie plauderten über Blaukrabben, die gegessen wurden, bevor sie einen neuen Panzer anlegten, und sie erzählte ihm, dass man sich dank der akustischen Eigenarten des Wassers von Gesprächen auf der Hotelterrasse unterhalten lassen konnte, während man am Strand lag. Sie probierten es aus, und er hörte zwei Damen, die beim Tee sagten:

»Und am Lido –«

»Und in Asbury Park –«

»Also wirklich, er hat sich die ganze Nacht gekratzt wie verrückt; er hat sich gekratzt wie ein Besessener –«

»Also, Liebste, in Deauville –«

»– und gekratzt und gekratzt, die ganze Nacht.«

Etwas später nahm das Meer den einmalig tiefblauen Farbton von vier Uhr nachmittags an, und das Mädchen erzählte ihm, dass sie als Neunzehnjährige von einem Spanier geschieden worden war, der sie im Hotel einsperrte, wenn er abends ausging.

»Künstlerpech«, sagte sie obenhin. »Aber lassen Sie uns über erfreulichere Dinge sprechen: Wie geht es Ihrer schönen Frau? Und die Jungen, können die inzwischen den Totenschwumm? Könnten Sie nicht alle miteinander heute mit mir zu Abend essen?«

»Ich fürchte, das wird nicht möglich sein«, sagte er nach kurzem Zögern. Er durfte nichts tun, was Choupette gegen ihn verwenden konnte, wäre es noch so geringfügig, und zu seiner Verärgerung wurde ihm bewusst, dass er auch an diesem Nachmittag wahrscheinlich beschattet wurde. Jedenfalls war er froh, so vorsichtig gewesen zu sein, als Choupette sich unerwartet im Hotel zum Abendessen einfand.

Nachdem die Jungen zu Bett gegangen waren, saßen sie einander beim Kaffee auf der Hotelveranda gegenüber.

»Würdest du mir bitte erklären, warum wir das Sorgerecht für die Kinder nicht teilen sollen?«, eröffnete Choupette den Schlagabtausch. »Du warst doch nie rachsüchtig, Henry.«

Es war nicht leicht für ihn, ihr den Sachverhalt zu erklären. Er sagte nochmals, dass sie die Kinder sehen könne, sooft sie wolle, dass er jedoch völlig freie Hand in der Erziehung haben müsse, weil er bestimmten altmodischen Überzeugungen anhing, und als er sah, wie ihre Miene von Minute zu Minute steinerner wurde, begriff er, wie vergebens alles war, und verstummte. Sie schnaubte verächtlich.

»Ich wollte dir die Chance geben, vernünftig zu sein, bevor Charles kommt.«

Henry richtete sich auf. »Er kommt hierher?«

»Ja, zum Glück. Das erschüttert deine Selbstsucht vielleicht zur Abwechslung, Henry. Du hast es diesmal nicht bloß mit einer Frau zu tun.«

Als Wiese eine Stunde später aus dem Haus auf die Veranda trat, sah Henry, dass seine blassen Lippen kalkweiß waren; seine Stirn war gerötet, und seine Augen glitzerten vor Selbstvertrauen. Er war zum Kampf bereit und wollte keine Zeit verschwenden. »Wir haben etwas zu klären, Sööh, ich habe ein Motorboot hier liegen, und das wäre vielleicht der ruhigste Ort für eine Aussprache.«

Henry nickte kühl; fünf Minuten später waren sie in dem breiten Fahrwasser des Mondlichts auf dem Weg in die Hampton Roads. Es war ein friedvoller Abend, und eine halbe Meile vom Ufer entfernt drosselte Wiese den Motor zu einem leisen Tuckern, so dass es war, als trudelten sie willenlos und ziellos durch das sternenhelle Wasser. Wieses Stimme unterbrach die Stille:

»Marston, ich will nicht lange drumherum reden. Ich liebe Choupette, und ich schäme mich nicht dafür. So was ist in der Menschheitsgeschichte schon öfter vorgekommen. Ich nehme an, Sie wissen, was ich meine. Das einzige Problem ist das Sorgerecht für Choupettes Kinder. Offenbar haben Sie allen Ernstes vor, die Kinder ihrer Mutter zu entreißen, die sie unter dem Herzen getragen und großgezogen hat.« Und nun klangen Wieses Worte deutlicher, als kämen sie aus einem breiteren Mund: »Aber eine Sache haben Sie dabei übersehen, und das ist meine Wenigkeit. Ist Ihnen eigentlich klar, dass ich inzwischen einer der wohlhabendsten Männer von ganz Virginia bin?«

»Ist mir zu Ohren gekommen.«

»Und Geld ist Macht, Marston. Ich wiederhole, Sööh, Geld ist Macht.«

»Ist mir auch zu Ohren gekommen. Sie langweilen mich, Wiese.« Selbst im Mondlicht sah Henry, wie Wieses Stirn sich tiefer rötete.

»Ich werde Sie weiter langweilen, Sööh. Gestern haben Sie uns überrumpelt, und ich war auf Ihr rücksichtsloses Betragen Choupette gegenüber nicht vorbereitet. Aber heute Vormittag habe ich einen Brief aus Paris erhalten, der die Sache in ein neues Licht rückt. Es ist ein Attest aus der

Hand eines Spezialisten für Geisteskrankheiten, in dem bestätigt wird, dass Sie an einer geistigen Störung leiden und untauglich sind, das Sorgerecht für Ihre Kinder zu übernehmen. Der Unterzeichner ist der Nervenarzt, der Sie bei Ihrem Zusammenbruch vor vier Jahren behandelt hat.«

Henry lachte ungläubig; dann sah er Choupette an in der vagen Hoffnung, sie lachen zu sehen, doch sie hatte das Gesicht abgewendet und schien leicht zu keuchen. Mit einem Mal wurde Henry klar, dass Wiese die Wahrheit sagte – dass er sich mittels einer gigantischen Bestechung das fragliche Dokument verschafft hatte und es allen Ernstes verwenden wollte.

Henry taumelte kurz, als hätte er einen Schlag erhalten. Er hörte, wie seine Stimme sagte: »Das ist das Idiotischste, was ich je gehört habe«, und wie Wiese antwortete: »Leute werden nicht immer darüber aufgeklärt, dass sie geistesgestört sind.«

Henry war plötzlich zumute, als wollte er lachen; die Schrecksekunde, als er sich gefragt hatte, ob an der Behauptung etwas Wahres sein könnte, war vorbei. Er wandte sich an Choupette, die wieder seinem Blick auswich.

»Choupette, wie konntest du das tun?«

»Ich will meine Kinder«, sagte sie, doch Wiese fiel ihr schnell ins Wort: »Wenn Sie halbwegs fair gewesen wären, Marston, hätten wir diesen Schritt nicht tun müssen.«

»Wollen Sie mir weismachen, Sie hätten diesen schmutzigen Trick erst gestern Nachmittag eingefädelt?«

»Ich bin gern vorbereitet, aber wenn Sie sich einsichtig gezeigt hätten oder wenn Sie jetzt Einsicht zeigen, dann müssen wir nicht auf dieses Attest zurückgreifen.« Sein

Ton wurde unversehens beinahe väterlich, beinahe liebevoll: »Seien Sie vernünftig, Marston. Auf der einen Seite steht Ihr Starrsinn, auf der anderen sind meine vierzig Millionen Dollar. Machen Sie sich nichts vor. Marston, ich sage es noch einmal: Geld ist Macht. Sie waren so lange im Ausland, dass Sie das vielleicht vergessen haben. Geld hat dieses Land zu dem gemacht, was es ist, es hat seine großen und ruhmreichen Städte errichtet, hat seine Industrie geschaffen, hat es mit einem eisernen Netz von Eisenbahnlinien überzogen. Geld macht die Naturkräfte nutzbar, Geld erschafft die Maschinen und bringt sie zum Laufen, wenn es das will, und zum Anhalten, wenn es das will.«

Als fasste er dies als Befehl auf, ließ der Motor ein kurzes heiseres Geräusch vernehmen und erstarb.

»Was ist los?«, wollte Choupette wissen.

»Nichts weiter.« Wiese drückte mit dem Fuß auf den Startknopf. »Marston, ich wiederhole: Geld ist – die Batterie ist leer. Augenblick, ich versuche den Motor wieder anzuwerfen.«

Er versuchte es fast eine Viertelstunde lang, während das Boot gemächlich im Kreis trudelte.

»Choupette, sieh in der Schublade hinter dir nach, da müsste ein Notsignal sein.«

Ihre Stimme verriet leise Panik, als sie antwortete, es gebe kein Notsignal. Wiese spähte abschätzend zum Ufer.

»Hören kann uns niemand; wir sind mindestens eine halbe Meile weit draußen. Wir müssen warten, bis jemand vorbeikommt.«

»Wir werden aber nicht hier warten«, bemerkte Henry.

»Und warum nicht?«

»Wir werden aus der Bucht getrieben. Merken Sie es nicht? Die Ebbe treibt uns hinaus.«

»Das kann nicht sein!«, sagte Choupette entschieden.

»Siehst du die zwei Lichter am Ufer? Jetzt überschneiden sie sich. Siehst du?«

»Tu etwas!«, jammerte sie, und dann rief sie auf Französisch: *»Ah, c'est épouvantable!* Kann man denn gar nichts dagegen tun?«

Der Sog der Ebbe war stärker geworden und trieb das Boot die Roads entlang zum offenen Meer hinaus. Sie kamen an den undeutlichen Formen von zwei Schiffen vorbei, doch so fern, dass ihre Rufe nicht gehört wurden. Vor dem westlichen Himmel blinkte das Licht eines Leuchtturms, doch es war nicht abzuschätzen, wie nahe sie an ihm vorbeikommen würden.

»Sieht fast so aus, als würden unsere Probleme uns abgenommen«, sagte Henry.

»Was für Probleme?«, fragte Choupette. »Willst du behaupten, wir könnten nichts tun? Kannst du einfach dasitzen und dich wegspülen lassen?«

»Für die Kinder wäre es vielleicht am besten so.« Er zuckte zusammen, als Choupette heftig zu schluchzen begann, doch er sagte nichts. Eine gespenstische Idee begann sich in seinem Geist herauszubilden.

»Marston, passen Sie auf. Können Sie schwimmen?«, fragte Wiese mit gerunzelter Stirn.

»Ja, aber Choupette nicht.«

»Ich auch nicht, darum geht es nicht. Wenn Sie an Land schwimmen und ein Telefon finden würden, könnte die Küstenwache uns retten.«

Henry blickte zu dem dunklen Ufer, das sich entfernte.

»Zu weit«, sagte er.

»Du könntest es versuchen!«, sagte Choupette.

Henry schüttelte den Kopf.

»Zu riskant. Und wenn wir ganz großes Glück haben, findet uns jemand.«

Der Leuchtturm blieb hinter ihnen zurück, weit zur Linken und außer Hörweite. Der nächste und letzte ragte eine halbe Meile vor ihnen auf.

»Vielleicht schaukeln wir so nach Frankreich wie dieser Gerbault«, bemerkte Henry. »Aber dann wären wir natürlich Exilanten, und das würde Wiese nicht zusagen, nicht wahr, Wiese?«

Wiese, der sich an dem Motor zu schaffen machte, blickte auf.

»Sehen Sie sich das mal an«, sagte er.

»Von Technik verstehe ich nichts«, sagte Henry. »Aber diese Lösung unserer ganzen Schwierigkeiten wird mir langsam sympathisch. Angenommen, Sie wären skrupellos genug, dieses Attest gegen mich zu verwenden, und würden die Kinder zugesprochen bekommen – in diesem Fall hätte es für mich wenig Sinn, weiterzuleben. Wir sind alle Versager – ich als Familienvater, Choupette als Mutter und Sie, Wiese, als Mensch. Umso besser, wenn wir zusammen aus dem Leben scheiden.«

»Das ist nicht der Zeitpunkt für große Reden, Marston.«

»O doch, ein ausgezeichneter Zeitpunkt. Wollen Sie nicht noch ein wenig mehr über die Macht von Geld salbadern?«

Choupette saß steif aufgerichtet im Bug; Wiese stand

über den Motor gebeugt und biss sich nervös auf die Lippen.

»Der Leuchtturm ist zu weit weg.« Plötzlich kam ihm ein Einfall. »Könnten Sie nicht hinschwimmen, Marston?«

»Natürlich könnte er es!«, rief Choupette.

Henry betrachtete die Entfernung.

»Ich könnte es. Aber ich tue es nicht.«

»Du musst!«

Choupettes Tränen ließen ihn abermals zusammenzucken, doch gleichzeitig wusste er, dass er jetzt handeln musste.

»Es hängt alles von einer Kleinigkeit ab«, sagte er schnell. »Wiese, haben Sie einen Füllfederhalter?«

»Ja. Wozu?«

»Wenn Sie ein paar Zeilen schreiben und unterzeichnen, die ich Ihnen diktiere, schwimme ich zu dem Leuchtturm und hole Hilfe. Andernfalls treiben wir auf das offene Meer hinaus, so wahr mir Gott helfe! Sie entscheiden sich besser auf der Stelle.«

»Oh, warte nicht!«, rief Choupette hysterisch. »Tu, was er sagt, Charles! Er meint es ernst. Er meint es immer ernst. Oh, bitte warte nicht!«

»Ich tue, was Sie wollen« – Wieses Stimme zitterte –, »aber handeln Sie bitte. Was wollen Sie – eine Vereinbarung über die Kinder? Ich gebe Ihnen mein persönliches Ehrenwort –«

»Für Scherze haben wir jetzt keine Zeit«, sagte Henry giftig. »Nehmen Sie dieses Blatt Papier und schreiben Sie.«

Die zwei Seiten, die Wiese unter Henrys Diktat schrieb, waren eine Erklärung, dass er und Choupette für alle Zeiten auf jeden Anspruch auf die Kinder verzichteten. Als sie zitternd unterschrieben hatten, rief Wiese: »Jetzt schwimmen Sie endlich, bevor es zu spät ist!«

»Eine Sache noch: das Attest des Nervenarztes.«

»Das habe ich nicht dabei.«

»Sie lügen.«

Wiese holte es aus seiner Tasche.

»Schreiben Sie darunter, wie viel Sie dafür bezahlt haben, und signieren Sie.«

Sekunden später sprang Henry vom Boot ins Wasser, bis auf die Unterwäsche entkleidet und mit einem Tabaksbeutel aus geölter Seide um den Hals, der die Papiere enthielt, und schwamm auf das Licht zu.

Die Wellen klatschten ihm entgegen, doch nach dem ersten Schrecken war es warm und gemütlich im Wasser, und das leise Flüstern der Wellen hatte etwas Ermutigendes. Es war die längste Strecke, die er sich je zugetraut hatte, und er war aus der Übung, doch das Glücksgefühl in seinem Herzen machte ihm Mut. Er war in Sicherheit und frei. Jede Bewegung war kraftvoll, weil er wusste, dass seinen beiden Söhnen, die im Hotel schliefen, das Schicksal erspart blieb, das ihnen sonst gedroht hätte. Weit weg von ihrem Heimatland hatte Choupette sich in Amerika das ausgesucht, was ihrer Bequemlichkeit entgegengekommen war. Dass ein Gerichtsurteil sie dazu ermächtigen sollte, dieses irrsinnige moralische Kuddelmuddel seinen Söhnen weiterzureichen, war eine unerträgliche Vorstellung. Damit hätte er sie für alle Zeiten verloren.

Er drehte sich auf den Rücken und sah, dass das Motorboot schon weit weg und das blendend helle Licht näher war. Er war sehr müde. Wenn man sich gehenließ, und in der Entspannung nach der Anstrengung spürte er eine gefährliche Neigung, es zu tun, starb man schnell und schmerzlos, und alle Probleme von Hass und Bitternis lösten sich auf. Doch in der Tasche aus geölter Seide an seinem Hals spürte er das Schicksal seiner Söhne, und mit letzter Anstrengung drehte er sich wieder um und richtete alle Kraft auf sein Ziel.

Zwanzig Minuten später stand er zitternd und tropfend im Signalraum, während die Küstenwache benachrichtigt wurde, dass ein Boot in der Bucht Hilfe benötige.

»Solange es keinen Sturm gibt, ist nicht viel zu befürchten«, sagte der Leuchtturmwärter. »Wahrscheinlich sind sie mit einer Querströmung nach Peyton Harvor getrieben.«

»Ja«, sagte Henry, der seinen mittlerweile dritten Sommer an dieser Küste verbrachte, »das dachte ich mir auch.«

IV

Im Oktober brachte Henry seine Söhne in die Schule und fuhr mit der *Majestic* nach Europa. Er war nach Hause gekommen wie zu einer großzügigen Mutter und hatte weit mehr bekommen, als er verlangt hatte – Geld, die Erlösung aus einer unerträglichen Lage und neue Kraft, für seine eigenen Belange zu kämpfen. Als er vom Deck der *Majestic* die Stadt und das Ufer schwinden sah, überkam ihn ein Gefühl überwältigender Dankbarkeit und Freude, dass es Amerika gab, dass unter dem hässlichen Schutt der

Industrie das fruchtbare Land noch immer nachwuchs, unverbesserlich üppig und freigebig, und dass sich in den Herzen der führerlosen Menschen die alte Großzügigkeit und Hingabe noch immer behaupteten, bisweilen in Fanatismus und Exzesse ausarteten und doch immer unbezwingbar und unbesiegbar blieben. Zurzeit hatte eine verlorene Generation das Sagen, aber er hatte den Eindruck, dass die kommenden Männer, die Männer, die aus dem Krieg kamen, besser waren; und sein ganzes früheres Gefühl, dass Amerika nur ein bizarrer Zufall sei, ein Scherz der Geschichte, war wie ausgelöscht. Das Beste, was Amerika zu bieten hatte, war das Beste, was die Welt zu bieten hatte.

Als er zum Büro des Pursers ging, wartete er dort, bis eine Passagierin bedient worden war. Sie drehte sich um, beide erschraken, und er sah, dass es das Mädchen war.

»Oh, hallo!«, rief sie. »Wie nett, dass Sie mitfahren! Ich habe mich gerade erkundigt, wann das Schwimmbecken geöffnet wird. Das Tolle an diesem Schiff ist, dass man jederzeit schwimmen gehen kann.«

»Warum schwimmen Sie so gerne?«, fragte er.

»Das fragen Sie mich immer.« Sie lachte.

»Vielleicht erzählen Sie es mir, wenn Sie heute Abend mit mir essen.«

Doch als er sich kurz darauf von ihr verabschiedete, wusste er, dass sie es ihm nie erklären könnte, sie und auch niemand anderes. Frankreich war ein Land, England war ein Volk, doch Amerika, noch immer von der Suche nach dem Absoluten geprägt, war schwerer zu fassen: Es war die Gräber von Shiloh und die müden, erschöpften, nervösen

Antlitze seiner großen Männer, die Bauernjungen, die in den Argonnen für Phrasen starben, die sich als hohl erwiesen, bevor die Leichname der Toten zerfielen. Es war eine Hingabe des Herzens.

HERMANN HESSE

Abstecher in den Schwimmsport

Wenn ein Dichter so seine zwanzig, dreißig Jahre lang sich Mühe gegeben und sich eine Anzahl von Freunden und Feinden erworben hat, dann wird er nicht nur mit allerlei Ehren überhäuft und erlebt es, daß die selben Redaktionen, die ihm seine Gedichte immer wieder mit höflichem Bedauern zurücksenden, Studienräte beschäftigen, um lange Artikel über ihn zu schreiben, nein, er bekommt die Stimme des Volkes auch unmittelbar zu hören. Jeden Morgen bringt ihm die Post ein Häufchen Briefe und Päckchen, aus denen er ersehen kann, daß er nicht vergebens sich Mühe gegeben hat. Er wird gewürdigt, die Manuskripte und ersten Bücher zahlreicher junger Kollegen zu lesen, er wird von denselben Redaktionen, die beständig seine Mitarbeit erbitten und ihm seine Gedichte dann beständig wieder zurücksenden, dringend und oft sogar telegraphisch um seine feuilletonistische Meinung über den Völkerbund oder über die Zukunft des Segelflugsports befragt, er wird von jungen Leserinnen um seine Photographie gebeten und von älteren Leserinnen in die Geheimnisse ihres Lebens und die Gründe ihres Beitrittes zur Theosophie oder zur Christian Science eingeweiht, und er wird aufgefordert, Konversationslexika zu abonnieren, da in ihnen auch sein geschätzter Name sich finde. Kurz, es beweist einem solchen Dichter jeden Morgen die Post, daß sein Leben und Tun nicht vergeblich gewesen sei. Jedem Dichter geht es so.

Manchmal aber ist man nun aber nicht gestimmt, schon gleich beim ersten Schluck Kaffee und Brot sich respektvoll dieser Gemeinde gegenüberzustellen und ihre Grüße, ihre Wünsche und Ratschläge zur Abfassung künftiger Bücher entgegenzunehmen. So ging es gestern auch mir, und ich schob die Post, die diesmal ganz unerwartet reichlich eingetroffen war, beiseite, setzte den Hut auf und ging erst ein wenig spazieren.

Ich ging die Treppe hinab, an der Zimmertür meines Nachbarn H. vorüber, der jetzt wohl in seiner Bank saß und Zahlen schrieb. Denn er war Bankangestellter, aber sein Ehrgeiz ging nach anderen Sphären; im Herzen war er Sportsmann und hatte dieser Tage, wie ich aus der Zeitung und aus Gesprächen der Nachbarn wußte, mit einer von ihm erfundenen Spezialität den ersten großen Erfolg gehabt. Herr H. war nämlich Sportschwimmer und hatte mir mehrmals geklagt, wie beschränkt auf diesem Gebiete die Möglichkeiten seien. Er hatte den Zürichsee in etwa 10 Minuten durchschwommen, ich weiß nicht mehr, ob der Breite oder Länge nach, es war unglaublich fix gegangen, und ich hatte ihn sehr bewundert, aber er hatte mit düsterem Blick gesagt, im Schwimmen sei nicht mehr viel zu machen. Man sei jetzt in diesem Sport so weit trainiert, daß binnen kurzem der äußerste Punkt erreicht sein werde: man werde dann den Kilometer in einer Minute zurücklegen, und selbst wenn dieser Rekord noch überboten werden sollte, so würde man es nach Ansicht der Fachleute doch niemals weiter bringen, als daß der Schwimmer bestenfalls zur gleichen Zeit am jenseitigen Ufer ankomme, in der er das diesseitige verlassen habe.

Aber mein Nachbar H. war kein gewöhnlicher Schwimmer, er war ein Genie. Er erfand von einem Tag auf den andern einfach eine neue Schwimmkunst. Es sei so, sagte er, bisher ja recht gut und brav geschwommen worden, und das letzte Kleinkinderwettschwimmen von Gibraltar nach Afrika habe ja gezeigt, daß man in der Tat im Schwimmsport eigentlich keine Hindernisse und Grenzen mehr kenne. Aber naiverweise war man eben bisher immer der Luftlinie nach und an der Oberfläche des Wassers geschwommen. Freund H., der schon immer eine guter Taucher gewesen war, brachte nun den neuen Sport auf, bei dem der Schwimmer am Grunde der See wie ein Gratwanderer den Erhebungen und Vertiefungen des Geländes folgt. Er hatte den Bodensee vor wenigen Tagen auf diese Weise durchschwommen, immer zwanzig Zentimeter über dem Seeboden, und alle Welt war über die Leistung außer sich.

Dennoch, so dachte ich bei mir, haben wir Dichter es besser. Es wird der Tag kommen, da wird jeder gut trainierte Schwimmer das leisten, was H. neulich geleistet hat, und sein Ruhm wird erblassen, und wieder wird der Schwimmsport sich um neue Aufgaben bemühen müssen. Bei uns Dichtern dagegen, wie war da alles noch offen, wie weit und noch kaum betreten lag die ganze Welt vor uns! Zugegeben, daß in den 2500 Jahren seit Homer wirklich ein Fortschritt erzielt worden war – und selbst darüber konnte man streiten, – wie klein war dieser Fortschritt! Der Gedanke erfrischte mich, in guter Laune kehrte ich nach Hause zurück und wollte eigentlich sofort an meine Arbeit gehen. Aber da lag noch diese Morgenpost, und bei Gott, sie war heute drei- oder viermal so umfangreich als gewöhnlich! Etwas verdrießlich schnitt ich zunächst einmal ein Dutzend Briefe auf und begann zu lesen. Aber das war heute wirklich ein Glückstag. Brief für Brief, alle waren sie erfreulich. Jeder begann mit der Anrede ›Hochverehrter Meister‹ und enthielt nur Angenehmes und Schmeichelhaftes. Die Universität meines Landes, obwohl ich doch weder Fabrikant noch Tenorsänger war, hatte beschlossen, mich zum Ehrendoktor zu ernennen. Die berühmte ›Schweinfurter Zeitung‹, die mir immer meine eingesandten Gedichte wieder zurückgesandt hatte, forderte mich flehentlich zur Mitarbeit auf, sei es in welcher Form und auf welchem Gebiete auch immer, jede Zeile von mir werde der Redaktion und den Lesern hoch willkommen sein. Und so ging es weiter, Schlag auf Schlag. Die Sängerin Ida vom Stadttheater, diese süße braune Hexe, lud mich zu einer Autofahrt ein. Ein Photograph in Dortmund und einer in Karlsruhe baten mich flehentlich, sich zum Zweck einer Aufnahme hierher verfügen zu dürfen. Man bot mir kostenlos für ein Vierteljahr einen neuen Wagen zum Versuch an. Weder von Theosophinnen noch von Anhängerinnen des Mazdaznan waren Briefe da, weder römische Tragödien von Quintanern noch Revolutionsdramen von Sekundanern waren dabei. Es war erstaunlich, es war ein großer Tag. Weder mein fünfzigster noch mein sechzigster Geburtstag hatte mir auch nur annähernd solche Triumphe gebracht.

Es war mir beinahe zu viel. Ich beschloß, den Rest der Briefe erst später nach Tisch zu lesen. Aber ein hübsches, flaches Päckchen lag noch da, das machte mich neugierig. Man sah es ihm an, daß weder ein Buch noch ein Manuskript darin verborgen sein konnte, sein Inhalt konnte nur ein erfreulicher sein. Ich schnitt also die Schnur auf und faltete die Umhüllung auseinander. Rosa Seidenpapiere kamen zum Vorschein, und ein zarter Duft verbreitete sich, weich und zart fühlte der Inhalt sich an. Ich enthüllte ihn sorgfältig und feierlich wie ein Denkmal und fand eine Handarbeit aus feinem, trikotartigem Stoff. Verwundert legte ich das Ding auseinander und breitete es über einem Stuhl aus. Es war ein schwarzer Badeanzug, aus seidig schimmerndem Trikot, und auf der Brust des Anzuges war ein großes hellrotes Herz aufgenäht und mit Kreuzstich eingefaßt, und in dem roten Herzen stand mit schwarzen Buchstaben gestickt: ›Dem großen Heinrich, dem unvergleichlichen Unterwasserschwimmer‹.

Teufel, und jetzt begriff ich endlich und sah, daß diese ganze ausgiebige Morgenpost gar nicht mir gehört hatte, sondern meinem Nachbarn H., dem Schwimmer, der jetzt auf seiner Bank saß und Bleistifte spitzte, der aber morgen seine Stelle kündigen und einem der zahllosen ehrenvollen Rufe nach Berlin, nach Amerika, nach Paris oder London folgen würde, die ihn jetzt täglich erreichten.

Ärgerlich und ein wenig betrübt ging ich nochmals aus, und schlenderte an den Quai hinaus. Da lag der Zürichsee, und ich sah ihn mir an und überlegte sehr, ob ich nicht wohl daran täte, zum Schwimmsport überzugehen. Konnte ich auch nicht auf Weltrekorde zählen, so war ich doch noch leidlich rüstig, und einst als Knabe hatte ich sehr gut schwimmen können. Zu schönen Achtungserfolgen bei kantonalen Seniorenwettschwimmen würde es mir vielleicht doch noch reichen. Aber dann sah der See so widerlich kalt und naß aus, und ich dachte daran, daß Meister H. die unabsehbare Strecke von hier bis zum andern Ufer in zehn Minuten durchschwommen hatte, und es fiel mir auch wieder ein, wieviel dankbare und nie auszuschöpfende Ziele und Aufgaben meiner in der Dichtkunst noch warteten.

Nein, ich würde meinem Nachbarn H. seine Post mit höflichen Entschuldigungen überschicken, würde ihn um eine Eintrittskarte zu seinem nächsten Schauschwimmen bitten und ihn gelegentlich ersuchen, bei ein paar Redaktionen großer Blätter ein Wort für mich einzulegen behufs Abdruck meiner Gedichte. Im übrigen aber wollte ich den Schwimmsport den Karpfen und Hechten überlassen und es weiter mit dem Dichten probieren. Es beschäftigte mich da seit einigen Tagen ein Gedicht über den Frühling, oder vielmehr über den merkwürdigen Geruch von jungen harzigen Baumknospen und seine Wirkung auf junge und alte Menschen, eine außerordentlich verschiedene Wirkung, und wenn es auch schwer und nahezu unmöglich schien, diese Sache mit den Knospen und den Herzen der Menschen jemals einigermaßen befriedigend zu formulieren, so wollte ich doch nicht derjenige sein, der sein Handwerk vernachlässigte und sich um seine Lebensaufgabe drückte.

CLAIRE FULLER

Swimming Pavilion, 26. Juni 1992, 5 Uhr

Gil,

fast vier Jahre lang lagen die trockenen Stäbe von Georges Wiege auf dem Dachboden und lasteten schwer auf meinem Kopf, wann immer ich im Haus war, der Geruch von Nans Babysachen unter dem Bett wechselte von frischem Wäscheduft zu Staub, und die Stelle auf meiner Schulter, wo der Kinderkopf hätte liegen sollen, blieb leer. Die Welt war härter geworden, es gab mehr Reibung, Laken kratzten, Kleidung scheuerte, die Menschen irritierten mich. Nur unter Wasser oder im Garten war mir leichter zumute. Aber das intensive Gefühl von Trauer, so wie der Schmerz bei der Geburt, entzieht sich der Erinnerung, sobald der Moment vorbei ist: So versichert sich die Natur, dass wir weiterleben und weiterhin neues Leben schaffen.

Vermutlich haben wir unser Leben weitergelebt, Du und ich. Ich arbeitete im Garten, legte einen Zickzackpfad aus Steinen über die Böschung zum Strand an und pflanzte Seekohl, Hornmohn und Fenchel. Unsere Nachbarn brachten Ableger, in feuchtes Zeitungspapier gewickelt, oder stellten Echtes Labkraut, Echten Wundklee oder Strandflieder in Töpfen vor unsere Tür. Ich pflanzte und goss und versorgte die Pflanzen, ich kümmerte mich um Nan. Du fingst mit einem neuen Buch an (die Illusion, dass Du eine bezahlte

Arbeit finden würdest, hatten wir aufgegeben). Ich merkte, dass es nicht gut lief. Wir blieben zu Hause und sparten, wo es ging. Wenn Du eine Erzählung verkaufen konntest, feierten wir mit Jonathan, der oft zu Besuch kam, seine Reiseberichte abtippte und bei der schweren Arbeit im Garten half, während Du in Deinem Schreibzimmer warst. Er brachte nicht mehr Schwärme von Menschen mit, aber gelegentlich Frauen (erinnerst Du Dich an die Amerikanerin, die 1980 zu Weihnachten kam?). Ich versuchte sie zu mögen, sie willkommen zu heißen, aber die meisten waren lachhaft. Die Amerikanerin bestand darauf, dass Jonathan die Gewürze für ein Lebkuchenhaus kaufte, obwohl wir alle Lebkuchen nicht mochten, sie selbst auch nicht. Bis März stand das Gebilde in einer Ecke in der Küche und verstaubte, bis das Lebkuchendach einstürzte.

Jede Nacht, in der Du nicht im Haus schliefst, ging ich schwimmen. Einmal – es hatte zwei Wochen lang geregnet, und die Wiesen waren überschwemmt – ging ich bei Sonnenaufgang landeinwärts, zu der Wiese hinter den Milkwood Stables, wo das Land zum Bach hin abfällt. Ich hängte meine Sachen über den Zaun und ging in das graue Wasser. Der Gedanke, dass unmittelbar unter mir die überschwemmten Pfade und Hecken und Stacheldrahtzäune waren, gefiel mir.

Und oft schwamm ich im Little Sea Pond, bevor seine Beliebtheit so sehr zunahm, dass Schilder aufgestellt und Pfade angelegt wurden. Das Wasser war salzhaltig und der Schlamm kühl. Ich schlängelte mich durchs Schilf, drehte mich im Wasser zum Ufer um und legte mich auf den Rücken, bis ich ausgestreckt war und das Wasser mich trug, mein Kopf zurückgelegt, mein Haar um mich ausgebreitet. Wenn ich ganz still liegen blieb, konnte ich die Augen aufmachen und sehen, wie sich der Himmel von Dunkellila zu Orangerot färbte, während die Sonne aufging. Trotz des Schwefelgeruchs, der aus dem Schlamm aufstieg, fühlte ich mich beim Schwimmen lebendig.

An einem Morgen 1980 – ich glaube, es war Oktober – schwamm ich über meine gewöhnliche Markierung (die Boje) hinaus und hielt auf den Old Smoker zu. Bis zum Felsen ist es weit, aber ich war eine gute Schwimmerin (bin es heute noch), und das Wetter war gut – bewölkt, aber ruhig. Ich war fast da, als um mich herum plötzlich und ohne jedes Vorzeichen eine Strömung entstand, die ich nicht für möglich gehalten hatte. Wie ein unsichtbares Ungeheuer ergriff sie mich und trug mich aufs Meer hinaus. Ich widersetzte mich, schwamm mit aller Kraft zum Strand hin, aber das Ding war mächtig und entschlossen. Ich schrie, aber nach nur wenigen Minuten war ich so weit draußen, dass niemand mich hören oder sehen konnte. Das Seemonster zog mich in die Tiefe, drehte mich auf den Kopf, füllte meinen Mund mit Wasser. Ein- oder zweimal kam ich an die Oberfläche, spuckte und hustete und schrie, dann zog es mich wieder hinunter und wirbelte mich herum, bis ich ziellos trieb und keine Orientierung mehr hatte. Unter der Oberfläche brauste das Wasser, als würden sich riesige Sturmwolken bei großer Geschwindigkeit zusammenballen und wieder zerstreuen, und ich strudelte zwischen ihnen hindurch, ein Blatt im Wirbelsturm. Meine Brust brannte, um mich her waren helle Lichtstrahlen, die auf die Luftbläschen an dem Seegras fielen, das manchmal über mir, manchmal unter mir war. Ich erinnere mich, dass ich dachte, wie schön es unter Wasser sei, und dass ich allen davon erzählen müsse, doch dann wurde mir klar – und ich war ganz ruhig bei dem Gedanken –, dass ich das nicht tun konnte, weil ich ertrank und niemanden je wiedersehen würde. Aber vielleicht verlangte das Meer ja nur, dass ich mich ihm fügte, denn als ich den Widerstand aufgab, sprang mein Kopf aus dem Wasser wie ein Korken, meine Beine traten in der Unterströmung, und ich ergab mich den Bewegungen des Meeres. Die Strömung beförderte mich zum Old Smoker und warf mich gegen den Felsen, sodass ich mir Knie und Wange aufschürfte, aber ich klammerte mich an ihn, umarmte die weiche Kreide. Als ich wieder zu Atem gekommen war, manövrierte ich mich auf die Südseite des Felsens, aus der reißenden Strömung heraus. Auf der Leeseite hob ich einen Moment lang den Kopf und sah an der Säule nach oben, die sich senkrecht in den klarer werdenden Himmel reckte, und als die Sonne hervorbrach, war die Kreide auf der südlichen Fläche blendend weiß. Hast Du schon mal deine Wange an die Mauer eines Wolkenkratzers gelegt und nach oben geguckt? Dir wird es vorkommen, als böge sich das Gebäude nach vorn und zwänge Dich in Deinem Schwindel rückwärts hinüber. Noch ein paar hundert Jahre, dann ist der Old Smoker verschwunden, erodiert, in die Fluten gestürzt, wie seine längst dahingegangene Frau.

Von dem Felsen schwamm ich in südlicher Richtung, an den Kiesstränden der Buchten vorbei, die keinen Zugang zum Hinterland haben, bis ich Hope Cove erreichte, und dort hievte ich mich ans Ufer, auf die mit Seegras bewachsenen Felsen, die vor langer Zeit von den Klippen gestürzt waren. Ich kletterte auf allen vieren über die Brocken, nackt, mit blutenden Knien und triefendem Haar – eine Meerjungfrau mit gespaltenem Schwanz. Eine Familie hatte auf einem flachen Felsen ihr Lager aufgeschlagen und Eimer und Netze für den Krabbenfang mitgebracht. Die Mutter schraubte die Thermoskanne auf, der Vater entwirrte die Angelleine, ein Kind von vielleicht sieben saß auf einem Picknickkasten, und sie alle sahen mit offenen Mündern zu, wie ich auf sie zukroch. Ich hatte Glück gehabt.

Noch heute kann ich mich an das berauschende, trunkene Gefühl erinnern: Ich lebte. Danach lachte ich jedes Mal beim Anblick des Meeres: Ich hatte mit dem Meer gekämpft und gewonnen. Alles war wie ein Wunder. Ich fand Freude – nicht nur an der Gartenarbeit, sondern auch wenn ich Wäsche wusch, wenn ich im Dorfladen vor der geduldigen Mrs Bankes das Geld abzählte, wenn ich um fünf Uhr von Nan geweckt wurde, obwohl ich gerade erst eingeschlafen war.

Hattest Du die Veränderung in mir bemerkt? Falls ja, hast Du nichts gesagt, aber Du warst öfter zu Hause, und wir liebten uns so wie am Anfang, als wir uns kennenlernten, und Du hast mich wieder gefragt, was ich mir wünschte und was wir zusammen tun könnten. Ich dachte mir Geschichten aus – dass wir uns im Meer liebten, in den Dünen, auf der Rückbank des Autos, aber nichts war genug. »Erzähl mir, was wir zusammen mit Jonathan machen wollen«, sagtest Du. Die Geschichte kam erst in meinen Kopf, nachdem Du sie da hineingepflanzt hattest, aber es gefiel mir, ihr beim Wachsen und Blühen zu helfen. Und ich erzählte sie jeden Abend, ich erfand und beschrieb jede

Zeile, die drei Personen, die Handlung, die Windungen, die Auflösung. Ich diktierte Dir einen Roman, und am nächsten Morgen eiltest Du in Dein Schreibzimmer, und den ganzen Tag über war das Tacktacktack Deiner Schreibmaschine über die Blumenbeete und die Wiese hinweg zu hören.

»Du weißt, dass das, was du erzählst, reine Fantasie ist«, sagtest Du eines Abends, als wir am Küchentisch saßen. Du hast in einem Buch geblättert und die Zeichnungen betrachtet, die der vorige Besitzer in die Ecken gekritzelt hatte. Eine Katze auf Hinterpfoten, die mit einem Fisch tanzte. Ich wusste, was Du meintest, ohne dass Du es näher erklären musstest, aber Du sagtest: »Ich möchte das alles nicht im richtigen Leben mit Jonathan machen.«

»Ist gut«, sagte ich.

»Du verstehst mich?«

Die Katze hob die Vorderpfoten und beugte sich nach hinten, der Fisch balancierte auf ihrer Nase.

»Versprich mir, dass du nicht mit Jonathan schläfst.« Du hörtest auf zu blättern und sahst mich an.

»Ist gut«, sagte ich wieder.

Die Katze schleuderte den Fisch in die Luft und machte das Maul auf, der Fisch machte in der Luft einen Purzelbaum, und als er herunterkam, schnappte die Katze zu.

Und dann war ich wieder schwanger. Wir erzählten es niemandem, und Du hast mich einfach in die Arme genommen, auf der Bank oben am Zickzackpfad. Das Gefühl, das ich bei George hatte, stellte sich nicht wieder ein. Über Nacht entwickelte ich Fluchtpläne, die mir am Morgen lächerlich und nicht durchführbar erschienen. Flora kam mit zwei Wochen Verspätung auf die Welt, kniff die Augen zusammen und weinte, sie strampelte mit den Beinchen und ballte ihre kleinen Hände zu Fäusten. Du hast Dich in sie verliebt (Deine Flo), das sah ich in Deinen Augen und in der Art, wie Du sie hieltst.

»Nummer zwei«, sagtest du. »Bleiben noch vier.«

Aber Deine Zählweise stimmte nicht. Nach meiner Zählweise waren wir schon bei Nummer vier. Ich gab mir Mühe, meine Enttäuschung zu verbergen, als Flora aus mir herauskam, ein schlüpfriger Aal, den die Hebamme im Krankenhaus rechtzeitig auffing. Aber hier, wo die Wahrheit zählt, kann ich es sagen. Flora war nicht George. Flora war nicht einmal ein Junge, und ich trauerte um das Kind, das ich verloren hatte.

Ingrid

MORITZ HEGER

Aus der Mitte des Sees

Nein. Heute einmal nicht nach links. Heute peile ich nicht die schmutzigweiße Boje an. David sitzt darauf. Er pflegt die Stellung zu halten, bis ich denke, diesmal duldet er meine Nähe, das Tier gewöhnt sich doch noch an mich – just in dem Moment spreizt er immer ungnädig die Schwingen. Manchmal kreischt er auf mich herab. Gibt es eigentlich eine Bezeichnung für männliche Möwen? Ist er wirklich männlich? Woran erkennt man es? Aber David ist nicht der Grund. Nicht seinetwegen stoße ich die wie zum Gebet aneinandergelegten Hände nach rechts und nehme die wenigstens doppelt so lange Strecke hinüber zur Halbinsel mit der Muttergottes in Angriff. Ich glaube, es gibt keinen wirklichen Grund dafür. Nicht weil Sonntag ist, werde ich die große Runde schwimmen, und auch nicht, weil ich gestern nicht schwimmen konnte, wegen des Gewitters und der sonstigen Umstände. Ich will keinen Grund haben. Ich brauche keinen.

Gestern war ich bereits am See und umgezogen, aber als ich aus der Hütte trat, wurde mir schlagartig bewusst, ins Wasser gehen wäre Selbstmord. Ich neige, ich weiß es, zu Trotz gegen das, was nicht mit sich reden lässt, dennoch war gestern klar: keinen Schritt weiter. Auf dem Herweg hatte mich das aufziehende Unwetter noch erregt wie Festvorbereitungen. Die Natur hatte es eilig mit der Nacht, sie hatte etwas vor. Die Sonnenblumen waren Schwefelblumen, der See glänzte stählern. Doch das massive Grau der Wolke, die sich über dem Tal türmte, durchtränkte tiefstes Tintenblau. Intensive Wärme, die jedoch keine Hitze mehr war, ich durchschritt sie wie auf einem Damm oder gar Grat. Als die ersten Tropfen hagelgroß auf Asphalt und Schulter platschten und platzten, dunkle Flecken schufen, war das der Beginn eines Wolkenbruchs und zugleich absolut theatralisch: Ein Regisseursruf hätte es zu stoppen vermocht. Wie köstlich begann die Welt zu riechen vom erweckten Staub. Ich hatte keinerlei Grund umzukehren, obwohl mein Vorhaben unsinnig geworden war, schritt ich nur umso entschiedener aus. Ich dachte nichts. Meine Gedanken saßen mit mir im Theater. Wir füllten es bis auf den letzten Platz. Welch eine Spannung in der Luft lag. Eine *black box,* so stand die Badehütte vor mir. Wenn du durch die landseitige Tür eintrittst, siehst du immer schon durch die seeseitige hinaus auf den Steg. Heute jedoch, obwohl die Tür offenstand, herrschte drinnen Finsternis. Ich drehte den alten Bakelit-Schalter. Spinnweben um die Funzel. Aber nirgends eine Spinne, und es sah auch nicht so aus, als hätte hier in letzter Zeit eine geturnt. Im Detail waren die Lochmuster der Netze kunstvoll und schön. Heute entkleidete ich mich wie für jemanden, der auf mich wartete. Ich war im Begriff hinauszutreten, als ein Blitz auf der Wasseroberfläche stand. Beinahe im selben Moment der furchtbare Donner.

Die Gewitterzelle saß fest über unserem See. Der Himmel schwarz, die hineinzuckenden Blitze, eine absolut einseitige Schlacht. So mag es am Ende der Zeiten sein, wenn der Teufel schon tot, aber Gott noch zornig ist. Alle Schleusen geöffnet, und man denkt, das Wunder ist eigentlich, dass die Wolken sonst das Wasser halten. Ich stand diesseits der Schwelle und wurde trotzdem klatschnass. Aber frieren tat ich erst, als ich dachte, ich müsste doch frieren.

Im Wasser friert man anfangs immer, ich jedenfalls. Selbst an einem strahlenden Sommertag wie heute – das gestrige Unwetter scheint zu einer anderen Welt zu gehören – musste ich beim Einstieg durch die enge Pforte des Frierens. Mittlerweile bin ich wieder drin. Längst wieder drin im Wasser und im Rhythmus. Ich bin ein geübter Schwimmer. Seit sechzehn Jahren gehe ich in der warmen Jahreszeit täglich baden, fast täglich. Klar bin ich kein Sportler – aber ein Zappler auch nicht. Brust beherrsche ich. Man kann durchaus sagen, ich fühle mich wie ein Fisch im Wasser. Doch das unüberspringbare Frieren konfrontiert mich mit etwas anderem, etwas Altem. Da bin ich für Momente immer wieder das kleine Kind, das noch keinen Kern hat, das strampeln muss mit allem, was es hat. Damals wurde das missdeutet als Körperjubel, als Kinderwonne. »Der Lukas ist so eine richtige kleine Wasserratte. Gell, Lukas?« Ich habe nicht widersprochen. Wenn man »au ja!« von mir hören wollte – »Weißt du, wo wir heute hingehen? Ins Schwimmbad, Lukas!« –, habe ich brav »au ja!« gerufen.

Wie mein erwachsener Körper das kann, schwimmen. Wie er Armzug und Beinschlag koordiniert, selbständig und selbstverständlich. Heranziehen, Ausstoßen, Gleiten. Das Herausdrücken des Kopfs und sein Eintauchen zwischen die Oberarme. Einatmen, Ausatmen. Nichts daran ein Frage-Antwort-Ding. Ein Schauspieler, ja der müsste das auch auf dem Trockenen können. Eine Schauspielerin. Du musst aus weichem Material sein, Sarah. Dir kann sich die Welt einprägen, du kannst sie in dir tragen und spüren, auch wenn sie nicht da ist. Ich kann das nicht. Ohne Wasser kann ich nicht schwimmen, ich habe es versucht, ich komme heillos durcheinander. Ich kann also eigentlich gar nicht schwimmen. Das Wasser schwimmt mich. Schau, wie es mich schwimmt. Wie schön das ist, vom Wasser geschwommen zu werden. Man hält Kinder für authentisch, man denkt, sie könnten gar nicht anders, aber bei mir ging es gerade anders herum: Als ich klein war, war ich durch und durch ein Schauspieler, Erfühler und Erfüller – heute, glaube ich, wäre ich der schlechteste Schauspieler der Welt – weil ich nicht weich bin. Wie schön das ist, geführt zu werden. Jetzt, und jetzt.

Wie wild und zerzaust und offen der Himmel gestern nach dem Unwetter war. Auf jeder Höhe eilten die Wolken in eine andere Richtung, bei jedem Aufblicken ein völlig neues Bild. Der massive Gefechtsturm des Gewitters schien sich in Nichts aufgelöst zu haben. Noch war es nicht dunkel, im Gegenteil, von der Seite stach die Sonne ihre rot glühenden Zinken herein und hob die Schichten voneinander ab. Im türkisen Zenit blank und still das Kreuz eines

Flugzeugchens. Der Kondensstreifen verlief zur Schleppe eines Brautkleids. Darunter hatte man das Gefühl, ein verrückter oder einsamer Techniker würde nach dem Ende der Aufführung sämtliche Bühnenbilder herein- und herausfahren lassen. Zuoberst Schleiergespinste – eins war für Momente das Antlitz des Herrn auf dem Turiner Grabtuch. Darunter die grotesk vergrößerten Bakterien aus Medizinfilmen. Und dann schob sich über den Abtskopf ein Wal vor alles. Und dann verliehen sieben konzentrische Kondensstreifen unserem Hausberg einen so gewaltigen wie gleich wieder vergehenden goldenen Nimbus. Mehr als ein Dutzend Möwen stritt um die paar Pfähle am Rande des Schilfs, sie flatterten und hackten einander, wüst krakeelend. Sie müssen ihre kreatürliche Angst im Nachhinein überspielen, dachte ich, vor den Genossen, doch noch mehr vor sich selbst. Sie sind wie wir. Oder wir wie sie. Der Weltuntergang schweißt uns zusammen. Im Lichte des Weltuntergangs sind wir wirklich *eine* Schöpfung. Nur an die Schöpfung glauben, wie es heute angeblich so viele tun, ohne an den Weltuntergang zu glauben, ist eigentlich gar kein Glaube. Ein Schöpfer, der nicht auch zerstört, ist keiner, sondern nur ein dementer Greis, der debil in eine gottlos gewordene Welt grinst. Unsere Kleinheit bringt uns zusammen, nur unsere Kleinheit. Möwenkleinheit, Menschenkleinheit. Mönchskleinheit. Manneskleinheit, Frauenkleinheit. Kleinheit ist Nacktheit ist Wahrheit. Wir werden in Gott schwimmen, einmal werden wir alle in Gott schwimmen. Dann schwimmt Er uns.

Jetzt, und jetzt.

Jetzt, und jetzt.

Gestern stand bei meiner Rückkehr das Ökonomietor sperrangelweit offen. Ich bekam ein mulmiges Gefühl, eilte durch die Höfe. Vor der letzten Ecke sah ich bläulichen Widerschein auf den davon blinden Fenstern von Albans Atelier zucken. Ein Löschzug hatte sich am Gastgarten in die Zufahrt gequetscht. Menschen konnte ich auf den ersten Blick nicht bemerken. Hektisch leerlaufend wischte das Blaulicht über die Feuerwehrfahrzeuge. Mit der Notfallbeleuchtung hatten sie die Nacht mitgebracht, schien es. Eine Leiter war ausgefahren. Aber nicht zu einem der Gästezimmer, ich registrierte es mit einer gewissen Erleichterung, sondern zum rechtwinklig dazu gelegenen Wohntrakt der Brüder, hinauf zur dritten Gaube, von der Hausecke gezählt. Da lag die Zelle des alten Paters Meinrad. Das Fenster stand offen. Ein Feuerwehrmann kam auf mich zu.

»Sind Sie …?«

»Wer soll ich sein?«

»Der, der fehlt.« Er sah auf einen Zettel. *»Bruder Lukas.«*

»Der bin ich.«

»Dann haben wir alle.«

»Ich war am See.«

»Aber Sie werden doch nicht schwimmen gegangen sein. Bei *dem* Gewitter. Die Brüder sagen, Sie gehen um diese Zeit immer schwimmen. Deshalb hat man sich Sorgen gemacht.«

»Heute war ich natürlich nicht drin. Das war ja direkt über uns.«

Er sah mich an, als würde er versuchen, sich einen Reim auf mich zu machen. Um das zu beenden, stellte ich fest: »Hier ist der Blitz also eingeschlagen. Das wundert mich. Wir haben die Blitzableiter vor einem Jahr erst überprüfen und, wo nötig, erneuern lassen. In der gesamten Anlage.«

»Kein Blitz«, sagte der Feuerwehrmann. »Heißgelaufener Ventilator. Ein Schwelbrand. Dass es während des Gewitters dazu kam, war, soweit wir bislang sagen können, der pure Zufall.«

»War er in seiner Zelle?«

Er schüttelte den Kopf. »Kein Personenschaden. Auch die achtundzwanzig Hausgäste sind vollzählig. Wir haben sie aus den Zimmern geholt. Vorher die Liste aus Ihrem Büro. Sie sind doch der Gastbruder?«

Ich nickte. »Gott sei Dank. Wie sind Sie hineingekommen?«

»Der Abt hat einen Generalschlüssel.«

Ich nickte wieder. Mein Impuls war, ihn zu korrigieren, es handelte sich ja nicht um den Abt. Andererseits war das völlig nebensächlich. Etwas unangenehm war mir, dass sie einfach in mein Reich eingedrungen waren. Aber ich hatte kein Recht auf dieses Gefühl, eher stand ich in ihrer Schuld, weil ich so lange fort gewesen war und Anlass zur Sorge geboten hatte.

»Jetzt sind alle versammelt in Ihrem Speisesaal. Der ist ja groß genug.«

»Das Refektorium, meinen Sie. Da dürfen alle mal in die Klausur.«

»Besondere Umstände.«

»Natürlich.«

»Nicht mal eine Herzattacke. Und das bei so vielen Senioren. Ungewöhnlich. Das macht wohl das Gottvertrauen.«

Dieser Blick des Feuerwehrmanns. Hat er gedacht, ich verschweige etwas? Aber der Feuerwehrmann ist ja ganz unwichtig, im Unterschied zu meinen Brüdern. Warum haben sie ihm gegenüber offenbar seltsame Andeutungen über mich gemacht? Am Ende sind sie überzeugt, *schwimmen* ist mein Deckwort. So überzeugt, dass man mir nicht einmal nachschleicht. Vermutlich sprechen sie untereinander nicht darüber. »Wie war das Schwimmen gestern?«, erkundigt sich manchmal einer. »Wie ist das Wasser zurzeit?« Und alle lächeln. Wenn es diesen Verdacht gibt – mir gegenüber wurde er noch nie geäußert, auch keine Anspielungen –, aber wenn es ihn gibt, ist er zu groß, als dass man ihn aus der Welt schaffen könnte.

Andreas hat sich in der Badehütte mit Juliane getroffen. Der Gang teilt sie in zwei Hälften, drei Kabinen auf jeder Seite, und es gibt ein ungeschriebenes Gesetz, dass, wenn Männer und Frauen sich gleichzeitig umkleiden, die Männer es links tun und die Frauen rechts. Andreas aber kam, als ich eines Abends eintrat, von rechts. »Ich habe ihr nur ihr Handtuch gebracht.« Er grinste auf eine Weise, die ich nicht von ihm kannte. In dem Moment war mir alles klar – wie wenn ich jetzt, gleitend, den Kopf zwischen den Oberarmen, statt ins krisselige Grün zu schauen, auf einmal hinuntersehen könnte auf den Seegrund. In dem Moment wusste ich, es wird sich alles ändern …

Wenn *schwimmen* mein Deckwort wäre, würde ich jetzt das andere tun. Mit jemand anders. Das Wildere. In der schwülen Luft der Badehütte vermutlich, vermutlich nicht im kühlen Wasser. Mein Körper würde nicht solche gleichmäßigen, symmetrischen Züge machen, zwischen denen es jedes Mal diese Gleitphase gibt, während der man gestreckt im Wasser liegt und einfach nur in Bewegung ist, bewegter Unbeweger, Gegenstück Gottes. Der aufrechte Gang kennt keine solchen Gleitphasen. Sie machen das Brustschwimmen so entspannend. So absolut entspannend. Ich könnte ewig schwimmen, jedenfalls habe ich gerade dieses Gefühl. Wenn nur nicht das Frösteln wäre, die leise Andeutung von

Frieren, besonders während der Gleitphasen. Hätte der See fünf Grad mehr, man könnte wirklich ewig drinbleiben. Aber das erreichen wir selbst im heißesten Sommer nicht, dafür ist er zu tief. Dafür müsste er schon ausbrechen, der Vulkan.

Wasser ist dichter, als man denkt. In Wahrheit ist es nicht läpprig, nicht durchsichtig. Das ist eine äußerliche, verkitschte Betrachtungsweise, all die Symbolbilder von Tautropfen und Händeschalen. Aber seinem Wesen nach ist Wasser dunkel. Dieser See ist eine Einheit. Ich durchmesse eine Einheit. Die Uferlinie ist nicht der See. Der Spiegel ist nicht der See. Das Wasser als Einheit, das ist der See. Jetzt, und jetzt. Natürlich würde sich Sex dahinter verbergen. Hinter meinem Deck-Wort. Haha. Natürlich würde sich eine Frau dahinter verbergen, eine Frauengeschichte. Im Februar werde ich neununddreißig, bald habe ich das halbe Leben hinter mir, statistisch. Obwohl Mönche älter werden als der Rest der Welt, ebenfalls statistisch. Gleichform, Gleichmaß hält gesund. Frauen leben länger als Männer, Ordensleute länger als ihr draußen, ob sich das bei uns ausgleicht? Ob wir beide noch eine ähnliche Strecke vor uns haben, Sarah?

Als Junge dachte ich immer, die anderen Jungs wüssten alle, wie es geht. Auch wenn sie kein Mädchen hatten und es noch nie gemacht hatten, sie wüssten, wie es geht. Dieses Wissen wäre gleichbedeutend mit Männlichsein. Jungs wären Tiere. Aber Mädchen auch. Die wüssten es sogar noch genauer, weil sie beim Vollzug passiv und in der Beobachterrolle bleiben könnten. Mit ihrem ganzen weichen Körper in der Beobachterrolle. Hinterher gingen sie die Sache jedenfalls immer mit ihren Freundinnen haarklein durch, machten sich lustig und lachten hell auf, ein einziger Leib aus Mädchen.

Der Verdacht meiner Mitbrüder, dessen ich sie verdächtige, im Grunde schmeichelt er mir natürlich. Weil darin steckt, dass sie – auch die Alten sind *ein* Leib, ein Leben lang stehe ich Einheiten gegenüber – davon ausgehen, ich wüsste genau, wie es geht. Mein Körper würde die kühle, geschmeidige Hülle des Wassers nur zu gern eintauschen gegen die dumpfe, dunkle, heiße Luft der Badehütte. Er könnte selbstverständlich aus sich heraus einen anderen Rhythmus erzeugen. Zustoßen, schneller und schneller, wie die in den Pornos, wo Männlichkeit und Potenz eins sind …

Das Verhältnis zu den beiden Bojen, die eine Parallele zu meinem Weg ziehen, scheint sich kaum zu ändern, obwohl mein Schwimmen nichts an Kraft eingebüßt hat. Die gelbe ist längst passiert, aber der roten komme ich seit etlichen Zügen nicht nennenswert näher. Auf ihrer Höhe denke ich mir eine Zwischenziellinie. Zu ihr ist es doch wesentlich weiter als angenommen. Es ist schwer, im Wasser Entfernungen zu schätzen. Deine Augen bringst du, wenn's hoch kommt, vierzig Zentimeter über die Oberfläche. Zwischendurch schien die Halbinsel schon fast zum Greifen nah. Augenblicklich liegt der grüne Saum in unbestimmter Distanz auf einer Uferlinie, so gerade, dass man ins Zweifeln kommen könnte, ob das wirklich die Halbinsel ist.

Nur am üppigeren Grün erkenne ich sie. Dort wuchert sich selbst überlassen ein Wäldchen. Die Muttergottes war, als ich sie das letzte Mal besuchte, halb zugewachsen. Das ist auch schon geraume Zeit her. Seitdem wird niemand nach ihr gesehen haben, wer denn? Was sollte einen Bauern dazu bewegen, von der angrenzenden Weide und seinen Kühen einen Abstecher in diesen Flecken Wildnis zu machen, diesen Tropfen Land, der in den See hängt, ohne abzureißen? …

»Ich war wahnsinnig erleichtert, als ich den Steg erreicht habe«, hast du gestern Nacht gesagt. »Das hast du gar nicht gemerkt, oder?« Da standen wir schon am Ökonomietor, und es war, aber ich habe erst hinterher auf die Uhr gesehen, fast zwei. »Du hast mich angeguckt, als ob ich aus dem See stammen würde«, hast du gesagt, »als ob Frauen irgendwo da unten wohnen. Warum soll man sich wundern, wenn sie angeschwommen kommen wie Enten?« Du hast gelacht. Im Dunkel sah ich deine Zahnreihe schimmern. »Du schwimmst immer nur deine Runde, was? Du kennst das gar nicht, oder? Seit Jahren gehst du Tag für Tag schwimmen. Aber hast du dich einmal dem See gestellt? Wirklich dem See? War ja auch ganz schön bescheuert von mir, was? Ich bekam echt Todesangst. Wie wenn man springt, also ich stelle es mir so vor, dass man den Schritt noch in der Luft bereut und denkt, das war doch nur ein kleiner Schritt. Aber jetzt ist es zu spät. Beim Schwimmen geht es nicht um *einen* Zug. Da gibt's keine krasse Erdbeschleunigung, eher das Gegenteil. Aber das macht es fast noch unheimlicher. Gerade hat es noch großen Spaß gemacht. Man war wirklich ein Fisch im Wasser. Aber nun bist du einfach *sehr* weit draußen. Fast in der Mitte. *In the middle of nowhere.* Und fühlst dich etwas schlapp. Würdest gerne verschnaufen, ausruhen. Aber da ist nichts, weit und breit nichts. Nur Fläche. Eine große Müdigkeit steigt in dir auf, und Einfachnichtweitermachen stellt eine reale Möglichkeit dar. Zwingen musste ich mich, mir ein Ziel stecken und einen Zug nach dem anderen tun. Am Ende war ich wieder im Rhythmus, da sah das Ganze vermutlich sportlich aus, vielleicht konntest du wirklich nichts merken.«

»Und wo schläfst du jetzt?«, sagte ich. »Ich könnte dir …«

»Alles gut«, sagtest du. »Aber danke. Schlaf gut.« Ich spürte den leichten Druck deiner Lippen auf der Wange, und schon warst du in der Nacht verschwunden. Ich schloss das schwere Tor. Ich habe nicht geschlafen.

Im Klostergarten saß ich, auf einer Bank vor der Ostapsis. Die Nacht über sind die Glocken abgeschaltet. Um fünf schlug es mächtig die Stunde. Es war noch dunkel. Ich blieb sitzen, auch als zwanzig Minuten später das treibende Dröhnen des Geläuts zum Gebet mahnte. Vor mir sah ich, was in meinem Rücken ablief, drinnen jenseits der dicken Kirchenmauer. Die Alten mochten kaum geschlafen haben nach der Aufregung des Brandes und des Fests – oder wie man das nennen sollte –, zerzaust mochten sie sein und ungewaschen, aber sie waren auf dem Posten. Mir würden sie verzeihen, von Herzen verzeihen, dass ich fehlte. Sie fehlten nicht. Allmählich wurde es hell, das Schwarz zog sich in meine Kutte zurück. Ich betrachtete die Höcker meiner Knie unter dem fließenden Stoff.

Und am selben Tag muss ich die große Runde schwimmen. Gut, ich kann in der Mitte eine Pause einlegen – aber insgesamt ist, was ich mir vorgenommen habe, ähnlich weit wie deine Strecke vor kurzem, Sarah. Dabei müsste ich sehr müde sein.

Ich bin sehr müde.

Wenn ich raus bin – es wird nicht einfach sein, an Land zu kommen bei all den Teichrosen und Braunalgen, die hohen Temperaturen haben regelrecht zu einer Algenpest geführt –, wenn ich endlich auf der Halbinsel stehe – es ist doch *viel* weiter als gedacht –, werde ich mich erst mal ins Gras legen und schlafen, und die Ameisen und Käfer dürfen über mich laufen. Sie werden mich nicht davon abhalten.

Wo kommt das Kühle auf einmal her? An der Temperatur des sonnenbeschienenen Wasserspiegels hat sich nichts geändert, doch darunter ist sie merklich abgesunken, es fällt mir auf, wenn ich die Knie anziehe. Ich stoppe. Ein Flöz von Kaltwasser liegt einen halben Meter unter der Oberfläche und hat nach oben hin, wie auch immer das physikalisch zugeht, eine klare Grenze. Ob das ein Überrest des gestrigen Gewitters ist? Kann das noch sein? Irgendeinen Grund muss es haben, da alles in der Natur einen hat. Ich lasse die Beine ins Kalte hängen und schaue, das Gesicht im Wasser, hinab. Meine Füße leuchten dort unten weiß wie

Eis. Nur die Füße, die Beine sind dunkler als draußen. Aber es gibt doch nicht solch einen Farbunterschied zwischen meinen Körperteilen! Bei Menschen vielleicht, die den ganzen Sommer in kurzen Hosen rumlaufen, aber doch nicht bei mir. Ein wenig erleichtert merke ich, woran es liegt: am Winkel. Was direkt nach oben zeigt, strahlt weiß, alles andere ist braun. Nun spiele ich damit, strecke die Zehen und ziehe sie an, lasse meine gespenstischen Enden erscheinen und verschwinden.

Gleißende Murmeln blase ich aus Nase und Mund, sie ploppen mir gegen Wange und Jochbein, während sie eilig hinaufkollern. Licht zu Licht.

Wie lange man nicht Atem holen muss. Viel länger, als man denkt. Der Trick ist, die Luft nicht aktiv anzuhalten.

Was, wenn alle Luft aus der Lunge entlassen ist? Wenn du keine Reserve mehr hast, aber es schaffst, nicht hektisch zu werden? Dann wäre man wirklich leer. Dann wäre man wirklich Mönch.

Ich lege mich auf den Rücken und blicke in den Himmel. Das Wasser unter mir ist ein Berg, der mich ins Hohlkreuz drückt. Es ist nicht anstrengend, nicht im Geringsten. Ertrinken erscheint unmöglich.

Wieder bäuchlings hängend höre ich bewusst unter Wasser. Von allem bin ich durch eine dicke Schicht abgedämmt, aber die Geräusche, die ich höre, sind ganz nah, wie in einer Glocke. Klicken. Gluckern. Das Bollern der Blasen bei jeder Portion entlassener Luft. Dann wieder Stille, und ein feines, alles grundierendes Rauschen, das Rauschen der Tiefe.

MIRANDA JULY

Das Schwimmteam

Das ist die Geschichte, die ich nie erzählen wollte, als ich deine Freundin war. Du hast immer wieder gefragt, und deine Vermutungen waren so gespenstisch und präzise. Habe ich mich aushalten lassen? War Belvedere so wie Nevada, wo Prostitution legal ist? War ich das ganze Jahr lang nackt? Dagegen sah die Realität irgendwann armselig aus. Und mit der Zeit kam die Erkenntnis, dass ich, wenn die Wahrheit sich so hohl anfühlte, wahrscheinlich nicht mehr sehr viel länger deine Freundin sein würde.

Ich wollte eigentlich gar nicht in Belvedere wohnen, ich brachte es nur nicht über mich, meine Eltern um Geld für einen Umzug zu bitten. Es war jeden Morgen ein Schock, wenn mir wieder einfiel, dass ich allein in dieser Stadt lebte, die nicht mal eine Stadt war, so klein war sie. Sie bestand aus Häusern um eine Tankstelle, und etwa eine Meile weiter gab es noch einen Laden, das war alles. Ich hatte kein Auto, ich hatte kein Telefon, ich war zweiundzwanzig, und ich schrieb jede Woche an meine Eltern und verzapfte Geschichten über meine Arbeit beim sogenannten L.I.E.S.-Programm. Wir lasen gefährdeten Kindern vor. Es war ein bundesstaatlich gefördertes Pilotprojekt. Ich konnte mich nie festlegen, wofür die Buchstaben L.I.E.S. eigentlich standen, aber jedes Mal, wenn ich ›Pilotprojekt‹ schrieb, staunte ich ein wenig darüber, dass mir solche Ausdrücke einfielen. ›Frühzeitige Intervention‹ war auch nicht schlecht.

Diese Geschichte wird nicht sehr lang, das Erstaunliche an meinem Jahr in Belvedere ist nämlich, dass so gut wie nichts passierte. Die Menschen in Belvedere glaubten, ich hieße Maria. Ich hatte nie gesagt, ich hieße Maria, aber nachdem es einmal in Umlauf war, überforderte mich die Aufgabe, sämtlichen drei Menschen zu sagen, dass mein Name Melissa war. Diese drei Menschen hießen Elizabeth, Kelda und Jack Jack. Ich weiß nicht, warum zweimal Jack, und bei dem Namen Kelda bin ich nicht ganz sicher, aber es hörte sich so an, und so klang es, wenn ich ihren Namen rief. Ich kannte diese Menschen, weil ich ihnen Schwimmunterricht gab. Darum dreht sich meine Geschichte eigentlich, denn natürlich gibt es in der Nähe von Belvedere keine Gewässer, und Schwimmbäder auch nicht. Sie redeten eines Tages im Laden darüber, und Jack Jack, der mittlerweile tot sein muss, denn er war uralt, sagte, es käme sowieso nicht darauf an, weil er und Kelda nicht schwimmen könnten und darum wahrscheinlich ertrinken würden. Elizabeth war, glaube ich, Keldas Cousine. Und Kelda war Jack Jacks Frau. Sie mussten alle mindestens um die achtzig sein. Elizabeth sagte, sie sei als Kind einen Sommer lang viel geschwommen, als sie zu Besuch bei einer Cousine (offensichtlich nicht Cousine Kelda) war. Ich schaltete mich nur aus dem Grund in das Gespräch ein, weil Elizabeth behauptete, man müsse beim Schwimmen unter Wasser atmen.

Das stimmt nicht, platzte ich heraus. Es waren die ersten Worte seit Wochen, die ich laut aussprach. Mein Herz hämmerte, als bäte ich jemanden um ein Date. Man hält einfach die Luft an.

Elizabeth guckte wütend und sagte dann, das habe sie nicht ernst gemeint.

Kelda sagte, sie würde es nie wagen, die Luft anzuhalten, denn ein Onkel von ihr sei daran gestorben, dass er in einem Luftanhalte-Wettbewerb zu lange die Luft angehalten hätte.

Jack Jack fragte, ob sie das tatsächlich glaube, und Kelda sagte, ja, das glaube ich, und Jack Jack sagte, dein Onkel ist an einem Schlaganfall gestorben, ich weiß nicht, wie du auf diese Geschichten kommst, Kelda. Dann standen wir alle eine Weile schweigend da. Ich freute mich, Gesellschaft zu haben, und hoffte, die Unterhaltung würde weitergehen, was sie auch tat, weil Jack Jack sagte: Sie sind also schon mal geschwommen.

Ich erzählte ihnen, dass ich in der Schule im Schwimmteam gewesen und sogar bei staatlichen Meisterschaften angetreten, dann aber frühzeitig gegen Bishop O'Dowd, eine katholische Schule, ausgeschieden war. Sie schienen sich wirklich sehr für meine Geschichte zu interessieren. Ich hatte es bis dahin nicht mal als Geschichte betrachtet, aber jetzt sah ich, dass die Geschichte im Grunde sehr aufregend war, voller Dramatik, Chlor und anderer Dinge, die Elizabeth und Kelda und Jack Jack nur vom Hörensagen kannten. Es war Kelda, die sagte, sie wünschte, es gäbe ein Schwimmbad in Belvedere, da sie offensichtlich das Glück hätten, eine Schwimmlehrerin in der Stadt zu haben. Ich hatte nie gesagt, ich sei Schwimmlehrerin, aber ich wusste, was sie meinte. Es war ein Jammer.

Dann geschah etwas Seltsames. Ich schaute nach unten auf meine Schuhe und den braunen Linoleumboden, dann dachte ich, ich wette, dieser Boden ist seit einer Million Jahren nicht geputzt worden, und plötzlich war mir zumute, als müsste ich sterben. Aber anstatt zu sterben sagte ich: Ich kann Ihnen das Schwimmen beibringen. Und ein Schwimmbad brauchen wir nicht.

Wir trafen uns zweimal die Woche in meiner Wohnung. Als sie eintrafen, hatte ich drei Schüsseln mit warmem Leitungswasser nebeneinander auf den Boden gestellt, und gegenüber eine vierte Schüssel, die Schüssel der Lehrerin. Ich tat Salz ins Wasser, weil es sehr gesund sein soll, warmes Salzwasser durch die Nase zu ziehen, und ich mir dachte, sie würden bestimmt versehentlich etwas einatmen. Ich zeigte ihnen, wie man Nase und Mund ins Wasser steckt und wie man seitlich Atem holt. Dann nahmen wir die Beine und schließlich die Arme dazu. Ich gab zu, dass die Bedingungen nicht ideal waren, um Schwimmen zu lernen, aber, machte ich geltend, so trainierten auch die Schwimmer der Olympiamannschaft, wenn gerade kein Becken in der Nähe war. Ja, ja, ja, es war eine Lüge, aber wir brauchten sie, weil hier vier Menschen auf dem Küchenboden lagen und geräuschvoll mit allen vieren strampelten – als wären sie wütend, als wären sie wild geworden, als wären sie enttäuscht und frustriert und scheuten sich nicht, es zu zeigen. Ihrer Freude am Schwimmen musste mit markigen Worten nachgeholfen werden. Kelda brauchte mehrere Wochen, bis sie lernte, ihr Gesicht ins Wasser zu stecken. Das macht nichts, ist in Ordnung!, sagte ich. Wir geben dir für den Anfang ein Schwimmbrett. Ich hielt ihr ein Buch hin. Die Scheu vor der Schüssel ist ganz natürlich, Kelda. Damit sagt dir dein Körper, dass er nicht sterben will. Will er nicht, sagte sie.

Ich brachte ihnen alle Schwimmstile bei, die ich kannte. Schmetterling war einfach unglaublich, so was hast du noch nicht gesehen. Ich dachte, der Küchenboden würde zuletzt nachgeben und sich verflüssigen, und sie würden davonschwimmen, Jack Jack vorneweg. Er war dafür wie geboren, und das ist noch vorsichtig ausgedrückt. Er robbte tatsächlich über den Fußboden, mitsamt Wasserschüssel und allem. Nach einer Runde durchs Schlafzimmer kam er in die Küche zurückgerudert, verschwitzt und staubbedeckt, und Kelda schaute ihn an, ihr Buch fest in beiden Händen, und strahlte vor Stolz. Komm zu mir hergeschwommen, sagte er dann, doch sie hatte zu viel Angst, und man braucht ja auch enorm viel Kraft im Oberkörper, um an Land herumzuschwimmen.

Ich war eine der Lehrerinnen, die lieber am Beckenrand stehen, als selbst ins Wasser zu gehen, doch ich war ständig gefordert. Ich, darf ich in aller Bescheidenheit sagen, *war* das Wasser. Ich hielt alles in Bewegung. Ich redete pausenlos, wie eine Aerobictrainerin, und blies in genau bemessenen Intervallen auf der Trillerpfeife, um das Ende des Beckens anzuzeigen. Daraufhin warfen sich alle gleichzeitig herum und schwammen in die entgegengesetzte Richtung. Wenn Elizabeth mal wieder ihre Armarbeit vernachlässigte, rief ich: Elizabeth! Deine Füße sind oben, aber dein Kopf geht unter!, und sie begann, wild mit den Armen zu kraulen und schleunigst wieder auszugleichen. Dank meines akribischen und zupackenden Coachings begannen alle Kopfsprünge in tadelloser Haltung sprungbereit auf meinem Schreibtisch und endeten in einem Bauchklatscher auf meinem Bett. Aber das nur zur Sicherheit. Es waren trotzdem richtige Sprünge, es hieß dennoch, seinen Landsäugerstatus aufzugeben und sich der Schwerkraft in die Arme zu werfen. Elizabeth führte die Regel ein, dass jeder im Fallen irgendein Geräusch machen müsse. Für meinen Geschmack ein bisschen sehr kreativ, aber ich war Neuerungen gegenüber aufgeschlossen. Ich wollte eine Lehrerin sein, die von ihren Schülern lernte. Kelda machte das Geräusch eines stürzenden Baums, eines fallenden weiblichen Baums, wenn man genau sein wollte. Elizabeth gab »ganz spontane Laute« von sich, die immer genau gleich klangen, und Jack Jack sagte Bomben los! Am Ende jeder Trainingsstunde frottierten wir uns alle ab, Jack Jack schüttelte mir die Hand, und Kelda oder Elizabeth ließen mir eine warme Mahlzeit da, beispielsweise Auflauf oder Spaghetti. Das war unsere Abmachung und reichte, dass ich mir keinen anderen Job suchen musste.

Es waren nur zwei Stunden pro Woche, doch alle anderen Stunden orientierten sich an ihnen. Wenn Dienstag oder Donnerstag war, dachte ich morgens beim Aufwachen: Schwimmtraining. An den anderen Tagen dachte ich: kein Schwimmtraining. Wenn ich einen meiner Schüler in der Stadt sah, an der Tankstelle oder vor dem Laden, sagte ich zum Beispiel: Hast du den Kopfsprung geübt? Und dann hieß es: Ich arbeite dran, Coach!

Ich weiß, du kannst dir mich schwer als jemanden vorstellen, den andere Leute ›Coach‹ rufen, aber ich hatte in Belvedere wirklich eine vollkommen andere Identität. Darum war es immer so schwer, mit dir darüber zu reden. Ich hatte dort nie einen Freund und machte auch keine Kunst; ich hatte mit Kunst nichts am Hut. Ich war eher der sportliche Typ. Ich war die Sportskanone schlechthin, ich war Cheftrainerin des Schwimmteams. Wenn ich gedacht hätte, es würde dich überhaupt interessieren, hätte ich es dir früher erzählt, vielleicht wären wir dann noch zusammen. Nun ist es gerade drei Stunden her, dass ich dich und diese Frau im weißen Mantel vor dem Buchladen getroffen habe. Was für ein fabelhafter weißer Mantel. Du bist offensichtlich schon wieder rundum glücklich und hast, was du willst, obwohl unsere Trennung erst zwei Wochen her ist. Ich war mir nicht einmal vollkommen sicher, dass wir uns wirklich getrennt hatten, bis ich dich mit ihr sah. Du scheinst mir unglaublich weit weg, wie jemand am anderen Ufer eines Sees, nicht mehr als ein kleiner Punkt, von dem man nicht sagen kann, ob Mann oder Frau, ob jung oder alt. Wer mir – jetzt? heute Abend? – wirklich fehlt, das sind Elizabeth, Kelda und Jack Jack. Sie sind tot, das weiß ich immerhin sicher. Was für ein kolossal trauriges Gefühl; ich muss wohl die traurigste Schwimmtrainerin aller Zeiten sein.

ARNO GEIGER

Du sollst die Donau nicht duzen

Die Male, daß die Kinder Ingrid erwähnen, unvermittelte Sätze wie dieser, werden von Jahr zu Jahr weniger, und auch der Schmerz läßt nach, den diese Sätze aus einem stillen Gären wecken. Peter weiß noch, wie erschrocken es ihn anfangs machte, wenn eines der Kinder am Küchentisch sagte:

– Das erste Mal, daß wir Apfelfleckerln ohne Mama essen.

Dabei brachen die Kinder keineswegs immer in Tränen aus, sie sagten diese Sätze meist beiläufig, so dahin, wie soll man es ausdrücken, als bedauernde Hinweise darauf, wie sehr sich die Dinge verändert hatten, in einer Kettenreaktion, die unendlich viele Details erreichte. Die Kinder machten diese Bemerkungen, weil sie darin eine Möglichkeit erkannt hatten, an das Vorleben mit Ingrid anzuknüpfen, ex negativo: Wir tun es, und Mama tut es nicht mehr.

Ingrid. Dieser wunderbare, vom Tod so weit entfernte Mensch. Sie hatten gerade einen Urlaub in Venedig hinter sich, dort fanden sie ohne Schwierigkeiten zu Fuß auf die Piazza San Marco, weil sie als Markierung die von Millionen Händen glattpolierten Straßenecken und Brückengeländer verwendet hatten. Ingrids Idee.

Dann ein Sonntag. Es ist der letzte Tag, bevor für Ingrid

die Arbeit am Krankenhaus wieder losgeht. Sie packt die Badesachen und die Kinder in ihren Wagen. Eine jüngere Arztkollegin, deren Mann ein Motorboot besitzt, hat zum Schwimmen eingeladen. Ingrid trägt den roten Bikini, den Peter ihr in Italien auf einem Straßenmarkt gekauft hat, sie lacht und genießt das Licht, das träge Fließen der Donau, das Leben. Noch immer ist sie vom Tod weit, weit entfernt, und doch nur, wie jeder, durch einen Zufall von ihm getrennt. Sie sagt, wie wunderbar dieser Tag sei, sie springt von der Bugspitze, taucht unter, es spritzt über ihren Füßen, das Wasser schließt sich, und Ingrid kommt nicht mehr hoch, eine Minute, zwei Minuten, so schnell geht das, so leicht stirbt sich's, keine Bewegung, kein Laut entsteigt dem Wasser, du sollst die Donau nicht duzen, auch in schönen Wassern kann man ertrinken. Wie? Was los ist? Ihr Armband hat sich an einem halb in den Kiesgrund eingeschwemmten Fahrrad verhakt, sie zerrt, statt aus dem Armband zu schlüpfen, wie oft hat sie den Reifen achtlos abgestreift vor dem Schlafengehen, wie oft, am Bettrand sitzend, dabei redend, nicht hinsehend, sie hat Hämatome am Armgelenk, die Fingernägel der anderen Hand brechen, die Muskelfasern in ihrer Schulter reißen, sie zerrt, der Armreifen verbiegt sich, aber er hält, ein ums andere Mal. Und Ingrid: Schluckt Donauwasser, sie bekommt das Wasser in die Lunge, sie hustet, unter Wasser kann man nicht gut husten, sie ist Ärztin, sie weiß, das macht es nicht besser, unter Wasser kann man nicht gut husten, sie weiß, daß man sterben muß, wenn man Wasser in der Lunge hat, sie will nicht sterben, sie will nicht, sie hängt am, sie zerrt, sie schlägt, sie hängt, wenn der Armreifen jetzt bräche, ja, sie würde bestimmt, laß los, nach oben, wenn der Armreifen jetzt, sie würde es bestimmt noch, sie hängt am, nein, doch, laß los, aber nein, sie würde es bestimmt noch schaffen, sie hängt am Leben, laß los.

Jetzt die erschreckende Wirklichkeit: Ist nicht nur der ruhig nach der Strömung sich ausrichtende Körper und das zur Seite treibende offene Haar, ist nicht nur die letzte Luftblase, die den Weg aus Ingrids Lunge findet und zur Oberfläche steigt, um sich dort einen Moment als glitzernde Kuppel auf dem ruhig dahinziehenden Wasser aufzurichten und zu vergehen. Es ist auch das, was sich an Deck des Bootes und im Wasser ringsum abspielt, wo das Leben (wovon die Schlagerdichter singen) weitergeht. Der Mann der Kollegin taucht nach Ingrid, bis er ebenfalls Wasser in den falschen Hals bekommt. Seine Frau feuert ab, was der Kasten mit den Rettungsmitteln hergibt, Signalpistole, Leuchtmunition. Die Frau setzt eine Boje, sie wirft den Rettungsring ins Wasser, der davontreibt, donauabwärts. Sissi ruft nach ihrer Mutter, wohl zwanzigmal, und die Stimme verhallt, Mama, Mama, vom Flußwind verweht, das Mädchen, Sissi, müßte den Mund unter Wasser halten, nein, tut sie nicht, dort kauert sie, sie ist dreizehn, auf einer der schmalen Plastikbänke, Sissi, mit dem Kopf zwischen den Knien, den Händen über dem Kopf, sie weint. Und Philipp: Er schaut übers Wasser, er wartet, daß seine Mutter hochkommt, daß seine Mutter ihnen lachend eine lange Nase macht, daß sie ihnen das Schilfrohr zeigt, das sie zum Atmen verwendet hat, wie im Western, John Wayne, *Rio Lobo,* Philipp hat den Film gemeinsam mit seinem Vater gesehen, er zählt bis hundert, Mama, du hast uns einen schönen Schrecken eingejagt, das ist schon gar nicht mehr lustig, dann fängt er wieder von vorne an ... siebzehn, achtzehn, neunzehn, zwanzig, einundzwanzig –.

Es heißt, wenn man den Kopf in die Donau steckt, die Donau, die jeden Tag eine andere ist, dann höre man ein singendes Geräusch, das angeblich von den Kieseln auf dem Stromgrund kommt, die vom Wasser langsam vorwärts und übereinander geschoben werden.

Durch einen unglaublichen Zufall, einen absolut dummen Zufall.

Und Peter wünschte, daß Ingrid zurückkäme, um zu sehen, wie er sich hält, denn er hält sich ganz gut, findet er, ja, seit die Anfangszeit überstanden ist, damals, als er wie mit einer Bleiweste lebte und den Kindern vor lauter Zeitdruck die Hausaufgaben diktierte, so daß Sissi irgendwann sagte:

– Papa, ich glaube, dir geht deine Schulzeit ab.

Und er wünschte, daß Ingrid zurückkäme, um ihm beizupflichten, wie gut sie es jetzt haben könnten, denn seither ist vieles geschehen und anders geworden, die Zeit hat so manches geregelt.

Und er wünschte, daß sie wieder eine Familie wären und die Welt so schön wie in einem Album, daß die Bäume im Garten blühten, und die Sonnenuntergänge eine einzige Pracht wären und daß sie gemeinsam gute Bücher läsen und die Kinder stolz wären und gerne nach Hause kämen.

Und er wünschte, daß Ingrid neben ihm am Beifahrersitz säße, wo jetzt der Fotoapparat und die Schmalfilmkamera liegen, und daß sie zwischendurch ihre Hand auf seinen Oberschenkel legte und mit den Fingern leichten Druck ausübte.

Und er wünschte, daß sie glücklich wären bis ans Lebensende, er bildet sich ein oder ist überzeugt, daß sie glücklich sein könnten, er denkt das sehr oft, düster, schmerzhaft, undeutlich, ja, denken kann man vieles, es kostet nichts.

Es kostet nichts.

Denn es ist nicht so, nein, daß er nicht wüßte, ja, um es leichter zu haben, hat er seine Erinnerung ein wenig korrigiert, er weiß aber doch, daß seine Ehe nicht das war, was sie sich vorgestellt hatten, und daß die Zutaten für ein haltbares Glück nicht gereicht hatten und daß wenigstens Sissi alt genug war, die Misere mitzubekommen. Und er weiß auch, daß die Jahre vor Ingrids Tod die am wenigsten erfolgreichen Jahre seines Lebens waren, das will was heißen bei einem, der auch davor und danach meistens aufseiten der Verlierer gestanden ist, bei dem sich die Niederlagen eingelagert haben wie Arteriosklerose.

Sooft er daran denkt, ist das alles noch, als wär es gestern gewesen.

BENEDICT WELLS

Sprung in den Lake Virgin

Ungläubig trat ich an den Abgrund und blickte auf den Lake Virgin hinab. Kühl und dunkelblau wartete er in der Tiefe. Mich schauderte. Das waren nicht zehn Meter, eher fünfzehn. Deshalb hatte die Klippe ja auch ihren Namen: Weil jeder zwar mal überlegte, ob es machbar wäre – und dann doch nur dieselben drei Worte dachte: *Das ist Selbstmord.*

Okay, um fair zu sein: Natürlich waren schon mal Leute von hier aus ins Wasser gesprungen. Es gab Geschichten und Legenden. Aber in meinem Jahrgang hatte es sich niemand getraut, nicht mal die Mutigsten. Auch sonst kannte ich keinen, der es wirklich getan hatte. Ich war sicher, dass selbst Hightower und Cameron insgeheim dachten, dass das zu viel war. Es war einfach verrückt.

»Kirstie …«, sagte ich. »Du weißt, ich würde echt alles machen. Aber das hier geht nicht. Bitte lass mich mein Versprechen zurücknehmen.«

Sie schüttelte nur den Kopf.

Auch Hightower redete nun auf sie ein.

»Er *muss* aber!«, sagte sie zu ihm, so als stünde ich nicht einen Meter neben ihr. »Er hat es mir versprochen, und das gilt.« Sie sah mir in die Augen. »Sam, weißt du noch, wie du mir bei den Schaukeln von deiner Angst erzählt hast? Dass du dich für einen Feigling hältst und dich vor fast allem fürchtest?«

Ich schielte zu den anderen, die von diesen Worten betroffen wirkten, und senkte verlegen den Kopf.

»Ich weiß, wie beschissen das mit deiner Mom ist, aber gerade deshalb ist das jetzt so wichtig«, hörte ich sie weiterreden. »Denn wenn du nicht aufpasst, wirst du dich am Ende zurückziehen und dich gar nichts mehr trauen. Doch das wird nicht passieren. Weil du jetzt da runterspringst. Verstehst du? Du kannst kein Feigling sein, denn ein Feigling würde jetzt nicht springen.«

»Knock, knock, hier kommt die Küchenpsychologie«, murmelte Cameron.

»Halt die Klappe«, fauchte sie ihn an. Auf einmal war jeder ironische Unterton weg, und nichts von all dem war noch Spaß. Sie griff nach meiner Hand. »Sam!«, sagte sie leise. »Du weißt, dass du es tun musst, oder? Dass du jetzt springen musst? Du *weißt* es.«

Meine Augen wurden feucht, denn ich begriff mit einem Mal, dass sie recht hatte. Ich wusste nicht, wieso, aber, ja, ich spürte, dass ich es tun musste.

Wie ein Sprung in die Tiefe ohne Aufprall.

Ich nickte langsam. Kirstie umarmte mich. Dann sagte sie, dass ich da nicht allein durchmüsse, sondern dass sie mit mir springen werde. Sie schaute zu Cameron. »Was ist mit dir, bist du auch dabei?«

Er machte ein Gesicht, als hätte man ihm in einem Nebensatz mitgeteilt, Vater von Drillingen zu sein. »Was?«

»Du hast schon gehört. Willst du, dass wir allein springen, oder machst du mit?«

»Mann, Kay, du hast nie davon geredet, dass wir das auch machen sollen.« Cameron trat an den Rand der Klippe und starrte mit bleicher Miene hinunter. »Ich hasse dich dafür, dass du dir immer diesen Scheiß ausdenkst, hab ich dir das schon mal gesagt?«

»Ein paarmal.«

»Dann nimm's bitte endlich ernst.« Er blickte noch mal hinab und verdrehte die Augen: »Also gut. Aber nur, wenn ihr zuerst springt und ich sehe, dass ihr das wirklich überlebt. Dann komme ich nach.«

»Versprochen? Auf Ehre und …«

»Ja, ja, was du willst.«

Wir zogen uns bis auf die Unterwäsche aus, nur Hightower nicht, da er den Wagen mit unseren Sachen runter an den See fahren sollte. Es war mir peinlich, vor Kirstie in Unterhose dazustehen. Diese Sorge verschwand, als sie ohne lange zu überlegen ihre Shorts und ihr Hemd auszog und nur in Slip und BH vor mir stand. Ich wusste nicht, wo ich hinschauen sollte. Sie selbst blickte einen Moment lang verkniffen in die Ferne und trommelte auf ihrem Bauch.

»Bereit?« Sie kam auf mich zu. »Dann will ich, dass du jetzt schreist: Ich bin der verrückteste Motherfucker von Grady.«

Ich sah sie stirnrunzelnd an. Sie schien es, wie alles an diesem seltsamen Tag, ernst zu meinen. Ich betrachtete die Nachmittagssonne, die sich auf dem See spiegelte, unter meinen Zehen Grasbüschel und piksende Steinchen. Nie wieder würde ich ihr irgendetwas versprechen.

»Ich bin der verrückteste Motherfucker von Grady …«, murmelte ich.

»Wow!« Kirstie seufzte. »Geht's noch ein bisschen lahmer?«

»Ich bin der verrückteste Motherfucker von Grady!«, rief ich.

»Lauter, schrei es, sei irre!«

»Ich bin der verrückteste Motherfucker von Grady«, schrie ich so laut ich konnte; es hallte weit über den See.

Es tat überraschend gut, wie damals, als ich im Weizenfeld gebrüllt hatte. Ich merkte, wie meine Füße wippten: »ICH BIN DER VERRÜCKTESTE MOTHERFUCKER VON GRADY, IHR VERDAMMTEN IDIOTEN!«

Ich lachte und schrie den Satz nun immer wieder, noch mal, noch mal, und dann noch mal, ich hüpfte dabei sogar auf der Stelle.

Schließlich zerrte Kirstie an mir und wollte mir etwas sagen, aber ich beachtete sie nicht mehr und brüllte schon wieder: »ICH BIN DER VERRÜCKTESTE MOTHERFUCKER VON DIESEM BESCHISSENEN GRAAAAADYYYYYYYYY!«

Und in dieser Sekunde packte ich einfach Kirsties Hand und rannte mit ihr über die Klippe. Ich hörte noch, wie sie überrascht kreischte.

Dann sprangen wir ins Nichts.

In der Luft lösten wir uns voneinander. Ich starrte auf das Dunkelblau des Sees, auf das ich mit fast lächerlich großer Geschwindigkeit zuraste. Der Sprung kam aus solcher Höhe, dass ich tatsächlich noch die Zeit hatte, mir zu überlegen, ob das jetzt weh oder *verdammt* weh tun würde, wenn ich gleich da unten aufprallte.

Es tat *verdammt* weh.

Meine Füße brannten. Ich war in Schräglage aufgekommen, so dass auch meine Hüfte schmerzte. Wie ein Stein sauste ich immer tiefer ins Wasser, alles wurde schlagartig dunkel. Erst nach einer ganzen Weile bekam ich Auftrieb. Als ich schließlich den Kopf aus dem Wasser streckte und Kirstie neben mir auftauchte, umarmten wir uns wie zwei Schiffbrüchige.

Wenn der See von der Klippe aus betrachtet schon tief unten war, dann war die Klippe vom See aus betrachtet nun grotesk weit weg. Man brauchte fast ein Fernrohr, um da oben Cameron zu erkennen, der zu uns herunterschaute.

»Habt ihr überlebt?«, rief er zweifelnd von oben.

»Ja!«, schrien wir.

Kurz war es still.

»Ihr Penner«, rief er nun. »Ich kann nicht glauben, dass ihr *wirklich* gesprungen seid. Das verzeih ich euch nie.«

»Komm endlich runter!«, rief Kirstie.

Er schüttelte nur den Kopf, so stark, dass wir es sogar von hier unten aus sehen konnten. Dann verschwand er von der Klippe.

Und dann geschah gar nichts mehr.

Wir warteten sicher noch eine Minute im Wasser. Doch er tauchte nicht mehr auf, und schließlich schwammen wir zum Ufer.

»War ja klar«, sagte Kirstie unterwegs.

In diesem Moment hörten wir einen Schrei und sahen, wie Cameron mit Anlauf über die Klippe gesprungen kam. Er ruderte in der Luft mit den Armen, bekam auf einmal Rücklage, und am Ende prallte er mit dem Gesäß zuerst auf dem Wasser auf. Es gab eine riesige Fontäne. Sekundenlang blieb er in der Tiefe verschwunden. Dann tauchte er schnaufend wieder auf.

»O Gott!«, schrie er. »Mir tut alles weh.«

Er ächzte und schwamm mit geschlossenen Augen und japsend wie ein Hund zu uns. »Ich glaub, ich hab mir den Arsch gebrochen!«

Ich musste lachen und schwamm zu ihm, um ihn zu stützen. Dann retteten wir uns alle irgendwie ans Ufer.

BETTY KOLODZY

Schöner schwimmen

I

Der rechte Arm zieht nach vorn, taucht ins Wasser ein und schiebt es in meine Richtung zurück. Wieder eine Chance vertan! Der Winkel stimmte nicht. Ich probiere, es mit links besser zu machen, tauche die Hand ein, verdränge das Wasser. Das bringt mich ein ganzes Stück weiter, und zwar so schnell, dass ich fast nicht hinterherkomme, denn diese Bewegungen wiederhole ich im Viertelsekundentakt und paddle dabei mit den Beinen auf und ab. Soweit das möglich ist. Ich bemühe mich um Grazie, tauche wieder ein: Rechter Arm nach vorne, mit der flachen Hand ins Wasser, dann die Finger um 90 Grad abwinkeln und das Wasser zu mir schaufeln.

Ich kraule oft zu Hause. Da werf ich mich aufs Bügelbrett, reiße die Arme vor, verdränge und paddle, als wär ich unter Wasser. Während meine Schulterflügel rotieren, schaue ich durch die Fensterscheibe. Wann habe ich sie das letzte Mal geputzt? Ich kenne mich. Ich weiß, wie schnell ich mich ablenken lasse, wie wahnsinnig mich die Spuren des letzten Regens machen. Also besser die Augen schließen. Beim nächsten Eintauchen lege ich meinen Kopf zur Seite, schnappe nach Luft, drehe ihn wieder in die Mitte, mache ein paar Züge und puste die Luft auf der anderen Seite wieder aus. Die Beine werden immer schwerer, das Herz beginnt zu rasen. Noch ist der Beckenrand nicht erreicht.

2

Das Kraulen hab ich von Frau Schmidt gelernt. Immer wieder habe ich an ihrem kleinen Rädchen gedreht und sie unermüdlich in der Spüle schwimmen lassen. Frau Schmidt ist aus Plastik. Sie trägt eine rosa Badekappe und einen aquamarinblauen Anzug wie ich. Ich dachte, um Frau Schmidts perfekten Kraulstil zu kopieren, wäre es sinnvoll, sich ihr auch optisch anzugleichen. So legte ich mir auch einen aquamarinblauen Badeanzug zu und fand irgendwann auch die passende Kappe. Ich musste schon einige Zeit googeln, bis ich sie auf einer finnischen Seite entdeckte: Rosa mit Druckknopf-Kinnband. Nicht unbedingt mein Stil, doch besser als die Bademütze, in die ich mich als Mädchen verliebt hatte, ist sie auf jeden Fall. Von jener müsste noch irgendwo ein Foto existieren. Sie war hellblau und hatte am Scheitelpunkt ein Loch. Aus diesem ragte ein blondes Haarteil heraus, das einen Pferdeschwanz simulieren sollte. Er sah ziemlich künstlich aus, man mochte ihn gar nicht anfassen, weil es dann zwischen den Fingern knisterte und das diese Zahnschmerzen verursachte, wie wenn jemand mit Kreide über die Tafel fuhr. Alle Mädchen, egal wie dunkelhaarig sie auch waren, trugen diese blonden Pferdeschwänze. Anscheinend war damals das Kraulen noch nicht erfunden worden. Man schwamm also mit hocherhobenem Kopf und zog diese Kunstmatte hinter sich her, alternativ klebten bunte Pril-Blumen auf hellblauen Mützen.

Wenn ich's mir recht überlege, ist Türkis meine Lieblingsfarbe. Deshalb habe ich meine Wohnung in diesem Ton gestrichen. Wände, Boden, Decke: Alles in Türkis.

3

Als Frau Schmidt eines Tages schlappmachte, wusste ich zuerst auch nicht genau, wie es mit mir weitergehen würde. Man konnte sie nicht nachbestellen, der Artikel sei nicht nur ausverkauft, sondern die gesamte Produktion eingestellt, da es sich bei Frau Schmidt um einen Ladenhüter gehandelt habe.

»Nur ein paar Chinesen haben dieses Spielzeug gekauft«, erklärte die Verkäuferin und fügte hinzu, dass es ja auch mehr als hirnlos sei, sich stundenlang eine rotierende unansehnliche Plastikfigur anzuschauen. Denn Frau Schmidt war nicht die Schlankste.

Beleidigt verließ ich den Laden. Als wäre die Situation nicht schon dramatisch genug, fiel Frau Schmidt auf den Boden und wurde von einem Laufrad überrollt. Das Kind hatte ihr die Beine zerbrochen, ohne sich zu entschuldigen, und auch die Mutter tat, als hätte sie nichts davon bemerkt.

Wenn ich an diese Situation denke, muss ich fast weinen. Seltsamerweise sehe ich das Ganze wie eine Filmszene, das heißt, ich sehe mich, wie ich erschrocken auf den Bürgersteig blicke, auf Frau Schmidt, die auch noch auf den Bauch gefallen war, als wollte sie über das Pflaster kraulen, und sehe weiter, wie das Vorderrad dieses Laufrads angerollt kommt, sehe meine weit aufgerissenen Augen, den offenen Mund … Schockstarre. Und dann folgen meine Augen diesem Zick-Zack, in dem ich zur Seite springe, um meine eigene Haut zu retten, obwohl ich doch … In dem Moment krachen die Glieder meines Kraulidols.

Ich schließe die Augen und versuche, die Bilder zu verdrängen. Schuldgefühle plagen mich. Ich hätte Frau Schmidts Beine dort nicht einfach liegenlassen dürfen, vor dem Dönerladen, hätte ihre Reste aufheben und sie begraben müssen. Eine Seebestattung wäre ihrer würdig gewesen oder wenigstens eine im Schwimmbecken des Freibads. Stattdessen hob ich den Rumpf unauffällig auf, als bückte ich mich nach einem Geldstück.

Seitdem steckt Frau Schmidts Unterleib in einem Blumentopf am Küchenfenster. Eigentlich völlig absurd und unangemessen, denn mit dem Element Erde hatte sie ja so gar nichts an der Kappe. Ab und zu gieße ich sie vorsichtig und bilde mir ein, sie würde mich dankbar ansehen.

4

Rechter Arm nach vorne … die Rumpfbewegung lässt sich auf dem Bügelbrett leider nicht trainieren. Das Strecken der Arme führt normalerweise zu einer leichten Drehung im Lendenbereich, so als wäre man selbst mechanisch. Andererseits hatte Frau Schmidt diese Rumpfbewegung auch nie drauf. Ihr Körper ist starr. Die Rumpfbewegung übrigens habe ich letzten Winter im Hallenbad erlernt, ein Bademeister hatte mir davon erzählt. Eigentlich wollte ich wie jeden Morgen schwimmen gehen, doch der neue Bademeister verwickelte mich in ein Gespräch. Schließlich erzählte ich ihm von mir und Frau Schmidt, und er beeilte sich, mich darauf hinzuweisen, dass Frau Schmidts Technik wohl nicht so ganz ausgefeilt sei. Da seien noch viel mehr Bewegungen notwendig wie das Auf- und Abklappen der Hände, den Kopf zur Seite drehen – aber vor allem: Atmen!

»Überlegen Sie mal«, sagte der Bademeister. »Wenn jeder so kraulen würde wie Ihre Frau Schmidt, dann müssten wir täglich Tausende von Wasserleichen aus dem Becken fischen.«

Das leuchtete mir ein. Also ließ ich mir ein paar Tipps geben und stieg ins Becken. Es war leer. Ich stieß mich mit den Füßen vom Rand ab, glitt ein paar Meter durchs Wasser und setzte die Worte des Bademeisters um: Rechter Arm nach vorne, 90 Grad Winkel, durchziehen, linker parallel nach vorne, dabei jedoch den Kopf zur Seite bewegen und Luft holen. Ich bildete mir ein, das grinsende Gesicht des Bademeisters zu sehen, konnte mich aber mit solchen Gedanken nicht aufhalten, weil es ja gleich wieder weiterging.

»Schauen Sie auf die Wasserkante und zählen Sie um Himmels willen bloß keine Kacheln«, hatte er gesagt.

Die Wasseroberfläche von unten zu betrachten, war eine neue Erfahrung für mich: Keine Haargummis, Haie oder aufgequollene Tampons mehr, sondern die Trennlinie der beiden so unterschiedlichen Elemente wie H_2O und Luft.

Linker Arm nach vorne, mit dem rechten das Wasser zu mir herschieben, nach oben schauen, die Beine auf und ab, den Kopf zur Seite drehen … Ich pustete die verbliebene Luft aus und machte tapfer weiter. Verdrängte das Wasser, drehte, riss das Schulterblatt nach vorne, winkelte die Hände ab, paddelte … Irgendwann knallte ich mit dem Kopf gegen den Beckenrand.

»Nicht schlecht«, sagte die Stimme aus der anderen Welt. »Aber Ihre Beine hängen im Wasser wie Torfsäcke.«

Ich betastete die Beule an meiner Stirn und blickte langsam nach oben. Zwei Bademeisterskulpturen standen auf Startblöcken über mir.

»Denken Sie an die Rumpfbewegung«, sagten sie und ließen ihre Hüften kreisen.

Ich hielt meinen Kopf, während das Wasser immer kälter wurde.

»Geht wieder vorbei«, sagten die Skulpturen. »Und jetzt noch mal zurück: Rechter Arm nach vorne, Rumpfbewegung – und vor allem: Atmen!« Sie lachten mir aufmunternd zu.

Ich wollte nur noch ins Bett, wollte mich ausruhen und meinen armen Kopf schonen, in dem sich alles drehte. Doch die Bademeisterskulpturen kannten keine Gnade. Ich musste fliehen. Und fasste einen Plan: Ich würde schnell auf die andere Seite schwimmen, aus dem Becken springen und durch die Halle flüchten. Ich lächelte also zurück, drehte mich um und brachte mich in Position. Ich stieß mich ab, glitt nach vorne, rechter Arm, linker Arm,

Rumpfbewegung, 90 Grad ... Ich schluckte Wasser. Ausatmen, einatmen, 90 Grad ... Mein Kopf. Denken Sie an die Rumpfbewegung, dachte ich, denken Sie an Frau Schmidt.

Eine Riesenqualle wuselte an mir vorbei, zwei Laufräder schwebten auf und nieder. Ich bildete mir ein, Frau Schmidts Beine auf dem Boden liegen zu sehen, sah das grinsende Kind mit einem Döner in der Hand. Dann wurde es plötzlich Nacht.

5

Die Notärzte sagten, der Bademeister hätte mir das Leben gerettet, das dürfe ich ihm nie vergessen. Kraulen, ohne zu atmen ... Sie schüttelten den Kopf. Der Bademeister bekam dann auch eine offizielle Lebensrettermedaille vom Bürgermeister höchstpersönlich um den Hals gehängt. Ich sah sein Foto in der Zeitung.

Seitdem kraule ich nur noch in der Küche auf dem Bügelbrett. Hier fühl ich mich sicher. Die Welt da draußen kommt mir vor wie ein großes Hallenbad, in dem nur der Stärkste überlebt. Alles Kampfschwimmer, nur man selber strampelt sich einen ab und kommt nicht so recht voran. Ich habe beschlossen, nach meinem eigenen Rhythmus zu atmen. Und wenn ich keine Lust hab, dann lass ich's einfach bleiben! Auch die Rumpfbewegung ist doch im Grunde genommen nur was für Spießer. Sollen die sich doch drehen und wenden, wie sie wollen. Ich mach da nicht mit. Ich lass mich nicht verbiegen.

Wenn ich so denke, fühl ich mich Frau Schmidt ganz

nah. Dann schau ich ihr durch meine Schwimmbrille in die Augen. Und an manchen Tagen, meist, wenn die Sonne scheint, zwinkert sie mir zu. In diesen Momenten vergesse ich die Putzstreifen auf der Fensterscheibe. Und fühl mich ganz leicht.

GRAHAM SWIFT

Schwimmen lernen

Dreimal hatte Mrs. Singleton daran gedacht, ihren Mann zu verlassen. Das erstemal schon bevor sie verheiratet waren, in einem Charterflugzeug auf der Rückreise von ihren Griechenlandferien. Sie waren Studenten und hatten gerade ihr Examen gemacht. Sie hatten Rucksäcke und trugen ausgebleichte Jeans. In Griechenland hatten sie einige Zeit an einem Strand auf einer Insel verbracht. Die Insel war trocken und felsig – große graue und zinnoberrote Felsen –, und wenn man am Strand lag, kam es einem so vor, als würde man selbst zu einem sonnendurchglühten Felsen. Oberhalb des Strandes gab es Eukalyptusbäume, die wie trockene, belaubte Knochen aussahen, alte Männer mit Mauleseln und Goldzähnen, den Geruch von Thymian und ein Café mit Melonenkernen auf dem Fußboden und einer Jukebox, die Busukimusik und Songs von Cliff Richard spielte. All das wußte Mr. Singleton nicht zu schätzen. Ihm hatte nur das milchwarme, klarblaue Meer gefallen, in dem er sich die meiste Zeit aufgehalten hatte, als fürchtete er sich vor fremder Erde. Im Flugzeug hatte sie gedacht: Er hat die Ferien nicht genossen. Griechenland hat ihm überhaupt nicht gefallen. Der viele Sonnenschein. Dann hatte sie gedacht, daß sie ihn besser nicht heiraten sollte.

Aber dann hatte sie es doch getan, ein Jahr später.

Das zweitemal war ungefähr ein Jahr nachdem Mr. Singleton, der Hoch- und Tiefbauingenieur war, seine erste wichtige Stelle bekommen hatte. Er wurde jüngerer Teilhaber einer Firma, die sich gerade einen Namen machte. Sie hätte sich darüber freuen sollen. Es bedeutete Geld und Komfort. Es ermöglichte ihnen, in ein Haus mit einem großen Garten zu ziehen, gut zu leben, an die Gründung einer Familie zu denken. Sie verbrachten Wochenenden in Landhotels. Aber Mr. Singleton schien das nicht zu berühren. Er wurde verschlossen und schweigsam. Mit strengem Gesicht ging er zur Arbeit. Sie dachte: Er mag seine Brücken und Tunnel lieber als mich.

Das drittemal, in Wirklichkeit eine Phase und nicht ein einzelner Augenblick, kam, als sie auszurechnen begann, wie oft Mr. Singleton mit ihr schlief. Als sie damit anfing, war es im Durchschnitt einmal alle vierzehn Tage. Dann war es alle drei Wochen. Die Abstände hatten sich seit einiger Zeit vergrößert. Mrs. Singleton betrachtete diese mißliche Situation nicht unter selbstsüchtigen Gesichtspunkten. Die sexuelle Liebe war schon früher, in ihrer allerersten gemeinsamen Zeit, ein Problem gewesen, das dank ihrer Geduld und ihrer Initiative überwunden worden war. Sie sah in diesem augenblicklichen Zustand Mr. Singletons Unglück, nicht ihr eigenes. Er mißtraute dem Glück so wie andere Leute Angst vor großen Höhen oder offenen Plätzen haben. Also würde sie ihn wiederaufbauen, ermutigen. Aber der Mittelwert schien ihrem persönlichen Einsatz Hohn zu sprechen – einmal alle drei Wochen, einmal im Monat ... Sie dachte: Es wird wieder so wie zu Anfang.

Aber dann wurde sie rein zufällig schwanger.

Jetzt lag sie mit geschlossenen Augen auf dem Rücken im grobkörnigen Sand an der Küste Cornwalls. Es war heiß, und der Himmel war, wenn sie die Augen aufmachte, von klarem Blau. Dieser und der vorige Sommer waren so schön gewesen, daß sie sich mit der Weigerung ihres Mannes, den Urlaub im Ausland zu verbringen, abfinden konnte. Wenn man die Augen geschlossen hielt, konnte es Griechenland oder Italien oder Ibiza sein. Sie trug einen schokoladenbraunen Bikini und eine Sonnenbrille und wurde, da sie selten unter Sonnenbrand litt, bereits braun. Träge ließ sie die Arme über den Sand gleiten und schob ihn dabei mit den Händen zu kleinen Häufchen zusammen. Wenn sie den Kopf nach rechts wandte und in Richtung Meer blickte, konnte sie Mr. Singleton und ihren Sohn Paul im flachen Wasser stehen sehen. Mr. Singleton brachte Paul das Schwimmen bei. »Weiter!« sagte er. Von ihrem Platz aus, gegen die sanfte Dünung gesehen, erschienen die beiden wie zwei hin und her wogende Silhouetten. »Weiter!« sagte Mr. Singleton. »Weiter!« So als bestrafte er jemanden mit Peitschenhieben.

Sie drehte den Kopf, um nach oben zu blicken. Wenn man die Augen zumachte, konnte man sich einbilden, man wäre der einzige Mensch am Strand. Wenn man sie zubehielt, konnte man ein Teil des Strandes sein. Mrs. Singleton stellte sich vor, daß man sich, um braun zu werden, von der Sonne lieben lassen mußte.

Sie grub ihre Fersen in den Sand und lächelte unwillkürlich.

Als sie noch ein dünnes, flachbrüstiges, fleißiges Mädchen in einer grauen Schuluniform gewesen war, hatte Mrs. Singleton ihre Angst und Verzweiflung in puncto Sex mit Wunschvorstellungen beschwichtigt, welche den Männern die primitive Körperlichkeit nahmen, die sie von ihnen erwartete. Alle ihre Liebhaber würden Künstler sein, Poeten würden ihr Gedichte schreiben, Komponisten würden ihr ihre Musik widmen. Sie würde sogar Malern nackt und makellos Modell stehen, und wenn diese dann ihre wahre, ihre zeitlose Gestalt auf die Leinwand gebannt hätten, würden sie sie auf so zarte, vergeistigte Art lieben, daß ihr körperliches und zeitliches Selbst dahinschmelzen und sich vielleicht für immer auflösen würde. Diese Phantasien (die sie nie völlig aufgegeben hatte) kristallisierten sich für sie in der Vorstellung von einem Bildhauer, der aus einem kalten, harten Stein ihr innerstes Wesen bilden würde – pulsierend und voller Sonnenlicht wie die Statuen, die sie in Griechenland gesehen hatten.

Auf der Universität wurde sie von der Annahme geleitet, daß alle Männer hemmungslos und unersättlich nach Frauen gierten. Sie hatte bis dahin noch nie einen Mann getroffen, der, obwohl er für die normalen Instinkte durchaus anfällig war und darüber hinaus einen prachtvollen Körper besaß, mit dem er sie befriedigen konnte, dennoch Skrupel hatte, dies zu tun, und sich wegen seiner Fähigkeiten zu schämen schien. Es machte nichts, daß Mr. Singleton Ingenieurwesen studierte, kaum irgendwelche künstlerischen Neigungen hatte oder daß sein kräftiger Körper nichts mit den nebelhaften Geschöpfen ihrer Träume gemein hatte. Sie entdeckte, daß sie dieses feste Männerfleisch liebte. Mrs. Singleton hatte sich für ein schüchternes, unerfahrenes, ängstliches Mädchen gehalten. Über Nacht fand sie heraus, daß dies gar nicht stimmte. Er trug strapazierfähige Denimhemden, sprach und lächelte sehr wenig und hatte eine Art, sehr aufrecht dazustehen, so als brauchte er von niemandem Hilfe. Sie mußte ihn an der Hand nehmen und zu Augenblicken der Leidenschaft und der Selbstaufgabe hinführen und war hingerissen, wenn es ihr gelang. Sie war glücklich, weil sie nicht damit gerechnet hatte, glücklich zu sein, und glaubte, daß sie jemand anders glücklich machen konnte. Auf der Universität fingen die Studentinnen an, Jeans zu tragen und die Platten der Rolling Stones zu hören, und sie las in der Stille der Seminarbibliothek Leopardi und Verlaine. Sie schien sich voll Selbstvertrauen einem wirbelnden Element zu überlassen, von dem sie niemals erwartet hatte, daß es das ihre sein würde.

»Weiter!« erklang es wieder vom Wasser her.

Mr. Singleton hatte zweimal daran gedacht, seine Frau zu verlassen. Das eine Mal war nach einem Symphoniekonzert in London gewesen, in das sie gegangen waren, als sie sich schon sehr lange kannten und sie ihn immer noch dazu zu bringen versuchte, Bücher zu lesen, Musik zu hören und sich für Kunst zu interessieren. Sie besorgte Konzert- oder Theaterkarten, und er mußte so tun, als freute er sich. In diesem Konzert spielte ein gastierendes Orchester ein titanisches, großangelegtes Musikwerk aus dem späten neunzehnten Jahrhundert. Im Programm hieß es, daß es den Triumph des Lebens über den Tod darstelle. Er saß in seinem Plüschsessel inmitten dieses wilden Getöses und wußte nicht, was er damit zu tun hatte. Oder mit dem Triumph des Lebens über den Tod. Dasselbe dachte er über die hingerissene Frau zu seiner Linken, die zukünftige Mrs. Singleton, die hin und wieder zuckte, sich wiegte oder sich in ihrem Sitz aufrichtete, so als erhöbe die Musik sie körperlich. Auf der Bühne saßen mindestens siebzig Musiker. Als das Stück auf sein abschließendes Crescendo zusteuerte, sah der Dirigent, der wie wild mit den Armen fuchtelte, so daß sein weißes Hemd unter seinen fliegenden Frackschößen hervorsah, so absurd aus, daß sich Mr. Singleton kaum das Lachen verkneifen konnte. Als die Musik aufhörte und sofort von stürmischen Beifallsrufen und wildem Klatschen abgelöst wurde, dachte er, die Welt sei verrückt geworden. Er schlug ebenfalls die Hände zusammen, damit es so aussah, als teilte er die Ekstase. Dann, beim Hinausgehen, war er den Tränen nahe, weil er sich so klein fühlte. Er dachte sogar, sie hätte das Ganze arrangiert, um ihn zu demütigen.

Er dachte, daß er sie nicht heiraten würde.

Beim zweitenmal waren sie schon ein paar Jahre verheiratet. Er gehörte damals zu einer Gruppe von Ingenieuren, die in Irland an einer Hängebrücke über eine Flußmündung arbeiteten. Sie wechselten sich auf der Baustelle ab, wo sie die Bauarbeiten persönlich überwachen mußten. Einmal mußte er ganz hinauf auf einen der beiden Pylone, um das Lager der Tragkabel zu überprüfen. Inmitten eines Netzes aus Gerüsten und elektrischen Kabeln lief zwischen den Stützpfeilern ein Lift hinauf zu einer Arbeitsplattform. Der Ingenieur konnte mit dem Aufseher und dem Vorarbeiter zusammen oben auf der Plattform bleiben, von der aus die gesamte Baustelle zu überblicken war. Die Männer, die an den oberen Teilen der Portale arbeiteten (alles Spezialisten, die bis zu zweihundert Pfund in der Woche verdienten), balancierten gefährliche Laufplanken und freiliegende Verstärkungsstreben entlang und machten sich oft über die Ingenieure, die niemals die Plattform verließen, lustig. Da dachte er, er werde es ihnen zeigen. Er ging hinaus auf eine der Laufplanken an der Außenseite des Pfeilers, wo sie gerade riesige Schrauben einpaßten. Es konnte gar nichts passieren, wenn man sich am Geländer festhielt, erforderte aber trotzdem einigen Mut. Er trug ein kariertes indisches Baumwollhemd und seinen weißen Schutzhelm. Es war ein grauer, feuchter Augusttag. Die Laufplanke hing über einer grauen Tiefe. Das Wasser der Flußmündung hatte die Farbe von totem Fisch. Ein Schwimmbagger tuckerte nicht weit entfernt vom Pfeiler. Er dachte: Ich könnte über den Fluß schwimmen, aber es gibt eine Brücke. Unter ihm bewegten sich die gelben Helme der Arbeiter wie Käfer über die Fahrbahnträger. Er nahm die Hände vom Geländer. Er hatte nicht die geringste Angst. Er war die ganze Woche von seiner Frau getrennt gewesen. Er dachte: Sie weiß nichts hiervon. Wenn er jetzt in die graue Luft hinausträte, dann wäre er ganz allein, nichts würde ihm geschehen …

Jetzt stand Mr. Singleton im Wasser und brachte seinem Sohn das Schwimmen bei. Sie übten gerade mit Schwimmflügeln. Der Junge trug ein Paar, das auf der Unterseite rot und auf der Oberseite gelb war und sich unter seinen Armen und seinem Kinn blähte. Mit ihrer Hilfe prustete und platschte er auf seinen Vater zu, der mit dem Gesicht zu ihm ein Stückchen weiter weg stand. Wenn sie das eine Weile gemacht hatten, versuchten sie dasselbe ohne Schwimmflügel. Dafür rückte sein Vater ein bißchen näher.

Vor diesem Teil fürchtete sich der Junge. »Weiter!« sagte Mr. Singleton. »Benutz deine Beine!« Er sah zu, wie sich sein Sohn mühsam auf ihn zubewegte. Der Junge hatte noch nicht begriffen, daß der Körper von alleine schwamm und daß man nur noch ein paar technische Kniffe anzuwenden brauchte, um vorwärts zu kommen. Er glaubte, um zu schwimmen, müsse man sich möglichst viel und möglichst heftig bewegen. Als er sich auf Mr. Singleton zukämpfte, warf er den Kopf, der zu weit aus dem Wasser ragte, unkontrolliert von einer Seite zur andern, und seine Augen, die halb geschlossen waren, blickten in alle Richtungen, nur nach vorne sahen sie nicht. »Zu mir!« rief Mr. Singleton. Er streckte die Arme aus, damit Paul sie ergriff. In dem Augenblick, wo sein Sohn sie packen wollte, trat er ein wenig zurück und zog die Hände fort in der Hoffnung, daß der Junge durch diesen letzten verzweifelten Satz nach vorn, um seinen Vater zu erreichen, endlich lernen würde, wie man sich im Wasser vorwärts bewegte. Aber manchmal fragte er sich auch, ob dies sein einziges Motiv war.

»Gut so. Jetzt noch mal.«

In der Schule war Mr. Singleton ein ausgezeichneter Schwimmer gewesen. Er hatte verschiedene Wettbewerbe gewonnen, zahlreiche Rekorde gebrochen und erfolgreich an den Meisterschaften des Bundes der Amateurschwimmer teilgenommen. Es gab eine Zeit etwa zwischen seinem dreizehnten und seinem siebzehnten Lebensjahr, die er als glücklichste seines Lebens in Erinnerung hatte. Es waren nicht die Medaillen und Trophäen, die ihn freuten, sondern es war das Wissen, daß er sich wegen nichts anderem Gedanken zu machen brauchte. Das Schwimmen rechtfertigte ihn. Er stand jeden Morgen um sechs auf und trainierte zwei Stunden im Hallenbad und vor dem Mittagessen noch einmal. Und wenn er nachmittags im Französisch- und Englischunterricht vor Erschöpfung einschlief, brauchte ihn die Entrüstung der Lehrer – hagere Geschöpfe ohne Kondition – nicht zu kümmern, denn er hatte eine Entschuldigung. Er brauchte sich nicht um den Physiklehrer zu kümmern, der sich beim Direktor beklagte, daß er nie die erforderlichen Prüfungsergebnisse erzielen würde, wenn er nicht sein Schwimmtraining reduzierte, denn der Direktor (der für den Sport eintrat) kam ihm zu Hilfe und erklärte dem Physiklehrer, er solle sich nicht einem Schüler in den Weg stellen, der seiner Schule Ehre mache. Und er brauchte sich nicht um eine Masse anderer Dinge zu kümmern, die angeblich in ihm vorgingen, die die Frage, was man abends und an den Wochenenden tun sollte, beklemmend und quälend machten und andere Jungs in schlechte Laune versetzten oder leichtsinnig werden ließen. Denn wenn er erst im kühlen Wasser des Schwimmbads war, seine Arme nach vorne schwangen, seine Augen auf die blaue Markierungslinie auf dem Beckenboden geheftet und seine Ohren voll Wasser waren, so daß er nichts um sich herum hören konnte, dann fühlte er sich gänzlich bei sich, gänzlich autark. Am Ende von Wettkämpfen, wenn er einen kurzen Augenblick lang wie ein Überlebender allein und keuchend am Beckenrand hing, wo seine Rivalen noch anschlagen mußten, verspürte er einen unendlichen Frieden. Er ging früh zu Bett, schlief tief und fest, hielt sich an seinen strikten Trainingsplan, und ihm gefiel diese spartanische Reinheit, die Vergnügen und Unordnung verachtete. Einige seiner Schulkameraden machten sich über ihn lustig – weil er samstags nicht tanzen ging oder, als Minderjähriger, in die Kneipe oder nach der Schule in die Espresso-Bar. Aber das machte ihm nichts. Er brauchte sie nicht. Er wußte, daß sie schwach waren. Keiner von ihnen war widerstandsfähig, konnte sich nur auf sich selbst verlassen, auf alle Bequemlichkeit, wenn nötig, verzichten. Einige von ihnen würden im Leben scheitern. Und keiner von ihnen konnte das Wasser zerteilen wie er oder besaß seinen harten, stromlinienförmigen, vollkommen mit sich in Harmonie befindlichen Körper.

Aber dann, mit fast siebzehn Jahren, wurde alles anders. Sein Vater, ein Ingenieur, der durchaus stolz auf die Trophäen seines Sohnes war, drängte ihn auf einmal, auf andere Weise erfolgreich zu sein. Der Direktor schirmte ihn nicht länger vor dem Physiklehrer ab. Er sagte: »In deine Zukunft kannst du nicht schwimmen.« Vielleicht aus Trotz oder aus seltsam konsequenter Selbstverleugnung gab er das Schwimmen gänzlich auf, statt es nur einzuschränken. Anderthalb Jahre lang konzentrierte er sich genauso ausschließlich auf Mathematik und Physik, wie er sich vorher darauf konzentriert hatte, sein Schwimmen zu perfektionieren. Er verstand etwas von Mechanik und Technik, weil er wußte, wie er seinen Körper dazu bringen konnte, sich durchs Wasser zu bewegen. Seine schulischen Leistungen waren nicht nur ausreichend, sondern gut. Er kam auf die Universität, wo er vielleicht Zeit gehabt hätte, das Schwimmen wiederaufzunehmen, wenn er gewollt hätte. Aber er tat es nicht. Zwei Jahre sind für einen Schwimmer eine lange Trainingspause, zwei Jahre kurz bevor man seine

Höchstform erreicht hat, können bedeuten, daß man seine alte Form niemals wieder erreicht. Gelegentlich ging er mal kurz ins Becken der Universität und schwamm zwischen trainierenden Mitgliedern des Universitätsteams, die er vielleicht immer noch hätte schlagen können, langsam auf und ab.

Oft träumte Mr. Singleton vom Schwimmen. Er bewegte sich dann durch ein ungeheuer großes Wasser, ein Meer. Das Schwimmen erforderte keinerlei Kraftanstrengung. Manchmal schwamm er weite Strecken unter Wasser, brauchte aber überhaupt nicht zu atmen. Das Wasser war silbergrau. Und immer kam es ihm beim Schwimmen so vor, als wollte er in Wirklichkeit über das Wasser hinausgelangen, es hinter sich lassen, als wäre es ein Schleier, den er teilte, um dann endlich auf der anderen Seite herauszukommen, an einem unberührten Ufer, wo noch nie ein Mensch vor ihm gegangen war.

Wenn er mit seiner Frau schlief, dann war ihm ihr Körper im Weg – er wollte durch sie hindurchschwimmen.

Mrs. Singleton richtete sich auf, schob die Sonnenbrille hoch auf ihr dunkles Haar und stützte sich nach hinten mit den Armen ab. Der Schweiß lief ihr zwischen den Brüsten herab. Die hatten sich seit ihrer Schulzeit gut entwickelt. Daß sie in ihrer Jugend so dünn gewesen war, kam ihr jetzt zustatten und verhinderte das Fülligwerden in den mittleren Jahren. Ihr Körper war vermutlich weiblicher, geschmeidiger und besser proportioniert, als er es je gewesen war. Sie sah zu Paul und Mr. Singleton hinüber, der bis zum Bauch im Wasser stand. Ihr kam es so vor, als wäre ihr Mann der eigentliche Junge, der störrisch dastand, die Hände vor sich ausgestreckt, und Paul wäre irgendein Spielzeug, das wie an einer Schnur unbarmherzig herangezogen und im Kreis geschwungen wurde. Sie hatten gesehen, wie sie sich aufgesetzt hatte. Ihr Mann, der die Hand des Jungen hielt, winkte, so als täte er es für sie beide. Paul winkte nicht, ihn schien das Wasser in seinen Augen mehr zu beschäftigen. Mrs. Singleton winkte nicht zurück. Sie hätte es getan, wenn ihr Sohn gewinkt hätte. Als sie in den Urlaub aufbrachen, hatte Mr. Singleton zu Paul gesagt: »Diesmal wirst du schwimmen lernen. Im Salzwasser ist es nämlich leichter.« Mrs. Singleton hoffte, ihr Sohn würde nicht schwimmen, so daß sie ihn, wenn er aus dem Wasser kam, noch in das große gelbe Badetuch wickeln und ihn trocken- und warmreiben und zuschauen konnte, wie ihr Mann mit leeren Händen abseits stand.

Sie sah, wie Mr. Singleton seinen Arm sinken ließ. »Wenn du nicht so spritzen würdest, kriegtest du auch kein Wasser in die Augen«, bekam sie gerade noch mit.

Am Abend zuvor hatten sie sich in ihrem Hotelzimmer gestritten. Sie stritten sich immer, bis der Urlaub ungefähr zur Hälfte herum war. Es war vielleicht ein Nachvollzug jener ersten Reise nach Griechenland, als er sich irgendwie geweigert hatte, seine Ferien zu genießen. Sie mußten sich Verletzungen zuziehen, damit sie hinterher – wie Rekonvaleszenten – ihre Muße zu schätzen wußten. Während der ersten vier Ferientage oder so neigte Mr. Singleton dazu, verdrossen und nervös zu sein. Er entschuldigte das als langsames Sichentspannen. Die Befreiung vom Arbeitsdruck sei ein Prozeß, der nicht überstürzt werden dürfe. Mrs. Singleton versprach, geduldig zu sein. Ungefähr am fünften Tag begann Mrs. Singleton dann zu argwöhnen, daß es nie zu einer vollkommenen Entspannung kommen werde, ja daß er sich überhaupt nicht entspannen wollte (was sie die ganze Zeit gewußt hatte), sondern sich an seine Brücken und Tunnel klammerte, als wären sie ein Bollwerk, und sie zeigte ihre Verärgerung. An dem Punkt konterte Mr. Singleton dann mit einem Angriff auf ihre Trägheit.

Letzten Abend hatte er sie »schlaff« genannt. Auf ihren Körper konnte das natürlich nicht gemünzt gewesen sein (sie konnte jetzt auf ihren immer noch flachen Bauch hinuntersehen), obwohl ein Angriff auf dieser körperlichen Ebene einfacher, ja in seinem Fall fast ermutigend gewesen wäre. Er hatte ihre »schlaffe Einstellung« gemeint. Und was er damit meinte oder gerne meinen wollte, war, daß er nicht schlaff war, daß er arbeitete, mitten im Leben stand, große, solide Dinge baute und daß er, obwohl er arbeitete, den Lohn der Arbeit – Geld, Vergnügen, gutes Essen, Auslandsurlaube – verachtete, daß er nicht bequem geworden war so wie sie, nachdem sie beide vor elf Jahren ihr Examen gemacht und ihre Fahrkarten in die Zukunft und die Flugtickets für Griechenland in der Tasche hatten. Sie wußte, daß diese Härte ihres Mannes nur ein Deckmantel für seine Unfähigkeit, sich zu entspannen, und sein Bedürfnis nach Distanz war. Sie wußte, daß er keinen besonderen Wert in seinen Brücken und Tunneln sah (es war wirklich das letzte, was er machen wollte – bauen). Ihre Beschaffenheit war ihm ganz egal, sie waren da, er konnte auf sie zeigen, als ob ihn das rechtfertigte. So wie bei den seltenen Malen, wenn er mit ihr (dann allerdings erdbebenartig) schlief. Es ging ihm nicht um Genuß oder Befriedigung – er tat es einfach.

In ihrem Hotelzimmer war es heiß gewesen. Mr. Singleton hatte in seiner blauen Schlafanzughose dagestanden, Füße auseinander, wie ein Turnlehrer.

»Schlaff? Was willst du damit sagen ... ›schlaff‹!?« hatte sie gefragt und verzagt ausgesehen.

Aber Mrs. Singleton war im Vorteil, wenn Mr. Singleton ihr auf diese Weise Selbstzufriedenheit und Schwäche vorwarf. Sie wußte, daß er es nur tat, um sie zu verletzen und sich dann deswegen schuldig zu fühlen und so die Reue zu empfinden, die seine Zuneigung zu ihr freisetzen würde, seine Verletzlichkeit, sein eigenes Bedürfnis, geliebt zu werden. Mrs. Singleton war an diesen Prozeß gewöhnt, an die Weichheit, die die Empfindlichkeit nacheinander geöffneter und immer wieder geöffneter Wunden war. Und sie war daran gewöhnt, die Krankenschwester zu sein, die sich um die vernarbenden Wunden kümmerte. Denn obwohl Mr. Singleton immer anfing, waren seine Schuldgefühle hinterher größer als das Leid, das er Mrs. Singleton zufügte, und Mrs. Singleton konnte, obwohl sie selbst litt, dem Wunsch nicht widerstehen, ihren Mann in die Arme zu nehmen und zu umhegen, ihn sicher einzuhüllen, wenn seine Schwäche und seine Unterwürfigkeit erkennbar wurden und sein Körper weich und nachgiebig an dem ihren lag, konnte nicht dem alten Ansporn widerstehen, der darin lag, daß ihr Mann unglücklich war und es an ihr war, ihn glücklich zu machen. Mr. Singleton war ungemein liebenswert, wenn er sich schuldig fühlte. Sie hätte sogar auf ihren eigenen Groll verzichtet und wäre soweit gegangen, ihn immer wieder aufs neue zu trösten, wenn er sie verletzt hatte, wäre ihr nicht rechtzeitig klargeworden, daß sie den

Prozeß damit nur vorantrieb. Ihre Vergebung erschien ihm nur wie eine höhere Form von Bequemlichkeit, eine Verweichlichung, die er ablehnen mußte. Sein Fleisch wich vor ihrer heilenden Berührung zurück.

Sie dachte: Männer bewegen sich im Kreis, Frauen bewegen sich gar nicht.

Sie blieb auf ihrer Seite des Hotelbetts, er, abgewandt, auf seiner. Er lag da wie jemand, der an einen Strand gespült worden war. Sie streckte die Hand aus und streichelte seinen Nacken. Sie spürte, wie er sich verkrampfte. Alles das war ein vertrautes Muster.

»Es tut mir leid«, sagte er, »ich wollte nicht ...«

»Ist schon gut, macht nichts.«

»Macht es wirklich nichts?«

Wenn sie an diesem Punkt angekommen waren, dann glichen sie zwei Bergleuten, die sich um die Wette zu immer tieferen Flözen aus Schuld und Vorwürfen vorzuarbeiten suchten.

Aber Mrs. Singleton hatte es aufgegeben, die tiefste Schicht erreichen zu wollen. Vielleicht war es vor fünf Jahren gewesen, als sie zum drittenmal daran gedacht hatte, ihren Mann zu verlassen, vielleicht auch schon lange davor. Als sie noch Studenten gewesen waren, da hatte sie für seine Zurückhaltung, sein Widerstreben Entschuldigungsgründe gesucht. Eine unglückliche Kindheit vielleicht oder eine strenge Erziehung. Sie hatte gedacht, daß die Ehe seine Hemmungen möglicherweise beseitigen würde. Sie hatte schließlich doch gedacht, daß es gut wäre, wenn er sie heiraten würde. Sie hatte nicht darüber nachgedacht, was für sie gut wäre. Sie standen, aus Griechenland zurückgekehrt, vor dem Flughafen in Gatwick, in dem grauen, nassen Augustlicht. Ihre gebräunte Haut schien zu leuchten. Und doch hatte sie gewußt, daß diese hoffnungsvolle Stimmung nicht anhalten würde. Sie sah zu, wie er sich gegen Zufriedenheit und Behaglichkeit wehrte, gegen die lange, glitzernde Rettungsleine, die sie ihm zuwarf, und nach einer Weile gab sie den Versuch, ihn damit einzuholen, auf. Sie fing wieder an, von ihren Künstlern zu träumen. Sie dachte: Die Menschen schleichen sich aus der wirklichen Welt fort, zurück in ihre Träume. Sie war nicht »bequem geworden«, sie war nur zu sich selbst zurückgekehrt. Verborgen in ihrem Inneren lagen wie ein Schatz Zeilen von Leopardi, von Verlaine, mit denen ihr Mann nie würde etwas anfangen können. Sie dachte: Er braucht mich nicht, an ihm läuft alles ab wie Wasser. Sie dachte sogar, daß ihr Mann nicht deswegen so selten mit ihr schlief, weil er ein Problem hatte, sondern weil er sie absichtlich zurückweisen wollte. Wenn Mrs. Singleton ihren Mann begehrte, konnte sie nicht anders. Sie streckte sich dann auf dem Bett aus und schlug das Laken zurück, so daß sie einem hingebungsvollen Akt von Modigliani glich. Das sollte einen Mann froh stimmen, dachte sie. Mr. Singleton stand am Fuß des Bettes und blickte auf sie herab. Er sah aus wie einer jener starken, keuschen Ritter aus der Gralssage. Er folgte zwar ihrer Aufforderung, aber bevor er es tat, trat dieser halb strenge, halb unschuldige Ausdruck in seine Augen. Es war die Art von Ausdruck, mit der die guten Helden in Büchern und Filmen Prostituierte betrachteten. Er garantierte, daß alles Folgende verdorben wurde und daß es hinterher so aussah, als hätte er aus reinem Pflichtgefühl ausgeführt, was nur sie wollte. Ihr Körper wurde dann zu Stein. In solchen Augenblicken, wenn sie die lastende Kälte mißbrauchten Glücks empfand, dachte Mrs. Singleton am ehesten, daß sie mit Mr. Singleton fertig war. Sie sah, wie sich sein starker, kompakter Torso bereits vom Bett erhob. Sie dachte: Er hält sich für hart, unabhängig, aber er will nicht sehen, was ich ihm anbiete, er sieht nicht, daß ich diejenige bin, die ihm helfen kann.

Mrs. Singleton ließ sich auf ihr gestreiftes Handtuch im Sand zurücksinken. Einmal mehr wurde sie ein Teil des Strandes. Die sorglosen Strandgeräusche – aufgeregte Kinderstimmen, träge Erwachsenenstimmen, der Klang von Bällen gegen hölzerne Schläger – flatterten über sie hinweg, als sie die Augen schloß. Sie dachte: Das ist so ein Tag, an dem plötzlich jemand schreit: »Da ertrinkt einer!«

Als Mrs. Singleton schwanger wurde, war sie der Meinung, daß sie ihren Mann ausmanövriert hatte. Er wollte eigentlich kein Kind (das war das letzte, was er wollte, dachte Mrs. Singleton), aber er war eifersüchtig auf ihren Zustand, als hätte sie mit ihm etwas zustande gebracht, was auch er gekonnt hätte. Er war von dem kleinen Kreis ihrer selbst und ihres Schoßes ausgeschlossen, und auf einmal ergriff er hartnäckig die Initiative und liebte sie, als wollte er ihn durchbohren. Mrs. Singleton war nicht gerade begeistert. Ihr dicker Bauch schien ihr Auftrieb zu geben. Sie bemerkte, daß ihr Mann jetzt morgens in Unterhosen gymnastische Übungen machte, Liegestütz und dergleichen, als ob er anfinge, für etwas zu trainieren. Er war wie ein kleiner Junge. Gegen Ende ihrer Schwangerschaft war er sogar wieder voller Spannkraft und zeigte sich distanziert, ganz der kraftvoll-männliche Vater, der darauf wartete, seinen Sohn in Empfang zu nehmen (Mr. Singleton wußte, daß es ein Sohn werden würde, und Mrs. Singleton auch), den sie ihm zur festgesetzten Zeit liefern würde. Als es soweit war, bestand er darauf, mit dabeizusein, um zu beweisen, daß er nicht empfindlich war, und um sicherzugehen, daß er bei der ganzen Sache nicht reingelegt wurde. Mrs. Singleton war unverzagt. Als die Wehen einsetzten, hatte sie nicht die geringste Angst. Von der Decke des Kreißsaals griffen große, wäßrige Lichter nach ihr wie die im Behandlungszimmer eines Zahnarztes. Sie konnte gerade eben ihren Mann sehen, der auf sie herunterschaute. Sein Gesicht war weiß und feucht. Es war seine eigene Schuld, warum wollte er auch unbedingt dabeisein. Sie mußte pressen, so als wollte sie sich von ihm wegdrücken. Dann wußte sie, daß es soweit war. Sie bog den Rücken durch. Sie war ein großer, warmer, sich spaltender Felsen, und Paul kämpfte sich tapfer ins Sonnenlicht. Mit ihren Schreien half sie ihm nach. Sie fühlte ihn hervorkommen wie einen eingeschlossenen Überlebenden. Der Arzt tastete mit Gummihandschuhen herum. »Na also«, sagte er. Sie schaffte es, Mr. Singleton anzusehen. Sie wollte ihn plötzlich für immer dorthin zurücktun, woher Paul gerade gekommen war. Flüchtiges Mitleid erfaßte sie, als sie sah, daß Mr. Singleton auch dorthin wollte. Seine Augen waren halb geschlossen. Sie wandte den Blick nicht von ihm. Er schien darunter zu erschlaffen. Seine ganze Härte und Selbstkontrolle schienen ihn zu verlassen, und sie war froh. Sie entspannte sich, siegreich und glücklich. Der Arzt hielt Paul hoch, aber sie blickte an ihm vorbei und sah Mr. Singleton an. Er war weit weg, wie ein

Insekt. Sie wußte, daß er nicht durchhalten würde. Gleich würde er ohnmächtig werden. Er sah dorthin, wo ihre Beine gespreizt waren. Sein Blick wurde unscharf. Gleich würde er ohnmächtig werden, umkippen, da wo er stand.

Mrs. Singleton wurde unruhig, obwohl sie bewegungslos am Strand lag. Dicht bei ihrem Kopf summten Wespen um die Picknicktasche. Sie fand, daß Mr. Singleton und Paul schon zu lange mit ihrem Schwimmunterricht beschäftigt waren. Sie sollten rauskommen. Es kam ihr überhaupt nicht in den Sinn, obwohl ihr heiß war, aufzustehen und sich Mann und Sohn anzuschließen. Wenn Mrs. Singleton schwimmen wollte, wartete sie, bis sich die Gelegenheit bot, alleine ins Wasser zu gehen. Dann watete sie hinaus, tauchte plötzlich bis über die Schultern unter und paddelte zufrieden herum, wobei sie aufpaßte, daß ihre Haare nicht naß wurden, so als planschte sie in einer großen Badewanne herum. Als Familie badeten sie nie, und Mrs. Singleton schwamm auch nicht mit Mr. Singleton – der gelegentlich ebenfalls aufstand und allein ins Wasser ging, sofort fünfzig Meter hinausschwamm und dann lange mit kraftvollem Kraul oder Butterfly hin und her durch die Bucht schwamm. Wenn das geschah, verwickelte Mrs. Singleton ihren Sohn in ein Gespräch, damit er nicht seinen Vater beobachtete. Mit Paul schwamm Mrs. Singleton ebenfalls nicht. Er war jetzt zu alt, um im ganz Flachen zwischen ihren Knien gebettet zu liegen, und irgendwie fürchtete sie, daß Paul beim Herumplanschen in ihrer Nähe plötzlich schwimmen lernen könnte. Sie hatte das Gefühl, daß Paul nur schwimmen würde, während auch sie im Wasser war. Sie wollte nicht, daß es dazu kam, aber der Gedanke beruhigte sie und schenkte ihr genug Zuversicht, um Mr. Singleton mit seinem Schwimmunterricht fortfahren zu lassen. Dieser Unterricht war zu einer Manie geworden, und Mr. Singleton war unermüdlich. Zu Hause ging Mr. Singleton mit Paul jeden Sonntag morgen um sieben ins Schwimmbad, um es noch einmal zu versuchen. Teilweise tat er es natürlich, weil er unbedingt wollte, daß sein Sohn schwimmen lernte, aber er konnte auf diese Weise auch der Sonntagmorgen-Trägheit entgehen, den zusätzlichen Stunden im Bett und der Zeit, sich in aller Ruhe zu lieben.

In einem Zimmer im College hatte Mr. Singleton Mrs. Singleton einmal von seinen Trainingsstunden erzählt, seinen Wettkämpfen und davon, wie man sich fühlte, wenn man wirklich gut schwimmen konnte. Sie hatte die Finger über seinen langen, nackten Rücken gleiten lassen.

Mrs. Singleton setzte sich auf und rieb sich die Oberschenkel mit Sonnenöl ein. Unten stand Mr. Singleton nicht weit vom Ufer entfernt ungefähr bis zur Taille im Wasser und hielt Paul, der noch immer seine Schwimmflügel trug und, mit dem Gesicht nach unten, hektisch auf die Wasseroberfläche einschlug. Mr. Singleton sagte einmal ums andere: »Nein, nicht bewegen.« Er versuchte, Paul dazu zu bringen, daß er seinen Körper gerade hielt und entspannte, so daß er von alleine schwamm. Aber jedesmal, wenn es Paul beinahe gelang, bekam er Angst, daß sein Vater ihn loslassen könnte, geriet in Panik und schlug wild um sich. Wenn er sich beruhigt hatte und Mr. Singleton ihn hielt, konnte Mrs. Singleton das Wasser über sein Gesicht laufen sehen wie Tränen.

Mrs. Singleton bereitete die Verzweiflung ihres Sohnes

keinen Kummer. Sie garantierte, daß Mr. Singleton keinen Einfluß über ihn gewinnen würde, und stellte sicher, daß Paul weder schwimmen lernte noch die mürrische Robustheit seines Vaters annehmen würde. Wenn Mrs. Singleton ihren Sohn leiden sah, freute sie sich, und sie empfand Zärtlichkeit für ihn. Sie fühlte, daß sie und ihr Sohn auf unsichtbare Weise miteinander verbunden waren, und er spürte, daß er nicht schwimmen sollte, und sie fühlte auch, daß Mr. Singleton wußte, daß es an ihr lag, wenn seine Bemühungen bei Paul nichts fruchteten. Eben in diesem Augenblick, als sich Mr. Singleton zu einem weiteren Versuch anschickte, sah der Junge zu ihr hin, während sie sich die Beine mit Sonnenöl einrieb.

»Los, komm, Paul«, sagte Mr. Singleton. Seine nassen Schultern glänzten wie Metall.

Als Paul zur Welt gekommen war, schien es Mrs. Singleton, daß sich ihr Leben mit ihrem Mann aufgelöst hatte, so wie sich eine Fata Morgana auflöste, und daß sie wieder zu dem zurückkehren konnte, was sie gewesen war, bevor sie ihn kennengelernt hatte. Sie ließ ihr hingehaltenes Glücksverlangen und ihre alten, unterdrückten Träume wiederaufleben. Aber Träume waren es ja eigentlich nicht, denn sie drehten sich um jemand ganz Konkretes, und sie wußte, daß sie sie brauchte, um leben zu können. Sie verhehlte sich nicht, was sie brauchte. Sie wußte, daß sie sich die enge, ja sogar erotische Beziehung zu ihrem Sohn wünschte, wie sie Frauen, die von ihrem Mann nichts mehr wissen wollen, gelegentlich haben. Die Art von Beziehung, in der die Mutter den Sohn verletzen muß und der Sohn die Mutter. Aber sie wollte es mit aller Kraft, so als würde es keinen Schmerz geben. Mrs. Singleton wartete darauf, daß ihr Sohn älter wurde. Sie zitterte, wenn sie an ihn als Achtzehn- oder Zwanzigjährigen dachte. Wenn er erwachsen war, würde er schlank und leichtfüßig und anmutig sein wie ein Knabe, obwohl er ein Mann war. Er würde keinen starken Körper brauchen, weil seine ganze Kraft innerlich sein würde. Seinem innersten Wesen nach würde er Feuer und Leben sein. Er würde Künstler werden, Bildhauer. Sie würde ihm nackt Modell stehen (dafür würde sie ihren Körper in Schuß halten), und er würde sie aus Stein formen. Er würde den Meißel halten. Seine Hände würden das kalte Metall über den Stein führen, und seine Schläge würden Sonnenfunken schlagen.

Mrs. Singleton dachte: Alle wirklich guten Statuen, die sie in Griechenland gesehen hatten, schienen aus dem Meer heraufgeholt worden zu sein.

Sie hatte sich jetzt auch die Fußrücken mit Öl eingerieben und schraubte die Flasche wieder zu. In dem Augenblick hörte sie etwas, was sie zutiefst erschreckte. Es war Mr. Singleton, der sagte: »Ja, genau, so ist es richtig! Endlich! Jetzt mach weiter so!« Sie sah auf. Paul befand sich in derselben Stellung wie vorher, aber er hatte gelernt, seine Arme und Beine langsamer und gleichmäßiger zu bewegen, und sein Körper sackte in der Mitte auch nicht mehr durch. Obwohl er immer noch die Schwimmflügel trug, bewegte er sich, wenn auch etwas mühsam, vorwärts, so daß Mr. Singleton neben ihm hergehen mußte, und schließlich nahm Mr. Singleton eine Hand unter dem Oberkörper des Jungen fort und sah dabei seine Frau an und lächelte. Seine Schultern blitzten auf. Es war ein Lächeln, das nicht für sie bestimmt war, das konnte sie sehen. Es war nicht sein übliches, seltenes, ziemlich mechanisches Lächeln. Es war ein Lächeln, das einer inneren, versteckten und nicht mitteilbaren Freude entsprang.

Das reicht, dachte Mrs. Singleton und stand auf. Sie tat so, als hätte sie hinter ihrer Sonnenbrille nicht bemerkt, was im Wasser vor sich gegangen war. Es war wirklich genug, sie waren bestimmt schon seit einer Stunde im Wasser. Er machte das ja nur, weil sie sich gestern abend gestritten hatten, und benutzte die Reservewaffe Paul, um ihr zu zeigen, daß er nicht aus dem Feld geschlagen war. Und Paul, setzte sie in Gedanken erleichtert hinzu, benutzte immer noch die Schwimmflügel und brauchte eine Hand, die ihn hielt.

»Das reicht jetzt!« rief sie laut, so als wäre sie ein bißchen – aber nicht auf übellaunige Weise – eingeschnappt, weil man sie vernachlässigte. »Kommt jetzt raus!« Sie hatte beim Aufstehen ihr Portemonnaie ergriffen, die List war ihr blitzschnell eingefallen, und schwenkte es jetzt, als sie zum Wasser ging, über dem Kopf. »Wer möchte ein Eis?«

Mr. Singleton achtete nicht auf seine Frau. »Gut gemacht, Paul«, sagte er. »Laß uns das noch einmal versuchen.«

Mrs. Singleton hatte damit gerechnet. Sie stand auf dem kleinen Sandkamm, von dem aus der Strand, jetzt als Kieselstrand, zum Meer hin abfiel. Sie zog einen heruntergerutschten Träger ihres Bikinioberteils wieder hoch und mit einem Finger jeder Hand das Unterteil über ihre Pobacken. Sie stand mit leicht gespreizten Beinen und angehobenen Fersen da wie eine Turnerin. Sie wußte, daß so manches Auge auf ihr ruhte. Es schmeichelte ihr, daß sich bewundernde Blicke auf sie – und auf ihren Mann –

richteten. Sie dachte – und die Ironie der Situation bereitete ihr Vergnügen –, daß die andern sie vielleicht für schöne, glückliche Menschen hielten. Obwohl Mrs. Singleton als Mädchen so schüchtern gewesen war, machte es ihr Spaß, ihre Reize zur Schau zu stellen, und sie sah es mit Vergnügen, wenn sie anderen gefiel. Wenn sie am Strand in der Sonne lag, malte sie sich Liebesspiele aus mit all den reizbaren, pubertierenden Jungen (die mit den schlanken Taillen und den flinken Füßen), die hier mit ihren Eltern Ferien machten.

»Jetzt versuch mal, ob du es schaffst, ohne daß ich dich halte«, sagte Mr. Singleton. »Am Anfang helfe ich dir noch.« Er beugte sich über Paul. Er sah wie ein Mechaniker aus, der an dem Prototyp einer Maschine die letzten Einstellungen vornimmt.

»Du willst also kein Eis, Paul?« sagte Mrs. Singleton. »Es gibt hier dieses Schokoladeneis.«

Paul blickte auf. Seine kurzen nassen Haare standen ihm wie Stacheln vom Kopf ab. Er sah aus wie ein Gefangener, dem sich eine Gelegenheit zur Flucht bot, aber die Plastikschwimmflügel hielten ihn wie ein absurder Pranger an Ort und Stelle fest.

Mrs. Singleton dachte: Er ist aus mir rausgekrochen, und jetzt muß ich ihn mit Eiscreme zurücklocken.

»Siehst du nicht, daß er den Dreh schon fast raus hatte?« sagte Mr. Singleton. »Wenn er jetzt aus dem Wasser geht, dann –«

»Den Dreh! Das warst doch du. Du hast ihn die ganze Zeit gehalten.«

Sie dachte: Vielleicht verletze ich meinen Sohn.

Mr. Singleton sah Mrs. Singleton wütend an. Er packte Paul bei den Schultern. »Du willst doch jetzt gar nicht raus, Paul, oder?« Er sah plötzlich aus, als würde er Paul allen Ernstes lieber ertränken als ihn aus dem Wasser gehen lassen.

Mrs. Singletons Herz hämmerte wie wild. Retten, Wiederbeleben, das war nicht ihre Stärke. Das hatte sie das Leben mit ihrem Mann gelehrt.

»Los, komm, du kannst ja später wieder reingehen«, sagte sie.

Paul war eine Geisel. Mrs. Singleton spielte um Zeit, denn sie wollte nicht, daß dem Kind, dem unschuldigen, etwas geschah.

Sie stand im Sand wie eine auf einer einsamen Insel ausgesetzte Frau, die nach einem Schiff Ausschau hielt. In der geschützten Bucht lag das Meer fast unbewegt da. Einige wenige glasige Wellen kamen hereingetrödelt, wurden aber geglättet, noch ehe sie brechen konnten. Auf den Landspitzen traten schuppige Felsen zutage, die dalagen wie sich sonnende Eidechsen. Die Insel in Griechenland war der Ort, wo einst Theseus Ariadne verlassen hatte. Draußen über dem blauen Wasser, jenseits der auf- und abtauchenden Köpfe der Schwimmer, flatterten Möwen wie Papierfetzen.

Mr. Singleton sah Mrs. Singleton an. Sie war eine glukkenhafte Mutter, die sich mit Ambre Solaire eingeschmiert hatte und versuchte, ihren Sohn mit blöder Eiscreme zu bestechen. Davon abgesehen, war sie eine schöne, braungebrannte Frau, wie Männer sie sich auf einsamen Inseln vorstellen. In Mr. Singletons Träumen gab es allerdings niemanden an dem unberührten Gestade, auf das er unaufhörlich zuschwamm.

Er dachte: Wenn Paul schwimmen könnte, könnte ich sie verlassen.

Mrs. Singleton sah ihren Mann an. Sie hatte Angst. Der Rand des Meeres war wie eine Trennungslinie zwischen ihnen beiden, welche die Territorien, in denen sie lebten, voneinander abgrenzte. Vielleicht konnten sie sie niemals überschreiten.

»Schön, ich hole jetzt das Eis. Also komm lieber raus.«

Sie drehte sich um und ging den Strand hinauf. Oben stand der Wagen eines Eisverkäufers, bunt wie ein Rummelplatz.

Paul Singleton sah seiner Mutter nach. Er dachte: Sie läßt mich im Stich – oder ich lasse sie im Stich. Er wollte aus dem Wasser gehen, um ihr zu folgen. Ihre Füße wirbelten Sand auf, der an ihren Knöcheln klebenblieb, und man konnte ihren ganzen Körper sehen, als sie mit großen Schritten den Strand hinaufging. Aber er hatte Angst vor seinem Vater und seinen zugreifenden Händen. Und auch vor seiner Mutter hatte er Angst. Davor, wie sie ihn, wenn er herauskam, in das große gelbe Handtuch wickeln würde, das ihn an Eigelb erinnerte, wie sie ihn an ihren weichen, klebrigen Körper drücken würde, der wie ein Mund war, der ihn verschlucken wollte. Das gelbe Handtuch war eine Demütigung, dachte er, die Hände seines Vaters waren eine Demütigung. Die Schwimmflügel waren eine Demütigung: Man legte sie an und wurde zu einer Marionette. So vieles im Leben war demütigend. Auf diese Weise gewann man Liebe. Sein Vater nahm ihm die Schwimmflügel ab wie ein

Mann, der einen Keuschheitsgürtel aufschließt. Er sagte: »Jetzt versuch noch einmal dasselbe, komm zu mir her.« Sein Vater stand ein paar Schritte von ihm entfernt. Er war ein riesiger, hoch aufgerichteter Mann, wie ein Brückenpfeiler. »Versuch's.« Paul Singleton war sechs. Er hatte entsetzliche Angst vor dem Wasser. Jedesmal, wenn er hineinging, mußte er sie niederkämpfen. Sein Vater begriff das nicht. Für ihn war das einfach. Man sagte sich: »Bloß Wasser, kein Grund zur Angst.« Sein Vater wußte nicht, was Angst war, genauso wie er nicht wußte, was Spaß war. Paul Singleton haßte Wasser. Er haßte es in seinem Mund und in seinen Augen. Er haßte den Chlorgeruch der Schwimmbäder, die nassen, glitschigen Fliesen, das widerhallende Geschrei und Gekreische. Er haßte es, wenn ihm sein Vater aus *The Water Babies* vorlas. Es war die einzige Geschichte, die sein Vater vorlas, denn da er weder Spaß noch Angst kannte, war er in Wirklichkeit sentimental. Seine Mutter las ihm viele Geschichten vor. »Los, komm, ich halte dich schon.« Paul Singleton streckte seine Arme aus und hob ein Bein. Dies war der schlimmste Augenblick. Vielleicht war keine Hilfe zu haben das Allerdemütigendste. Wenn man nicht schwamm, versank man wie eine Statue. Sie würden ihn triefend herausziehen. Sein Vater würde sagen: »Ich wollte doch nicht ...« Wenn er aber schwamm, ließ er seine Mutter im Stich. Sie würde am Strand stehen, und das Schokoladeneis würde an ihrem Arm runterlaufen. Es gab keinen Ausweg. Soviel, wovor man Angst haben mußte, und keine Waffe. Aber vielleicht hatte er gar keine Angst vor seiner Mutter oder seinem Vater oder dem Wasser, sondern vor etwas ganz anderem. Gerade eben hatte er es gespürt – als er mit rhythmischen, ausholenden Armbewegungen losgeschwommen war und sich seine Füße vom Boden gelöst hatten und die Hand seines Vaters unter seiner Brust fortgeglitten war –, als hätte er nicht erkannt, wovor er sich wirklich fürchtete, als hätte er den andern und sogar sich selbst unbewußt etwas vorgemacht, um einen Plan auszuführen. Er senkte das Kinn ins Wasser. »Los, weiter!« sagte Mr. Singleton. Er warf sich nach vorne und spürte, wie der Sand unter seinen Füßen zurückblieb und sich seine Beine locker auf und ab bewegten wie durchgeschnittene Seile. »Na also«, sagte sein Vater, als er begriff. »Na also!« Sein Vater stand da wie jemand, der darauf wartete, seine Geliebte in die Arme zu schließen. Sein Gesicht leuchtete. »Zu mir her! Zu mir her!« sagte sein Vater plötzlich. Aber er schwamm, halb in Panik, halb stolz, fort von seinem Vater, fort von der Küste, einfach fort, in dieses seltsame neue Element hinein, das ihm ganz allein zu gehören schien.

ROBERT MUSIL

Kunst und Moral des Crawlens

Lieber Ferdi, Sie scheinen trotz Ihrer neunzehn Jahre noch ein Anfänger zu sein, weil Sie mich fragen, ob Crawlen eine Kunst oder eine Wissenschaft sei. Ich habe schon von vierzehnjährigen Knaben die entschiedene Erklärung empfangen, daß es eine Wissenschaft ist, und Siebzehnjährige zeigten sich fest überzeugt, eine Kunst auszuüben. Zweifeln ist nicht zeitgemäß. Aber ich will Ihre Frage, so gut ich es vermag, beantworten und so gescheit, daß Sie es mit den berühmtesten Hydrozephalen sollen aufnehmen können:

Das Paradoxon des Crawlens heißt: $a < c$ und $b < d$, und trotzdem $a + b > c + d$. (Falls Sie sich gegen das Erlernen der Mathematik ablehnend verhalten haben sollten: $<$ bedeutet kleiner als, $>$ größer als.) In Worten: Du schwimmst mit den Beinen allein oder mit den Armen allein in der Art der Crawlbewegung schlechter als in der gewöhnlichen, trotzdem mit Armen und Beinen zusammen viel schneller.

Woher kommt das? Welche physikalischen oder physiologischen Vorgänge erzeugen diesen Bewegungswiderspruch? Ich gestehe Ihnen meine ursprüngliche Hoffnung, in der Beantwortung dieser Zwischenfrage die Grundlage für unser Streben nach der Entscheidung *Kunst oder Wissenschaft* zu finden. Man kann ja in der »Geschichte« des

Schwimmens auf den ersten Blick eine steigende Stufenleiter der Schwierigkeit wahrnehmen, und zwar so, daß in den aufeinander folgenden Schwimmarten nicht etwa das Erlernen, wohl aber merkwürdigerweise das Begreifen des Erlernten schwerer wird. Das gewöhnliche *Brustschwimmen* ist in seinem Grundtypus ein ganz verständiges Sich-einen-Weg-durchs-Wasser-Bahnen, nicht viel anders, als man es durch jede andre Menge täte. Das *Spanische* Schwimmen, das darauf folgte, war ihm in der Beinarbeit ähnlich, und auch der raumgreifende, schnellere, trotzdem die Atmung schonendere, Durchzug der Arme kam dem Verständnis entgegen. (Sie wissen? Diese Armbewegung war der des Crawlens ähnlich, nur griff sie weiter vor, kam flacher ans Wasser und wurde nicht nur gegen den Körper, sondern auch noch an ihm vorbei durchgezogen.) Aber schon der *gerissene* Beinschluß bei beiden Arten, gar die *Schere,* die man manchmal sah (Beinschluß mit leichter Kreuzung), das *Walzen* vieler guter »Spanier«, das Strecken oder weiche Durchhängen des Körpers waren in ihrer Wirkung hydrodynamische Geheimnisse. Vollends nun beim Crawlen kommt man mit der einfachen Mechanik der schiefen Ebene nicht mehr aus. Da müßte man wohl Stromlinien, Wirbel, Druckgefälle, Gleitwiderstände und andre Plagen der Theorie der Bewegung eines festen Körpers in Flüssigkeiten aus dem Schiffs-, Turbinen- und Flugzeugbau heranziehn, um erst am Ende auf den naheliegenden Gedanken zu kommen, daß der Körper, mit dem man es zu tun habe, gar kein fester, sondern ein elastischer und in sich veränderlich bewegter sei. Immerhin sollte es auf diese Weise möglich sein, wenigstens im Rohen ein Bild der physikalischen Verhältnisse zu gewinnen, die den Auf- und Vortrieb bei den verschiedenen Techniken des Schwimmens zustande bringen, und schon das würde genügen, um der Ausbildung dieses Sports gewisse Richtungen zu weisen, abgesehen davon, daß eine solche Untersuchung an sich nicht ganz ohne Reiz wäre.

Nicht weniger wäre auch von einer biomechanischen, auf die Möglichkeiten des Körperbaus gegründeten, Betrachtungsweise zu erwarten, die das Schwimmen des Menschen mit dem der Tiere vergleicht. Wir sind im Wasser Vierfüßler. Die natürlichen Versuche eines »Nichtschwimmers«, sich über Wasser zu halten, haben bekanntlich große Ähnlichkeit mit dem Schwimmen des Hundes, noch größere mit dem des Affen, soweit ich mich nach ein paar Beobachtungen an dieses erinnern kann. Geht man davon aus, so erscheint das Crawlen als eine Rückkehr zur Natur ein abgefeimtes Nichtschwimmen, das allerdings auch mit allerhand Bewegungselementen versetzt ist, die dem Körper von Robben, Seehunden und südlicheren Meisterschwimmern abgeguckt sind; und dazwischen, aber abseits von dieser geraden Entwicklungslinie, wäre dann wohl erst das Brustschwimmen einzuordnen, als der ursprüngliche Versuch, besser zu schwimmen, als es einem von Natur gegeben ist, der sich scheinbar nach irgendwelchen rudernden Wassertieren, Käfern, Kröten oder ähnlichen, gerichtet hat.

Ich glaube, daß solche Untersuchungen recht fesselnd sein könnten, und auch in dem Wunsch, Ihnen einen Gefallen zu erweisen, da Sie doch nun einmal Ihren Sport »ernst« nehmen wollen, habe ich mich bemüht, physikalische und biologische Literatur darüber aufzutreiben. Ich will nicht behaupten, daß es keine solche gibt, da ich nicht genug Zeit hatte, alle Möglichkeiten zu erschöpfen, aber das eine kann ich Ihnen melden, daß in der größten technischen Bibliothek Deutschlands bei Benutzung der Kataloge und aller üblichen bibliographischen Hilfsmittel keine einzige solche Behandlung unseres Gegenstands nachzuweisen war.

Demnach scheint Crawlen also doch noch keine Wissenschaft zu sein.

Das ist sehr bitter, denn dadurch rückt es in den Bereich der Kunst und der Persönlichkeit. Wahrhaftig haben Sie mich ja auch gleich gefragt, was es bedeute, daß das Crawlen nach einem *Stil* geübt werde, genau so wie die Kunst, und worauf ein solches Phänomen wie Stil überhaupt hinauskomme. Sie werden natürlich selbst beobachtet haben, daß alle Arten des Crawlens, wie es nicht anders sein kann, gewisse Eigentümlichkeiten gemeinsam haben, so die im allgemeinen flache Lage des Körpers, die weiche Streckung des Beins, die gestielt-blattartige und fliegenklappenähnliche Mitbewegung des Fußes; auseinander gehen dagegen die Meinungen zum Beispiel über die Zahl und Skandierung der Fußschläge im Verhältnis zum Armtempo, über den Weg des Arms, über den Grad der Körperstreckung und vor allem über das Zusammenwirken dieser Einzelheiten. Muß man durch irgendwelche Umstände mehrmals den Lehrer wechseln, so gerät man unweigerlich in die Gefahr des Ertrinkens. So zeigt sich der Stil. Ungefähr ebenso klar wird er sich Ihnen zeigen, wenn Sie Gelegenheit haben, ihn an berühmten Schwimmern zu beobachten: Jeder macht jedes in seiner Weise. Betrachten Sie die Figuren, so finden Sie alle Arten von ihnen auch innerhalb der gleichen »Strekke«, obwohl sich doch Körperbau und Leistung gegenseitig beeinflussen. Mann und Frau, ohne Zweifel ungleiche Verhältnisse dem Wasser darbietend, schwimmen trotzdem in keinem auffällig verschiedenen Stil. Ja sogar der Anteil der Beinarbeit, der am geheimnisvollsten aussieht, versetzt uns nach langer Enträtselung erneut in Bestürzung, da es sich herausgestellt hat, daß auch ein Mann, dem ein Fuß fehlt, einer der besten Schwimmer werden kann.

Ihre Frage, was Stil sei und bedeute, möchte ich also doch lieber nicht auf einem Gebiet beantworten, das so anstrengende Ansprüche an den Geist stellt wie der Sport, ja ich möchte sie überhaupt nicht beantworten. Nur soviel davon: Von Stil spricht man immer dort, wo eine Leistung nicht eindeutig abgefordert ist, wo ein gewisses arbiträres Verhältnis zwischen Aufgabe und Lösung herrscht. Er ist ein Ersatz der Normierung, aber keineswegs ein willkürlicher. Denn dem Stil liegt immer eine mit oder ohne Bedacht ausgefeilte Methode zugrunde, die sich in ihrer Art vervollkommnen läßt, bis ein Punkt erreicht wird, wo es so nicht weitergeht. In diesem Sinn hat die Schönheit Stile, und nahe verwandt damit sind die Moden, aber das Wesentliche daran ist nicht etwa, daß der Geschmack ein anderer wird, sondern daß er der gleiche bleibt, nämlich ein Etwas, dem es im Grunde nie klar ist, was es will. Wir scheinen die merkwürdige Eigenschaft zu haben, daß wir, wenn wir einmal etwas wollen, es so lange weiter wollen können, bis nichts mehr zu wünschen übrigbleibt, daß wir aber im ganzen nicht wissen, was wir wollen sollen. So verhält es sich ja meistenteils auch in der Kunst, wo die Stile aufblühn, in sich dicht werden und vermorschen wie die

Bäume. Und so kann man sogar von Stilen der Moral reden, was verrät, daß diese nicht so sicher ist, wie sie selbstsicher tut.

Wenn Sie das nun auf das Crawlen anwenden wollen, so werden Sie erkennen, daß wirklich auch da der Stil die Kunst ist, eine Unwissenheit auszugleichen, in diesem Fall die um die rationellen Bedingungen des Schwimmens, die herauszubekommen bei einer verhältnismäßig so einfachen Zweckhandlung mit der Zeit sicher gelingen wird. Dann wird es nur noch soweit Stil geben, als die verschiedenen Arten der körperlichen Anlage verschiedene Ausnutzung verlangen, und etwa noch soviel wie bei einem Rennboot, das doch immer eine Individualität ist, wenn es auch nach noch so genauen Formeln gebaut wird. Höhere geistige Vorgänge, wie etwa bei den eigentlichen Kampfsporten oder beim Reiten, wo das Verhalten zu einem zweiten Wesen mit ins Spiel kommt, werden vom Schwimmen wenig in Anspruch genommen. Aber indem ich das Wort *höhere geistige Vorgänge* niederschreibe, brennt mir auch schon die Warnung auf der Zunge, die ich bisher zurückgedrängt habe: Suchen Sie auf keinen Fall im Sport das Hohe, sondern nimmer nur das Niedere! Das wird heute im Wert verwechselt und auf eine Weise, die so eigentümlich ist, daß ein paar Worte darüber schon wirklich lohnen.

Wir hören es nie anders, als daß der Sport menschlich erziehe, worunter ungefähr verstanden wird, daß er seinen Jüngern allerhand hohe Tugenden, wie Freimut, Verträglichkeit, Redlichkeit, Geistesgegenwart, klares und schnelles Denken verleihe. Nun, Sie wissen es: der große Sportsmann ist nicht nur ein Genie, sondern – solange er keine Prozente nimmt – auch ein Heiliger. In Wahrheit würde aber, ebenso ernst genommen, auch jede andere Beschäftigung die gleichen Tugenden verleihn, und was der Sport moralisch noch anderes bewirkt, ist höchstens eine Verfassung gelassener Nettigkeit und Aufmerksamkeit auf sich und andere, wie man sie auch aus den erschlossenen ersten Tagen eines Sommeraufenthalts kennt, und jenes sichere Verhältnis zur Natur, das sich in dem Gefühl äußert, man könnte Bäume ausreißen. Im Sport die Ausbildung höherer moralischer und intellektueller Fähigkeiten zu suchen, kommt von jener veralteten Psychologie, die geglaubt hat, das Tier sei entweder eine Maschine, oder es müsse, wenn es eine Wurst sehe, einen Syllogismus von der Art bauen: das ist eine Wurst, alle Würste sind wohlschmekkend, also werde ich jetzt diese Wurst essen. Nun ist das Tier aber weder eine Maschine, noch baut es Syllogismen, noch schließt und urteilt der Mensch in reizvollen Lagen so. Sondern was bei Tier und Mensch stattfindet, ist bei schnellen Handlungen ein geschichtetes Ineinandergreifen von artmäßig und persönlich festgelegten Verhaltensweisen, die beide fast mechanisch auf äußere Reize »ansprechen«, dazu eine vorausgestreckte Aufmerksamkeit, die auf ähnliche Weise das schon bereitstellt, was in der nächsten Phase in Anspruch genommen werden wird, und schließlich ein dauerndes, völlig unbewußtes Anpassen der vorgebildeten Reaktionsformen an das augenblicklich Erforderliche: auch ein Mensch vollführt die verwickeltsten Handlungen *ohne Bewußtsein,* ohne *Geist,* woraus man ja vielleicht auch schließen darf, daß die Rolle des Geistes nicht die ist, eine im Sport zu spielen.

Es ist kein unwitziger Widerspruch, daß es heute über solche Fragen sehr eingehende Untersuchungen von Philosophen und Biologen gibt, die den Begriff der menschlichen Genialität gerade dadurch neu aufbaun, daß sie ihn über einer tieferen Erforschung der tierischen Natur errichten, während unsere Sportschriftsteller noch immer dabei sind, den Besitz der sittlichen plus der theoretischen Vernunft für eine selbstverständliche Voraussetzung des Crawlens und des Sports zu halten.

DORIS DÖRRIE

Schwimmen

Das Schulschwimmen findet in einem eiskalten Hallenbad statt. Bibbernd stehe ich am Beckenrand, von Kopf bis Fuß nur Gänsehaut. Der Schwimmlehrer, ein bedrohlich großer Mann, hält eine Stange mit Ring ins Wasser, aber wer danach greift, ist ein Baby. Also laufe ich heimlich unter Wasser, mache mit den Armen Schwimmbewegungen, aber trippele mit den Füßen über den glitschigen Boden und glaube, dass man das über Wasser nicht sehen kann. Der Schwimmlehrer kommentiert es nie. So verbringe ich eine Schwimmstunde nach der anderen, bis es heißt, wir würden nun ins tiefe Becken wechseln, da ja alle einigermaßen schwimmen könnten, worauf mich Panik befällt und ich kurz vor der Schwimmstunde furchtbare Halsschmerzen bekomme. Mein Vater legt seine kühle Hand um meinen Hals und befühlt die Mandeln, was ich liebe, und als ich röchele, ich könne kaum sprechen vor Schmerzen, sagt er zweifelnd: na, na, na, aber ich muss nicht schwimmen gehen. Gleichzeitig will ich unbedingt das Freischwimmerabzeichen erwerben, ein weißgesticktes Seepferdchen in einem blauen Kreis, das man sich auf die Badehose nähen lässt. Es ist wie ein Übertritt in eine höhere Klasse, nach dem Schwimmunterricht kann man sich ohne Seepferdchen im Grunde nicht mehr sehen lassen. Ich muss mich also, koste es, was es wolle, ins tiefe Becken wagen, denn größer als die Angst ist nur die drohende Schmach. In den ersten Minuten schlucke ich so viel Chlorwasser, dass ich glaube, sterben zu müssen. Ich huste und pruste und darf mich am Beckenrand ausruhen, aber nur sehr kurz, dann schubst der Schwimmlehrer mich wieder zurück in das bedrohlich dunkle, tiefe Wasser. Verzweifelt versuche ich, mit den Füßen den Boden zu ertasten, aber da ist nichts, rein gar nichts unter mir, ich strampele wie wild – und siehe da, mit einem Mal trägt mich das Wasser. So schwierig ist das also gar nicht, warum hat man mir das nicht gleich gesagt? Ich schwimme! Ich kann tatsächlich schwimmen! Ich habe nun fast gar keine Angst mehr vor der Prüfung, für die man sich fünfzehn Minuten lang im tiefen Becken aufhalten muss, ohne vor Angst laut zu schreien. Das lässt sich machen, das bekomme ich hin, denke ich, und die nächsten Male gehe ich zwar bibbernd und zitternd, aber ohne gesteigertes Herzklopfen zum Schwimmunterricht. Bis der Schwimmlehrer verkündet, wir würden nun für die Prüfung noch den Sprung vom Einser üben. Damit habe ich nicht gerechnet. Die Angst vor diesem Sprung übersteigt die Angst vorm tiefen Becken tausendfach. Ich kann nicht mehr schlafen, kann an nichts anderes mehr denken. Jedes Mal, wenn es an das Üben des Sprungs geht, büxe ich aus der Reihe aus, muss unbedingt aufs Klo oder bekomme einen Hustenanfall und darf mich abseits stellen, oder ich verstecke mich in der Umkleidekabine. Erstaunlicherweise fällt dem Schwimmlehrer nicht auf, dass ich kein einziges Mal vom Einser springe. Ich schäme mich und hasse mich mit meinen sieben Jahren für meine bodenlose Feigheit.

Wenn keiner hinsieht, steige ich versuchsweise auf den Startblock und sehe in die Tiefe. Das Wasser erscheint mir unendlich weit weg. Wie kann es sein, dass alle anderen Kinder sich kreischend und lachend hinabstürzen? Nur ich es einfach nicht über mich bringe? Ich bin überzeugt, dass mich dieser Sprung umbringen würde, nur mich. Mit niemandem spreche ich über meine Angst, die von Tag zu Tag größer wird. Der Gang ins Freibad wird zu einem Gang aufs Schafott. Die große Eingangshalle mit den weißen Säulen, die hellblauen Fliesen, die Holzbänke in der Umkleidekabine, der eisige, harte Strahl der Duschen, der kalt tropfende Badeanzug, der Chlorgestank.

Der Tag der Prüfung naht. Ich will sterben, ohnmächtig werden, von diesem Planeten verschwinden. Fünfzehn Minuten paddele ich im Schwimmerbecken herum, was nun ein Leichtes ist, denn vor mir liegt der entsetzliche Sprung vom Einser. Alle Kinder stellen sich in der Schlange auf, ich trödele so lange, bis ich die Letzte bin. Jeder Springer bekommt vom Schwimmlehrer einen Startpfiff, und platsch und platsch und platsch springen alle Kinder ohne Mühe und Furcht ins Wasser. Immer kürzer wird die Schlange vor mir. Mein Herz klopft zum Zerspringen, und dann bin ich an der Reihe. In angstvollen Tippelschritten nähere ich mich dem Einser, als etwas Unerwartetes geschieht: Ein kleines Kind rutscht am Nichtschwimmerbecken aus und weint laut. Der Schwimmlehrer wendet sich kurz ab, um zu sehen, ob alles in Ordnung ist, ich nutze diesen Moment und lasse mich vom Beckenrand ins Wasser rutschen, und bevor der Schwimmlehrer sich mir wieder zuwendet, tauche ich kurz mit dem Kopf unter und schlage mit den

Armen um mich, als würde ich nach dem Sprung gerade wieder auftauchen. Der Schwimmlehrer bemerkt nichts. Und auch niemand anders. Alle plantschen vergnügt umher und beachten mich gar nicht. Die Stunde wird mit einem heftigen Triller abgepfiffen, alle haben die Freischwimmerprüfung bestanden. Ich kann nicht glauben, dass mein Betrug nicht in der letzten Sekunde noch auffliegt, aber nein, auch ich bekomme mein Seepferdchen ausgehändigt. Meine Mutter näht es auf meinen Badeanzug, stolz trage ich es, und gleichzeitig erinnert es mich ständig an meinen Betrug. Ich muss von nun an mit einer Betrügerin zusammenleben. Ich schäme mich, und gleichzeitig verspüre ich Triumph. Dass dieser blöde Schwimmlehrer nichts gemerkt hat! Eigentlich herrlich.

JULIAN BARNES

Ostwind

Im vorigen November war eine Reihe hölzerner Strandhütten, deren Farbe der steife Ostwind weggefetzt hatte, bis auf den Grund abgebrannt. Die Feuerwehr war aus zwölf Meilen Entfernung angerückt, und als sie eintraf, hatte es nichts mehr für sie zu tun gegeben. »Wild gewordene Rowdys«, schrieb das Lokalblatt; es wurde aber nie ein Schuldiger gefunden. Ein Architekt von einem eleganteren Teil der Küste erklärte in den Fernseh-Regionalnachrichten, die Hütten gehörten zum Kulturerbe der Stadt und müssten wieder aufgebaut werden. Der Gemeinderat verkündete, er werde sämtliche Möglichkeiten prüfen, hatte seitdem aber nichts getan.

Vernon war erst vor wenigen Monaten in die Stadt gezogen, und die Strandhütten lösten in ihm keine Gefühle aus. Eigentlich war durch ihr Verschwinden die Aussicht vom Right Plaice, wo er manchmal zu Mittag aß, eher besser geworden. Nun konnte er von einem Fenstertisch aus einen Betonstreifen sehen und dann feuchten Kies, einen öden Himmel und ein lebloses Meer. So war das eben an der Ostküste: monatelang ein bisschen schlechtes Wetter und meistens gar kein Wetter. Ihm sollte das recht sein: Er war hierher gezogen, weil er in seinem Leben kein Wetter haben wollte.

»Sie sind fertig?«

Er sah nicht zu der Kellnerin auf. »Direkt vom Ural«, sagte er und schaute weiter auf das lange, flache Meer.

»Entschuldigung?«

»Es liegt nichts zwischen uns und dem Ural. Da kommt der Wind her. Nichts hält ihn auf. Geradewegs über alle Länder hinweg.« Kann einem glatt den Schwanz abfrieren, hätte er unter anderen Umständen womöglich hinzugefügt.

»Uraaal«, wiederholte sie. Als er den Akzent hörte, schaute er hoch. Ein breites Gesicht, Strähnchen im Haar, ein stämmiger Körper und keinerlei Kellnerinnengetue, um ein höheres Trinkgeld zu ergattern. Wahrscheinlich aus Osteuropa, die Leute überschwemmten ja heutzutage das ganze Land. Baugewerbe, Kneipen und Restaurants, Obsternte. Kamen in Kleinbussen und Reisebussen hier an, hausten in besseren Karnickelställen, verdienten sich ein bisschen Geld. Manche blieben, andere gingen zurück. Vernon kümmerte das nicht. So war das jetzt meistens: Es kümmerte ihn nicht.

»Kommen Sie auch daher?«

»Woher?«

»Aus so einem Land. Zwischen hier und dem Ural.«

»*Uraaal*. Ja, vielleicht.«

Komische Antwort, dachte er. Aber vielleicht kannte sich die Kellnerin in Geografie nicht so aus.

»Haben Sie Lust, eine Runde zu schwimmen?«

»Schwimmen?«

»Ja, Sie wissen schon. Schwimmen. Platsch, platsch, Kraulen, Brustschwimmen.«

»Kein Schwimmen.«

»Na gut«, sagte er. Er hatte es sowieso nicht ernst gemeint. »Die Rechnung, bitte.«

Während er darauf wartete, schaute er wieder über den Beton auf den feuchten Kies hinaus. Eine Strandhütte war vor Kurzem für zwanzig Riesen weggegangen. Oder waren es dreißig? Irgendwo unten an der Südküste. Immobilienpreise im Aufwind, der Markt spielt verrückt: So stand es in den Zeitungen. Nicht, dass das für diese Gegend zutraf oder für die Objekte, mit denen er es zu tun hatte. Hier war der Markt schon lange im Keller, die Verkaufszahlen ein langer Strich wie das Meer. Alte Leute starben, man verkaufte ihre Wohnungen und Häuser an Jüngere, die dann auch irgendwann darin alt werden und schließlich sterben würden. Das war ein Großteil seines Geschäfts. Diese Stadt war nicht besonders gefragt, nie gewesen: Die Londoner fuhren auf der A12 weiter in teurere Gegenden. Sollte ihm recht sein. Er hatte sein Leben lang in London gewohnt, bis zur Scheidung. Jetzt hatte er einen ruhigen Job, eine Mietwohnung und verbrachte jedes zweite Wochenende mit den Kindern. Wenn sie älter wurden, würden sie sich hier womöglich langweilen und sich wie kleine Snobs aufführen. Aber jetzt waren sie noch gern am Meer, wo sie Kieselsteine ins Wasser werfen und Fritten essen konnten.

Als die Kellnerin die Rechnung brachte, sagte er: »Wir könnten zusammen abhauen und in einer Strandhütte leben.«

»Ich nicht denke«, antwortete sie und schüttelte den Kopf, als hätte sie das ernst genommen. Ach ja, der gute alte englische Humor, an den gewöhnten sich die Leute erst mit der Zeit.

Er musste sich um ein paar Mietsachen kümmern – Mieterwechsel, Renovierungen, feuchte Wände – und dann um einen Verkauf weiter oben an der Küste, darum kam er erst nach einigen Wochen wieder ins Right Plaice. Er aß seinen Schellfisch mit Erbsenbrei und las die Zeitung. Eine Stadt in Lincolnshire war plötzlich halb polnisch, so viele Immigranten gab es da. Sonntags gingen schon mehr Katholiken als Anglikaner in die Kirche, schrieb die Zeitung, wegen der ganzen Osteuropäer. Ihn kümmerte das nicht. Die Polen, die er kennengelernt hatte, fand er eigentlich ganz nett – Maurer, Stuckateure, Elektriker. Gute Arbeiter, solide Ausbildung, standen zu ihrem Wort, zuverlässig. Wurde auch Zeit, dass das gute alte britische Baugewerbe mal einen Tritt in den Arsch kriegt, dachte Vernon.

An dem Tag war die Sonne herausgekommen, warf schräge, niedrige Strahlen auf das Meer und stach ihm in die Augen. Ende März wurde es sogar an diesem Teil der Küste ein bisschen Frühling.

»Wie wär's jetzt mit einer Runde Schwimmen?«, fragte er, als sie die Rechnung brachte.

»O nein. Kein Schwimmen.«

»Ich vermute mal, Sie kommen aus Polen.«

»Ich heiße Andrea«, antwortete sie.

»Nicht, dass ich was dagegen habe, wenn Sie aus Polen kommen.«

»Ich habe auch nicht.«

Das Problem war, dass er noch nie gut flirten konnte, nie ganz das Richtige sagte. Und seit der Scheidung konnte er es womöglich noch schlechter, weil er nicht mit dem Herzen dabei war. Wo war denn sein Herz? Eine Frage für später.

Thema heute: Flirten. Er kannte ihn nur allzu gut, diesen Blick der Frauen, wenn man es nicht richtig hinkriegte. Wo kommt *der* denn her, sagte dieser Blick. Na ja, zum Flirten gehörten immer zwei. Und vielleicht wurde er langsam zu alt dafür. Siebenunddreißig, Vater zweier Kinder, Gary (8) und Melanie (5). So würde es in den Zeitungen stehen, wenn er eines Morgens an der Küste angeschwemmt würde.

»Ich bin Immobilienmakler«, sagte er. Das war noch so ein Spruch, der einem Flirt oft im Wege stand.

»Was ist das?«

»Ich verkaufe Häuser. Und Wohnungen. Wir vermieten auch. Zimmer, Wohnungen, Häuser.«

»Ist das interessant?«

»Man kann davon leben.«

»Wir alle müssen leben.«

Plötzlich dachte er: Nein, du kannst auch nicht flirten. Vielleicht kannst du es in deiner eigenen Sprache, aber auf Englisch kannst du es nicht, also sind wir quitt. Außerdem dachte er: Sie macht einen robusten Eindruck. Vielleicht brauche ich jemanden, der robust ist. Soweit ich das beurteilen kann, könnte sie in meinem Alter sein. Nicht, dass ihn das groß kümmerte. Er wollte ja nicht mit ihr ausgehen.

Er ging mit ihr aus. In dieser Stadt gab es da nicht viel Auswahl. Ein Kino, einige Kneipen und die wenigen anderen Restaurants, in denen sie nicht arbeitete. Dann gab es noch Bingo für die alten Leute, deren Wohnungen er verkaufen würde, wenn sie mal tot wären, und einen Club, in dem ein paar halbherzige Gruftis herumhingen. Die Jugend fuhr freitagabends nach Colchester und deckte sich mit genügend Drogen für das Wochenende ein. Kein Wunder, dass einer die Strandhütten angezündet hatte.

Anfangs mochte er sie für das, was sie nicht war. Sie war nicht kokett, sie war nicht schwatzhaft, sie war nicht aufdringlich. Es störte sie nicht, dass er Immobilienmakler war und dass er geschieden war und zwei Kinder hatte. Andere Frauen hatten nach einem kurzen Blick gesagt: Nein. Wahrscheinlich gaben sich Frauen lieber mit einem noch verheirateten Mann ab, egal wie kaputt dessen Ehe war, als mit einem, der bereits die Scherben aufsammelte. Eigentlich nicht weiter verwunderlich. Aber Andrea kümmerte das alles nicht. Sie stellte nicht viele Fragen. Beantwortete übrigens auch keine. Als sie sich zum ersten Mal küssten, wollte er schon fragen, ob sie wirklich aus Polen kam, aber dann vergaß er es.

Er schlug seine Wohnung vor, aber sie wollte nicht. Sie sagte, sie werde nächstes Mal mitkommen. Ein paar Tage überlegte er nervös, wie es wohl wäre, nach so langer Zeit mit einem anderen Menschen ins Bett zu gehen. Er fuhr fünfzehn Meilen die Küste hoch, um Kondome zu kaufen, wo ihn niemand kannte. Nicht, dass er sich schämte oder dass es ihm peinlich gewesen wäre; es sollte nur niemand wissen oder erraten, was er vorhatte.

»Dies ist eine schöne Wohnung.«

»Tja, wenn ein Immobilienmakler keine anständige Wohnung für sich findet, wo kämen wir denn da hin?«

Sie hatte eine kleine Reisetasche mitgebracht; sie zog sich im Bad aus und kam im Nachthemd zurück. Sie gingen ins Bett, und er knipste das Licht aus. Er fand sie sehr verkrampft. Er fand sich auch sehr verkrampft.

»Wir können einfach nur kuscheln«, schlug er vor.

»Was ist kuscheln?«

Er zeigte es ihr.

»Dann kuscheln ist nicht ficken?«

»Nein, kuscheln ist nicht ficken.«

»Okay, kuscheln.«

Danach entspannten sie sich, und sie schlief bald ein.

Beim nächsten Mal nahm er, nachdem sie sich ein bisschen geküsst hatten, den glitschigen Kampf mit dem Kondom wieder auf. Er wusste, dass er es abrollen musste, aber dann versuchte er doch, es wie eine Socke überzustreifen, und zupfte planlos am Rand herum. Dass er das im Dunkeln versuchte, machte die Sache nicht besser. Aber sie sagte nichts und hüstelte auch nicht entmutigend, und schließlich drehte er sich zu ihr um. Sie schob das Nachthemd hoch, und er stieg auf sie drauf. Innerlich war er halb von Begierde und Ficken beherrscht und halb leer, als wüsste er nicht, wo das hinführen sollte. Bei diesem ersten Mal dachte er nicht sehr viel an sie. Es ging darum, für sich selbst zu sorgen. Um andere konnte man sich später kümmern.

»War das okay?«, fragte er nach einer Weile.

»Ja, war okay.«

Vernon lachte im Dunkeln.

»Du lachst mich aus? War nicht okay für dich?«

»Andrea«, sagte er, »alles ist okay. Niemand lacht dich aus. Ich lass es nicht zu, dass dich jemand auslacht.« Als sie schlief, dachte er: Wir fangen neu an, alle beide. Ich weiß nicht, was sie früher erlebt hat, aber vielleicht fangen wir beide von einem ähnlichen Tiefpunkt neu an, und das ist okay. Alles ist okay.

Das nächste Mal war sie entspannter und umklammerte ihn heftig mit den Beinen. Er war sich nicht sicher, ob sie gekommen war.

»Meine Güte, bist du stark«, sagte er hinterher.

»Ist stark schlecht?«

»Nein, nein. Überhaupt nicht. Stark ist gut.«

Aber beim Mal darauf fiel ihm auf, dass sie ihn nicht so heftig umklammerte. Sie mochte es auch nicht besonders, wenn er mit ihren Brüsten spielte. Nein, das war so nicht ganz fair. Es schien ihr egal zu sein, ob er das tat oder nicht. Besser gesagt, wenn er das wollte, war es ihr recht, aber es war zu seinem Vergnügen, nicht zu ihrem. Wenigstens verstand er es so. Und wer sagte denn, dass man gleich in der ersten Woche über alles reden musste?

Er war froh, dass sie beide nicht gut flirten konnten: Flirten war eine Art Betrug. Andrea dagegen war immer ehrlich zu ihm. Sie redete nicht viel, aber sie stand zu ihrem Wort. Sie traf sich mit ihm, wann und wo er wollte, und dann stand sie da, wartete auf ihn, wischte sich eine Haarsträhne aus den Augen, hielt ihre Tasche fester im Griff, als es in dieser Stadt nötig war.

»Du bist so zuverlässig wie ein polnischer Bauarbeiter«, sagte er einmal zu ihr.

»Ist das gut?«

»Das ist sehr gut.«

»Ist eine englische Redensart?«

»Jetzt ja.«

Sie bat ihn, ihr Englisch zu korrigieren, wenn sie einen Fehler machte. Er brachte sie dazu, »Ich glaube nicht« zu sagen, statt »Ich nicht denke«; aber eigentlich mochte er ihre Art zu reden lieber. Er verstand sie immer, und die Ausdrücke, die nicht ganz richtig waren, schienen zu ihr zu gehören. Vielleicht wollte er nicht, dass sie wie eine Engländerin redete, damit sie sich ja nicht wie eine Engländerin benahm – genauer gesagt, wie eine bestimmte Engländerin. Und überhaupt, er wollte nicht den Lehrer spielen.

Im Bett war es das Gleiche. Es ist, wie es ist, sagte er sich. Wenn sie immer ein Nachthemd trug, dann war das vielleicht eine katholische Sitte – auch wenn sie nie davon gesprochen hatte, dass sie in die Kirche ging. Wenn er wollte, dass sie etwas Bestimmtes mit ihm machte, dann tat sie das und hatte offenbar auch Spaß daran; aber sie wollte nie, dass er etwas Bestimmtes mit ihr machte – anscheinend hatte sie nicht mal seine Hand gerne da unten. Aber das störte ihn nicht; sie durfte so sein, wie sie war.

Sie bat ihn nie herein. Wenn er sie nach Hause brachte, war sie schon auf dem betonierten Weg, bevor er die Handbremse angezogen hatte; wenn er sie abholte, stand sie bereits draußen und wartete. Zuerst war das in Ordnung, dann kam es ihm etwas seltsam vor, darum fragte er, ob er mal sehen könne, wo sie wohne, nur für einen kurzen Moment, damit er sich vorstellen könne, wo sie sei, wenn sie nicht mit ihm zusammen sei. Sie gingen ins Haus zurück – ein Doppelhaus aus den 1930er-Jahren, Rauputz, mehrere Mietparteien, stark verrostete Fensterrahmen aus Metall –, und sie machte die Tür auf. Sein professioneller Blick erfasste die Abmessungen, das Mobiliar und die mutmaßliche Miete; sein verliebter Blick erfasste einen kleinen Frisiertisch mit Fotos in Plastikrahmen und einem Bild der Jungfrau Maria. Es gab ein Einzelbett, ein winziges Waschbecken, eine schrottreife Mikrowelle, einen kleinen Fernseher und Kleider auf Bügeln, die unsicher an der Bilderleiste festgemacht waren. Vernon war ein bisschen gerührt, als er in der kurzen Minute, bevor sie wieder hinausgingen, ihr Leben so vor sich ausgebreitet sah. Um diese plötzliche Gefühlsanwandlung zu überspielen, sagte er:

»Dafür solltest du höchstens fünfundfünfzig zahlen. Ohne Nebenkosten. Ich könnte dir für denselben Preis was Größeres besorgen.«

»Ist okay.«

Da es jetzt Frühling war, machten sie mit dem Auto Ausflüge nach Suffolk und schauten sich typisch Englisches an: Fachwerkhäuser ohne Feuchtigkeitsisolierung, reetgedeckte Dächer, durch die man in eine höhere Versicherungsklasse kam. Sie hielten an einem Dorfanger, und er setzte sich auf eine Bank mit Blick auf einen Teich, aber das mochte sie nicht, darum schauten sie stattdessen zur Kirche. Er hoffte, sie würde ihn nicht nach dem Unterschied zwischen Anglikanern und Katholiken fragen oder nach geschichtlichen Hintergründen. Irgendwas mit Heinrich dem Achten, der wieder heiraten wollte. Dem königlichen Schwanz. Bei genauer Betrachtung lief alles Mögliche auf Sex hinaus. Aber zum Glück fragte sie nicht.

Sie hakte sich nun schon bei ihm unter und lächelte leichter. Er gab ihr einen Schlüssel zu seiner Wohnung; zögerlich ließ sie Übernachtungszeug da. Einmal griff er an einem Sonntag in die Nachttischschublade und stellte fest, dass er keine Kondome mehr hatte. Er fluchte und musste sich erklären.

»Ist okay.«

»Nein, Andrea, ist nicht okay, verdammt. Das hätte mir gerade noch gefehlt, dass du schwanger wirst.«

»Ich glaube nicht. Nicht schwanger werden. Ist okay.«

Er vertraute ihr. Später, als sie schon schlief, überlegte er, was genau sie wohl gemeint hatte. Dass sie keine Kinder bekommen konnte? Oder dass sie selbst etwas nahm, als doppelte Absicherung? Wenn ja, was würde die Jungfrau Maria wohl dazu sagen? Hoffentlich verlässt sie sich nicht auf Knaus-Ogino, dachte er plötzlich. Diese Methode versagt garantiert, und der Papst kann glücklich und zufrieden sein.

Die Zeit verging; Andrea lernte Gary und Melanie kennen; die Kinder mochten sie. Sie sagte ihnen nicht, was sie tun sollten; die Kinder sagten ihr, was sie tun sollte, und sie ließ es sich gefallen. Sie stellten ihr auch Fragen, für die er immer zu feige oder zu faul gewesen war.

»Andrea, bist du verheiratet?«

»Dürfen wir so lange Fernsehen gucken, wie wir wollen?«

»Warst du mal verheiratet?«

»Wenn ich drei davon esse, wird mir dann schlecht?«

»Warum bist du nicht verheiratet?«

»Wie alt bist du?«

»Für welche Mannschaft bist du?«

»Hast du Kinder?«

»Willst du Dad heiraten?«

Er erfuhr die Antworten auf einige dieser Fragen – wie

jede vernünftige Frau verriet sie ihr Alter nicht. Eines Abends, nachdem er die Kinder zurückgebracht hatte und dann wie immer zu aufgewühlt war für Sex, fragte er im Dunkeln: »Glaubst du, du könntest mich lieben?«

»Ja, ich glaube, ich würde dich lieben.«

»Heißt das würde oder könnte?«

»Was ist der Unterschied?«

Er überlegte kurz. »Es gibt keinen Unterschied. Ich nehm das eine oder das andere. Ich nehm beides. Ich nehme, was du zu geben hast.«

Er wusste nicht, warum das dann anfing. Weil er sich allmählich in sie verliebte, oder weil er es eigentlich nicht wollte? Oder weil er es wollte, aber Angst davor hatte? Oder lag es daran, dass er im tiefsten Innern den Drang hatte, alles zu vermasseln? Das hatte seine Frau – Exfrau – eines Morgens beim Frühstück zu ihm gesagt. »Sieh mal, Vernon, ich hasse dich nicht, wirklich nicht. Ich kann nur nicht mit dir zusammenleben, weil du immer alles vermasseln musst.« Diese Erklärung kam anscheinend aus heiterem Himmel. Sicher, er schnarchte ein bisschen und ließ seine Kleider überall herumliegen und schaute die übliche Dosis Sport im Fernsehen. Aber er kam pünktlich nach Hause, liebte seine Kinder, stellte keinen anderen Frauen nach. Für manche Leute hieß das, alles zu vermasseln.

»Darf ich dich was fragen?«

»Klar doch.«

»Nein, ›klar doch‹ ist amerikanisch. Auf Englisch sagt man ›ja‹.«

Sie sah ihn an, als wollte sie sagen: Warum korrigierst du jetzt mein Englisch?

»Ja«, wiederholte sie.

»Als ich kein Kondom hatte und du gesagt hast, das ist okay – hast du da gemeint, es war damals okay oder es ist immer okay?«

»Immer okay.«

»Verdammt, weißt du, was so eine Zwölferpackung kostet?«

Jetzt hatte er das Falsche gesagt, das sah er selbst. Mein Gott, vielleicht hatte sie eine furchtbare Abtreibung gehabt oder war vergewaltigt worden oder sonst was.

»Du kannst also keine Kinder kriegen?«

»Nein. Du hasst mich?«

»Herrgott, Andrea.« Er nahm ihre Hand. »Ich hab schon zwei Kinder. Die Frage ist nur – ist das für dich okay?«

Sie schlug die Augen nieder. »Nein. Ist für mich nicht okay. Es macht mich sehr unglücklich.«

»Tja, wir könnten … ich weiß auch nicht, zu einem Arzt gehen. Zu einem Spezialisten.« Er nahm an, dass die Spezialisten hier mehr Ahnung hätten.

»Nein, kein Spezialist. KEIN SPEZIALIST.«

»Na schön, kein Spezialist.« Er dachte: Adoptieren? Aber kann ich mir noch eins leisten, bei meinen Ausgaben?

Er kaufte keine Kondome mehr. Dafür stellte er Fragen, so taktvoll er konnte. Aber mit dem Takt war es wie mit dem Flirten: Entweder man hatte eine Begabung dafür oder eben nicht. Nein, das stimmte so nicht. Es war einfach leichter, taktvoll zu sein, wenn es einem egal war, ob man

Bescheid wusste oder nicht; wenn es einem nicht egal war, wurde es schwieriger.

»Warum stellst du jetzt diese Fragen?«

»Tu ich das?«

»Ja, ich glaube.«

»Tut mir leid.«

Aber vor allem tat ihm leid, dass sie es gemerkt hatte. Und dass er nicht aufhören wollte. Nicht aufhören konnte. Als sie sich kennengelernt hatten, hatte es ihm gefallen, dass er nichts von ihr wusste; dadurch war alles anders, frischer. Dann hatte sie nach und nach etwas von ihm erfahren, während er von ihr nichts erfahren hatte. Warum konnte das nicht so bleiben? Weil du immer alles vermasseln musst, flüsterte seine Frau, Exfrau. Nein, das ließ er nicht auf sich sitzen. Wenn man sich verliebt, will man alles wissen. Ob gut, schlecht oder neutral. Nicht, dass man nach etwas Schlechtem sucht. Das ist doch der Sinn des Ganzen, wenn man sich verliebt, sagte sich Vernon. Oder daran denkt, sich zu verlieben. Auf jeden Fall war Andrea ein netter Mensch, dessen war er sich sicher. Warum sollte er also über einen netten Menschen nicht etwas hinter dessen Rücken herausfinden?

Im Right Plaice kannten ihn alle: die Geschäftsführerin Mrs Ridgewell, Jill, die andere Kellnerin, und der alte Herbert, dem das Restaurant gehörte, der aber nur hereinschaute, wenn er Lust auf einen Gratishappen hatte. Vernon wählte einen Moment, wo der Mittagsbetrieb einsetzte, und ging an der Theke vorbei zu den Toiletten. Der Raum – eigentlich nicht mehr als ein Wandschrank –, in dem die Angestellten ihre Mäntel und Taschen ließen, lag direkt gegenüber der Herrentoilette. Vernon ging hinein, suchte Andreas Tasche, nahm ihre Schlüssel heraus und wedelte beim Herauskommen mit den Händen, als wollte er sagen: Dieser ratternde alte Händetrockner bringt's eben nicht mehr.

Er zwinkerte Andrea zu, ging in den Laden für Haushaltswaren, beklagte sich über Kunden, die nur einen einzigen Satz Schlüssel besaßen, machte einen kleinen Spaziergang, holte die neuen Schlüssel ab, ging ins Right Plaice zurück, legte sich einen Spruch über das kühle Wetter zurecht, das seiner Blase zu schaffen machte, brauchte ihn gar nicht anzubringen, legte ihre Schlüssel zurück und bestellte sich einen Cappuccino.

Das erste Mal ging er an einem nieseligen Nachmittag hin, an dem sich niemand die anderen Leute auf der Straße anschaute. Da geht also ein Mann im Regenmantel auf einem betonierten Weg zu einer Haustür mit mattierten Glasscheiben. Drinnen öffnet er eine weitere Tür, setzt sich auf ein Bett, steht plötzlich auf, streicht die Delle im Bett glatt, dreht sich um, sieht, dass die Mikrowelle in Wirklichkeit gar nicht schrottreif ist, schiebt die Hand unter das Kopfkissen, ertastet eins ihrer Nachthemden, sieht sich die an der Bilderleiste hängenden Kleider an, berührt ein Kleid, das sie noch nicht getragen hat, schaut absichtlich nicht zu den Bildern auf dem kleinen Frisiertisch, geht raus, schließt hinter sich ab. Ist doch nichts dabei, oder?

Beim zweiten Mal betrachtete er die Jungfrau Maria und das halbe Dutzend Bilder. Er fasste nichts an, hockte sich nur hin und schaute sich die Fotos in den Plastikrahmen an. Das ist bestimmt ihre Mama, dachte er beim Anblick der straffen Dauerwelle und der großen Brille. Und hier ist die kleine Andrea, ganz blond und ein bisschen pummelig. Und das da, ist das ein Bruder oder ihr Freund? Und da hat jemand Geburtstag, so viele Gesichter, dass man nicht weiß, wer wichtig ist und wer nicht. Er sah sich noch einmal die sechs- oder siebenjährige Andrea an – nur wenig älter als Melanie – und nahm das Bild im Kopf mit nach Hause.

Beim dritten Mal zog er vorsichtig die oberste Schublade auf; sie klemmte, und Andreas Mama kippte um. Da lag vor allem Unterwäsche, das meiste davon vertraut. Dann nahm er sich die unterste Schublade vor, weil da gewöhnlich die Geheimnisse aufbewahrt werden, und fand nur Pullover und ein paar Halstücher. Doch in der mittleren Schublade waren unter ein paar Hemden drei Gegenstände, die er in derselben Reihenfolge und sogar in demselben Abstand voneinander auf dem Bett ausbreitete, wie er sie vorgefunden hatte. Rechts eine Medaille, in der Mitte ein Foto in einem Metallrahmen, links ein Reisepass. Auf dem Foto waren vier Mädchen in einem Schwimmbecken, sie hatten die Arme umeinander gelegt, zwischen dem einen und dem anderen Paar lag eine Trennleine mit Korkschwimmern. Alle lächelten in die Kamera, und ihre weißen Gummikappen warfen Falten. Er erkannte Andrea sofort, die Zweite von links. Auf der Medaille war ein Schwimmer abgebildet, der in ein Becken sprang, und auf der Rückseite stand etwas auf Deutsch und ein Datum, 1986. Wie alt mochte sie damals gewesen sein – achtzehn, zwanzig? Der Pass brachte die Bestätigung: Geburtsjahr 1967, also war sie jetzt vierzig. Geboren war sie in Halle, demnach war sie Deutsche.

Und das war's dann auch schon. Kein Tagebuch, keine Briefe, kein Vibrator. Keine Geheimnisse. Er war verliebt – nein, er dachte daran, sich zu verlieben – in eine Frau, die einmal eine Medaille im Schwimmen gewonnen hatte. Was war schon dabei, wenn er das wusste? Nicht, dass sie jetzt noch schwamm. Und nun fiel es ihm wieder ein, sie war ganz unruhig geworden, als Gary und Melanie sie am Strand ans Wasser gelockt und dann herumgespritzt hatten. Vielleicht wollte sie nicht daran erinnert werden. Oder es war etwas ganz anderes, ob man in einem Wettkampfbecken schwamm oder ein kurzes Bad im Meer nahm. Balletttänzer wollen ja auch nicht so tanzen wie alle anderen.

Als sie sich an dem Abend trafen, war er absichtlich aufgekratzt, sogar ein bisschen albern, aber sie merkte offenbar etwas, darum ließ er es bleiben. Nach einer Weile fühlte er sich wieder normal. Fast normal jedenfalls. Als er angefangen hatte, mit Mädchen auszugehen, hatte er festgestellt, dass er manchmal plötzlich dachte: Jetzt begreife ich überhaupt nichts mehr. Bei Karen, zum Beispiel: Alles lief gut, völlig zwanglos, sie hatten ihren Spaß, und auf einmal fragte sie: »Und wo soll das jetzt hinführen?« Als gäbe es nur zwei Möglichkeiten: vor den Altar oder zu einem Reinfall. Ein andermal, bei einer anderen Frau, sagte man etwas, irgendwas ganz Normales, und – schwupps – stand einem das Wasser bis zum Hals.

Sie lagen im Bett, Andreas Nachthemd war um die Taille zu einer dicken Wurst hochgeschoben, er hatte sich inzwischen an das Gefühl an seinem Bauch gewöhnt und machte so ein bisschen rum, da bewegte sie die Beine und zerdrückte ihn fast damit, wie ein Nussknacker, dachte er.

»Mhm, große starke Schwimmerbeine«, murmelte er.

Sie sagte nichts dazu, aber er wusste, dass sie es gehört hatte. Er machte weiter, doch er merkte ihrem Körper an, dass sie nicht bei der Sache war. Hinterher lagen sie auf dem Rücken, und er sagte noch dies und das, aber sie ging auf nichts ein. Na schön, ich muss morgen zur Arbeit, dachte Vernon. Er schlief ein.

Als er am nächsten Abend ins Right Plaice kam und Andrea abholen wollte, sagte Mrs Ridgewell, sie habe sich krankgemeldet. Er wählte ihre Handynummer, aber sie ging nicht ran, darum schickte er ihr eine SMS. Dann ging er zu ihr nach Hause und klingelte. Er wartete ein paar Stunden, rief noch mal an, klingelte an ihrer Tür, dann schloss er auf.

Ihr Zimmer war ziemlich aufgeräumt und ziemlich leer. Keine Kleider an der Bilderleiste, keine Fotos auf dem kleinen Frisiertisch. Aus irgendeinem Grund machte er die Mikrowelle auf und schaute hinein; er sah nichts als die runde Platte. Auf dem Bett lagen zwei Umschläge, einer für den Vermieter mit Schlüsseln und Geld darin, soweit er das ertasten konnte, der andere für Mrs Ridgewell. Für ihn nichts.

Mrs Ridgewell fragte, ob sie Streit gehabt hätten. Nein, sagte er, sie hätten nie Streit gehabt.

»Sie war ein nettes Mädchen«, sagte die Geschäftsführerin. »Sehr zuverlässig.«

»Wie ein polnischer Bauarbeiter.«

»Hoffentlich haben Sie ihr das nicht gesagt. Es ist nicht

nett, so etwas zu sagen. Und ich glaube, sie kam gar nicht aus Polen.«

»Nein, kam sie nicht.« Er schaute aufs Meer hinaus. *»Uraaal«,* sagte er unwillkürlich.

»Wie bitte?«

Man geht zum Bahnhof und zeigt dem Fahrkartenverkäufer ein Foto der vermissten Frau, und der erinnert sich an das Gesicht und sagt einem, wohin sie gefahren ist. So machten sie das im Film. Aber der nächste Bahnhof war zwölf Meilen weit weg, und da gab es keinen Fahrkartenschalter, nur einen Automaten, in den man Geld oder eine Plastikkarte steckte. Und er hatte nicht mal ein Bild von ihr. Sie hatten nie das gemacht, was andere Pärchen machen, sich zusammen in eine Kabine gezwängt, das Mädchen auf dem Schoß des Mannes, beide etwas bescheuert und unscharf. Wahrscheinlich waren sie dafür einfach schon zu alt.

Zu Hause googelte er Andrea Morgen und bekam 497 000 Ergebnisse. Dann verfeinerte er die Suche und verringerte die Ergebnisse auf 393. Ob er nach »Andrea Morgan« suchen wollte? Nein, er wollte nicht nach jemand anderem suchen. Die meisten Einträge waren auf Deutsch, und er scrollte sich hilflos hindurch. In der Schule hatte er keine Fremdsprachen gelernt und seither auch keine gebraucht. Dann hatte er eine Idee. Er schaute in einem Onlinewörterbuch nach und fand das deutsche Wort für Schwimmer. Es war nicht dasselbe Wort für einen Mann wie für eine Frau. Er tippte »Andrea Morgen« ein, »1967«, »Halle« und »Schwimmerin«.

Acht Einträge, alle auf Deutsch. Zwei stammten anscheinend aus Zeitungen, einer aus einem amtlichen Bericht. Es gab auch ein Bild von ihr. Das gleiche, das er in der Schublade gefunden hatte: Da war sie, die Zweite von links, die Arme um ihre Staffelkameradinnen geschlungen, große Falten in der weißen Badekappe. Er überlegte, dann klickte er auf »Diese Seite übersetzen«. Später fand er auch Links zu anderen Seiten, diesmal auf Englisch.

Wie hätte er das wissen sollen, fragte er sich. Das Wissenschaftliche verstand er kaum, und das Politische interessierte ihn nicht. Aber er verstand einiges, was ihn interessierte und von dem er später wünschte, er hätte es nie gelesen; und das veränderte schon jetzt, da er von seinem Fenstertisch im Right Plaice aufs Meer hinausschaute, seine Erinnerung an sie.

Halle lag im früheren Ostdeutschland. Es gab ein staatliches Rekrutierungssystem. Mädchen wurden schon mit elf Jahren ausgewählt. Vernon versuchte, sich das vermutliche Leben dieses pummeligen kleinen blonden Mädchens auszumalen. Ihre Eltern unterschrieben eine Einverständnis- und eine Geheimhaltungserklärung. Andrea wurde in die Kinder- und Jugendsportschule aufgenommen, dann in den Sportverein Dynamo in Ostberlin. Sie hatte Schulunterricht, aber vor allem Training – schwimmen, schwimmen und noch mal schwimmen. Es war eine große Ehre, beim Sportverein Dynamo zu sein: Deshalb musste sie ihr Zuhause verlassen. Man nahm ihr Blut aus dem Ohrläppchen ab, um ihre Fitness zu testen. Es gab rosa Pillen und blaue Pillen – Vitamine, sagte man ihr. Später gab es auch Spritzen – einfach noch mehr Vitamine. Dabei waren es anabole Steroide und Testosterone. Sich weigern war verboten. Das Trainingsmotto hieß »Pillen nehmen oder sterben«. Die Trainer sorgten dafür, dass sie die Pillen schluckte.

Sie starb nicht. Dafür passierten andere Dinge. Die Muskeln wuchsen, aber die Sehnen nicht, darum rissen die Sehnen. Es kam zu plötzlichen Akneausbrüchen, die Stimme wurde tiefer, die Gesichts- und Körperbehaarung nahm zu; manchmal wuchs das Schamhaar bis zum Bauch, sogar über den Nabel hinaus. Das Wachstum verzögerte sich, es gab Probleme mit der Fruchtbarkeit. Vernon musste Begriffe wie »Virilisierung« und »Klitorishypertrophie« nachschlagen und wünschte dann, er hätte es nicht getan. Herzkrankheiten, Leberschäden, missgebildete Kinder, blinde Kinder brauchte er nicht nachzuschlagen.

Die Mädchen wurden gedopt, weil es funktionierte. Ostdeutsche Schwimmer gewannen überall Medaillen, vor allem die Frauen. Nicht, dass Andrea es so weit gebracht hätte. Als die Berliner Mauer fiel und der Skandal ans Licht kam, als die Giftmischer – Trainer, Ärzte, Staatsbeamte – vor Gericht gestellt wurden, war von Andrea gar nicht die Rede. Trotz der Pillen war sie nicht in die Nationalmannschaft gekommen. Die anderen, die mit dem, was man ihrem Körper und ihrer Seele angetan hatte, an die Öffentlichkeit gingen, hatten wenigstens Goldmedaillen und ein paar Jahre des Ruhms vorzuweisen. Andrea hatte am Ende nichts als eine Staffelmedaille von irgendeinem längst vergessenen Wettkampf in einem Land, das es nicht mehr gab.

Vernon schaute hinaus auf den Betonstreifen und den Kiesstrand, auf das graue Meer und den grauen Himmel dahinter. Die Aussicht erweckte den Anschein, als wäre sie schon immer so gewesen, seit Leute an diesem Restaurantfenster saßen. Dabei hatte da einmal eine Reihe von Strandhütten gestanden und die Aussicht versperrt. Dann hatte sie jemand niedergebrannt.

ZSUZSA BÁNK

Die richtige Zeit zum Schwimmen

Isti durfte in den See springen, wann und wo er wollte, und er übte das Schwimmen, wie und wo er konnte, nicht nur am See, nicht nur im Wasser. Auf der Terrasse oder unter dem Dach legte er sich bäuchlings auf einen Stuhl, stützte sich mit den Füßen ab und kraulte mit seinen Armen durch die Luft, als wolle er etwas fangen. Zwischen den Reben legte er sich auf den Rücken und tat so, als stoße er sich mit den Beinen durchs Wasser, bis Ági ihn am Gürtel hochzog und schimpfte, seine Kleider könne er jetzt selbst waschen, gleich hier draußen im Garten, in der Blechwanne, neben der Sommerküche.

Unten am See, bei Virágs Freunden, sprang Isti von einer Leiter, deren wenige Sprossen in den See reichten, und er sprang so viele Male am Tag, daß seine Berührung des Wassers schnell zu den immer wiederkehrenden Geräuschen des Sommers gehörte. Virág nahm uns mit zu ihren Freunden, wenn niemand wußte, wo mein Vater war, wenn er uns mit einer Handbewegung bedeutete zu verschwinden oder wenn er wie ein Boxer beim Frühstück saß und Ági ihm ein Messer mit einer großen Klinge gab, die er auf seine geschwollenen Lider preßte.

Das Haus am See war vor langer Zeit, als es nicht einmal Virág gegeben hatte, mit roter Farbe verputzt worden. Aber wenn wir uns jetzt mit dem Rücken, mit der Schulter an eine Wand lehnten, blieb immer noch ein Rest Rot auf unseren Kleidern, der sich schwer abklopfen ließ, und wenn Virág ihn auf unseren Kleidern entdeckte, sagte sie, jemand hat etwas auf deinen Rücken geschrieben, in roter Farbe. Das Haus stand auf einer Wiese, deren Gras so spärlich wuchs, daß wir die Erde darunter sehen konnten. Isti sagte, wie ein Kopf sehe die Wiese aus, wie ein großer Kopf, dem die Haare ausfallen. Ein bißchen wie Onkel Zoltáns Kopf, oder? Und seitdem, jedesmal, wenn wir über den Rasen liefen, dachte ich, wir spazierten auf Onkel Zoltáns Scheitel, wir sprangen über seinen Schädel, wir stürzten in Richtung seines Nackens, und wir blieben hängen und liegen, dort, wo seine Stirn eingefallen war. Wenn jemand große Haken in den Boden schlug, um ein Zelt für Gäste aufzubauen, für die es im Haus keinen Platz mehr gab, hatte ich Zoltáns Gesicht vor Augen und wie er es unter Schmerzen verzog, und wenn jemand sagte, man müsse die Erde umgraben, damit das Gras besser wachse, glaubte ich, Zoltáns Schreie zu hören.

Isti und ich hatten an einem Sonntag schwimmen gelernt. An einem dieser Sonntage, wie es sie hier oft gab, mit einer Stille, die bloß den Flügelschlag eines Vogels zuließ, der sich im Wein verfangen hat. Virág hatte hinter dem Haus im Schatten gesessen, Zoltán hatte geschlafen, und Ági war an den Reben auf und ab gegangen, um von den Trauben zu kosten, die noch viel zu klein und viel zu grün waren. Mein Vater hatte sich ein Handtuch um den Nacken gelegt, war durch den Garten gelaufen, dann die Straße hinab, und als Isti ihm vom Tor aus hinterherrief und fragte, was er da um seinen Hals gewickelt habe, hatte er uns mitgenommen, nicht zu seinem Platz, sondern zu einem anderen Strand, mit Wespenschwärmen am Wasser, dicht wie Winternebel. Der Sand war dunkel, das Schilf sah fast faul aus. Mein Vater hatte uns befohlen, langsam weiter in Richtung See zu gehen, auf einer schmalen Mauer, uns mit nackten Füßen vorzutasten, die Arme dicht am Körper. Isti und ich hatten die Augen geschlossen. Ich konnte die Flügelschläge der Wespen spüren und die Luft, die sie bewegten. Geht langsam, hatte mein Vater gesagt, auch wenn sie sich auf euch setzen, geht einfach weiter, immer weiter, und dann, am Ufer, hatte er uns gepackt, in den See geworfen und gerufen, schwimmt.

Das Wasser war so flach gewesen, daß sogar Isti an den meisten Stellen hatte stehen können. Mein Vater hatte uns nicht warnen müssen wie damals am Fluß, vor Strudeln, Wasserlöchern oder Strömungen, die uns fortreißen würden. Den ganzen Nachmittag hatte er uns abwechselnd an den Hüften gehalten, mal mit dem Bauch nach unten, mal mit dem Bauch zum Himmel, und Isti und ich hatten mit Armen und Beinen gerudert, wie Schiffbrüchige. Mein Vater war zwei Stöße geschwommen, wir hatten ihm zugeschaut und es dann selbst versucht, er war untergetaucht, wir waren ihm kopfüber gefolgt, hatten uns die Nasen zugehalten, die Augen unter Wasser geöffnet und nicht mehr gesehen als ein dunkles Grün und darin unsere Gesichter, größer als sonst. Wir hatten uns an den Händen gefaßt und die Luft so lange angehalten, daß selbst mein Vater darüber staunte, wie lange wir ohne Luft unter Wasser sein konnten. Isti hatte sich eine Fischwelt vorgestellt, aus kleinen und großen Fischen, und er wunderte sich, daß er jetzt nicht einen einzigen sehen konnte. Wenn wir später am Ufer an einer dieser Buden standen, wo sie Fische in Zeitungspapier verkauften, fragte Isti, von wo kommen diese Fische, wenn wir sie im See nie sehen können?, und ich wußte ihm nichts darauf zu antworten.

Tage hatte es gedauert, bis wir schwimmen konnten, wenigstens ein paar Meter, ohne unterzugehen oder zuviel Wasser zu schlucken, und jeden Morgen, wenn mein Vater den ersten Kaffee mit Zoltán trank, standen Isti und ich schon mit Handtüchern und Badeschuhen in der Tür und warteten. Uns war es gleich, ob es regnete, ob es kalt oder heiß oder schwül oder windig war, ob der Himmel nach einem Unwetter aussah oder das Wasser noch aufgewühlt war, vom letzten Regen. Ági hatte gefragt, wozu? Wozu müssen diese Kinder schwimmen?, und mein Vater hatte geantwortet, sie müssen eben.

Als er geglaubt hatte, wir seien soweit, war er mit uns zur ersten Sandbank geschwommen, zehn Minuten entfernt vom Strand. Er war in der Mitte geschwommen, immer ein paar Stöße vor uns, Isti rechts und ich links hinter ihm. Wenn wir Wasser schluckten, hatte mein Vater gerufen, schwimmt auf dem Rücken weiter, das strengt euch nicht so an, legt euch auf den Rücken, laßt euch ein bißchen treiben, und Isti und ich, wir hatten uns gedreht, auf unsere Zehenspitzen geschaut, die aus dem Wasser ragten, hatten unsere Köpfe nach hinten fallen lassen, die Ohren unter Wasser getaucht, und Isti hatte ein tiefes U gegurgelt, weil er glaubte, so höre sich ein Unterwasserboot an.

Bis zum Abend waren wir auf der Sandbank geblieben, auf einem schmalen Streifen Sand in den Wellen, waren geschwommen, hatten uns ausgeruht, hatten meinem Vater dabei zugesehen, wie er sich schwimmend von uns entfernte, wie er die Hand hob und uns winkte, von der nächsten Sandbank aus, unter einem Himmel, der an diesem Tag nicht blau, sondern gelb war. Isti hatte versucht, ihm zu folgen, mein Vater hatte gebrüllt, war ins Wasser gesprungen, hatte Isti dann geschnappt und ihn auf den letzten Metern auf seinem Rücken sitzen lassen. Jedesmal, wenn mein Vater vorschlug, wir sollten zum Ufer zurückschwimmen, hatten Isti und ich uns geweigert. Wir hatten uns in den Sand gelegt, mit Sand beworfen und beschmiert, hatten uns den Sand aus den Haaren gewaschen und endlich gewußt, wie das ist: im Wasser sein. Wenn Isti in den See sprang und ein paar Stöße schwamm, hatte ich auf seine Beine geschaut, die er schnell und unruhig bewegte. Ein bißchen sah Isti aus wie ein Hund, den man mit einem Stein am Fuß ins Wasser geworfen hat. Noch Jahre später sah er beim Schwimmen so aus. Vielleicht waren es dann nicht mehr seine Bewegungen, vielleicht war es später nur noch sein Blick, der so blieb wie am Anfang. Vielleicht war es auch nur mein Blick, ich weiß nicht.

Als es dämmerte, legte sich mein Vater zwischen Isti und mich auf den Rücken, und die Wellen zogen an seinem

Haar, das jetzt aussah wie ein Kranz aus Fangarmen. Die Strände leerten sich, die Hügel änderten ihre Farbe, und erst als Istis Lippen schon blau waren, schwammen wir zurück und zerteilten die Wellen mit unseren Armen. Am Strand stachen uns Mücken, Isti und mein Vater schlugen fluchend auf ihre nasse Haut, daß es klang, als ohrfeigten sie einander. Mir machte es nichts. Auch die roten, wundgekratzten Beine in den Nächten darauf machten mir nichts. Wenn ich wach wurde vom Kratzen, stieg ich hinunter, verließ das Haus und stellte mich zwischen die Weinstöcke, um auf den See zu schauen, der im Dunkeln aussah wie eine Scheibe, wie eine große glatte Scheibe, eingeklemmt, festgehalten, ohne Bewegung.

Isti verbrachte fortan jede freie Minute am Wasser. Er kam nachts zurück, brachte vom Ufer Schilfzweige, die er in die Dachluke klemmte, und Steine, mit denen er einen Pfad vor sein Bett legte, um darauf morgens mit nackten Füßen und ausgebreiteten Armen zur Stiege zu balancieren. Am Tag schwamm Isti Libellen hinterher, vergeblich, und am Abend, wenn es still war, hörte er dem Wasser und den Fischen zu, die man nicht sehen, aber hören könne, wie Isti mir erklärte. Ich saß am Ufer und schaute ihm zu, wenn er unter einem blassen Mond seine Bahnen zog, sein Ohr auf die Wellen legte, seine Hand hob und rief: Ich kann sie hören. Wenn er zu lange tauchte, sprang ich auf, lief ins Wasser, packte ihn und zog ihn hinaus, und Isti schimpfte, weil der Fisch jetzt weg sei, den er belauscht habe, und das sei meine Schuld, allein meine Schuld.

Isti sagte, er trainiere. Für die Zukunft, für die Meisterschaft, für seine Freundin Virág, für die Gesundheit, für eine Schülermedaille, für die Olympischen Spiele in fünfzehn Jahren und für die Familie. Als mein Vater ihn fragte, für welche Familie, erwiderte Isti: für meine, welche sonst. Virág hatte aus Siófok eine Uhr mitgebracht, die Sekunden zählen konnte, und jetzt ging sie mit Isti ans Wasser, steckte am Ufer eine Strecke ab, mit Ästen und Tüchern, nahm die Zeit, die sich am Anfang kaum änderte, und rief sie Isti zu, so laut sie konnte. Isti hob seinen Arm, als Zeichen, daß er verstanden hatte, tauchte hinab, schwamm auf dem Rücken weiter, um zu verschnaufen, legte sein Kinn auf die Brust und gurgelte ein bißchen mit dem Seewasser, weil er glaubte, so machten es die richtigen, die großen Schwimmer, wenn sie auf den Bahnen dieser Welt Medaillen holten. Virág fing an, irgendwelche Zeiten zu nennen, und Isti freute sich über diese ausgedachten Erfolge. Ich glaube nicht, daß er wußte, was schnell und was langsam war, ob sechzig Sekunden für zwanzig Meter ein gutes oder ein schlechtes Ergebnis waren.

Manchmal wachte Isti nachts auf, lief die wenigen Schritte zur Dachluke, kletterte auf einen Stuhl und starrte eine Weile hinaus, um sicher zu sein, daß alles noch so war, wie es war, und auch morgens schaute er als erstes hinaus, nur um zu sehen, ob der See seine Farbe wiederhatte. Dann stürzte er die Treppe hinunter, ließ die Tür hinter sich ins Schloß fallen, und wenn ich durch die Dachluke sah, war Isti schon verschwunden. Ich folgte ihm, und unten am See fand ich sein Handtuch, das er in den Sand gelegt hatte, so wie es die anderen machten, wenn sie ans Ufer kamen, um sich zu sonnen. Isti konnte ich nicht sehen, er schwamm irgendwo da draußen, hinter dem Schilf, das sich kaum bewegte, hinter den Booten, von denen wir glaubten, daß sie mit ihrem Rost den See verschmutzten. Vielleicht schwamm er in der nächsten Bucht, vor einem fremden Haus, vielleicht lag er auf einer Sandbank, vergrub seine Hände, ließ Wellen über seinen Rücken laufen und spuckte ins Wasser.

Es gab keinen Grund, keine Ausrede für Isti, nicht im Wasser zu sein, er kümmerte sich weder ums Wetter noch um Mahnungen oder Verbote. Er landete mit einem Sprung im See, überall und jederzeit, und die anderen fingen an zu sagen, festbinden müsse man ihn, an einer Leine. Isti sprang von einem Holzbrett, das einer von Virágs Freunden an ein Eisen geschraubt hatte und das ein paar Meter weit übers Wasser ragte, oder von der Wiese oder von der Leiter, die in den See führte. Er ließ sich rückwärts, vorwärts, mit den Füßen zuerst und kopfüber fallen, mit einer Drehung, mit einem Schrei oder lautlos, mal mit ausgebreiteten Armen, mal mit den Armen dicht am Körper. Er sprang so, als laufe er noch ein Stück in der Luft, und manchmal so, daß es aussah wie ein Unfall und wir uns erst beruhigten, wenn Isti rief, nein, es ist nichts. Isti ging früh am Morgen ans Wasser, wenn alle schliefen, und er war noch am Abend dort, wenn der See anfing, seine Farbe zu verlieren. Isti schwamm, ohne davon müde zu werden, und Virág und ich, wir schauten ihm vom Ufer aus zu. Um Mitternacht, auf dem Weg zurück, wenn Istis Haare noch naß waren, wenn er in Gärten kletterte, um für Virág und mich eine

Handvoll Kirschen zu pflücken, und wir die Kerne durch die Luft spuckten, in immer höheren Bögen, dann blickte Isti hinab zum See und sagte, jetzt wäre die richtige Zeit zum Schwimmen.

EDUARD VON KEYSERLING

Wellen

Der Tag war sehr heiß. Die Generalin hatte die Strandkörbe auf die Düne stellen lassen. Dort saßen sie und ihre Tochter und machten Handarbeit. Fräulein Bork ruhte vor ihnen im Sande und zeichnete das Meer. Sie zeichnete immer das Meer, lange leichtgewellte Linien, am Horizont ein Segelboot. Wedig saß neben seiner Mutter und mußte aus Fénélons »Télémaque« vorlesen. Er las ganz eintönig in einer Art klagender Melodie, die wie das Schlummerlied für diese heiße Stunde klang. Er selbst fühlte sich ganz hoffnungslos, sein Feriengefühl war ihm abhanden gekommen. Dieses ewig glitzernde Meer, dieser heiße Sand, der sich an die Finger hing und sie nervös machte, die Ereignislosigkeit, all das schien Wedig gewöhnlicher Alltag und machte ihn weltschmerzlich. Dazu noch dieser Mentor mit seinen endlosen Reden. Wedig wünschte, er hätte ihm die Nase abreißen können. Frau von Buttlär hörte der Vorlesung nur unaufmerksam zu, nur mechanisch warf sie hin und wieder ein zerstreutes *»faites les liaisons, mon enfant«* hin. Oft griff sie nach ihrem Opernglase, um zum Strande hinabzugehen, wo Lolo und Nini auf- und abgingen und sich abkühlten, bevor sie in das Wasser gingen. In den roten Badeanzügen, weiße Stoffkappen auf dem Kopf, sahen sie wie sehr schlanke Knaben aus und sie gingen ganz aufrecht, die Beine ihrer Freiheit ungewohnt ein wenig befangen und steif bewegend.

»Sagen Sie, Malwine«, fragte die Generalin, »sahen wir in unserer Jugend auch so aus, wenn wir badeten?«

Fräulein Bork kniff das eine Auge zu und lächelte gefühlvoll: »Ach, das ist so hübsch«, meinte sie, »wie kleine rote Silhouetten auf einem grünen Lampenschirm sehen sie aus.«

»Ja, o ja«, versetzte die Generalin, »daß das, was wir in unserer Jugend Hüften nannten, immer mehr abkommt!«

Jetzt gingen die Mädchen in das Wasser, vorsichtig wateten sie durch die Brandungswellen, verschwanden zuweilen ganz im weißen Schaum und warfen sich endlich auf das Wasser, um zu schwimmen, zwei rote Striche, in dem weißlichen Grün, das heute die Farbe des Meeres war. Sie waren gute Schwimmerinnen, aber Lolo überholte Nini weit, wunderbar leicht und schnell schoß sie vorwärts, geradeaus, als habe sie ein Ziel.

»Aber wohin will sie«, rief Frau von Buttlär, »warum bleiben sie nicht beisammen? Ich habe ihnen gesagt, sie sollen beisammen bleiben, ich habe ihnen verboten, bis zur zweiten Sandbank zu schwimmen. Lolo! Lolo!« Frau von Buttlär rief und winkte mit ihrem Taschentuche, aber der rote Strich dort drüben fuhr immer weiter ins Meer hinaus. »Ich sage es immer«, klagte Frau von Buttlär, »Lolo hat einen schwierigen Charakter, sie kann nicht gehorchen, ihr Mann wird es schwer haben. Lolo! Lolo!«

»Wer geht denn dort ins Meer?« fragte Wedig und zeigte zum Strande hinab.

»Das«, sagte die Generalin, »muß die Köhne sein.«

»Wo? was?« rief Frau von Buttlär, »ach, nenne sie doch nicht Köhne, Mama, sie heißt doch nicht so.«

»Ach was«, meinte die Generalin, »wenn die Leute beständig ihren Namen ändern, kann mein alter Kopf es nicht behalten, und Grill, wer kann sich das merken, das ist nichts.«

Einen Augenblick schwiegen alle und schauten gespannt auf das Meer hinab. Wedig hatte den Télémaque fortgeworfen und legte sich platt in den Sand, lag da wie eine Robbe und starrte vor sich hin. Jetzt kam vielleicht doch ein Ereignis.

»Reizend«, bemerkte Fräulein Bork, »marineblau und einen kleinen gelben Dreimaster und wie sie schwimmt!«

»Sehr schick«, brummte Wedig. Das jedoch erregte aufs neue Frau von Buttlärs Aufregung. »Schweig«, herrschte sie ihren Sohn an, sie stand auf, schwenkte ihr Tuch, rief wieder: »Lolo! Lolo! Aber sie schwimmen ja aufeinander zu, auf der Sandbank müssen sie sich ja treffen. Ach Gott, mein armes Kind!«

»Na setz dich, Bella«, beruhigte die Generalin ihre Tochter, »jetzt ist es nicht zu ändern. Sie wird Lolo auch nicht gleich anstecken.«

»Muß man so etwas erleben«, seufzte Frau von Buttlär und setzte sich kummervoll in den Stuhl zurück. Gespannt folgten alle mit den Augen dem roten und dem marineblauen Punkte dort auf der lichtüberglitzerten Fläche.

»Die Dame ist doch zuerst da«, rief Wedig triumphierend.

»Lolo scheint müde, sie schwimmt langsam«, bemerkte Fräulein Bork; »ah, ah, die Gräfin geht ihr entgegen, sie will ihr helfen.«

»Unerhört«, stöhnte Frau von Buttlär.

»Jetzt reicht sie Lolo die Hand«, meldete Wedig, »ah, jetzt steht Lolo, die Dame legt ihr den Arm um die Taille und Lolo stützt sich auf ihre Schulter.«

»Dem setzt man sich aus, wenn man so ohne weiteres ins Meer hinausschwimmt«, klagte Frau von Buttlär. Aber die Generalin ärgerte sich: »Bella, du übertreibst wieder, wenn das Kind müde ist vom Schwimmen, so ist es gut, daß jemand ihr die Hand reicht, und das Kind nimmt die Hand und fragt nicht erst: Sind Sie Ihrem Manne auch treu gewesen!«

Lolo stand drüben auf der Sandbank, sie war bleich geworden und atmete schnell. »O, ich halte Sie schon«, sagte Doralice, »legen Sie den Arm auf meine Schulter, so wie man beim Tanzen den Arm auf die Schulter des Herrn legt ... so. Es war doch ein wenig zu weit, Sie sind das nicht gewohnt.«

»Danke, gnädige Frau«, sagte Lolo und errötete, »jetzt ist mir besser, ich bin das Meer nicht gewohnt und ich wollte dort immer im Blanken schwimmen und das war ein wenig zu weit.«

»Nun erholen wir uns noch«, fuhr Doralice fort. »Ja im Blanken schwimme ich auch gern, die Sonnenstrahlen fahren einem dann so über die Haut wie kleine warme Fische, das liebe ich. Aber wie Ihr Herz schlägt. Zurück schwimmen wir geradeaus, da ist es nur eine kleine Strecke bis zur ersten Sandbank.«

Lolo antwortete nicht, sie dachte nur, würde sie doch noch sprechen. Nach der Anstrengung des Schwimmens kam ein köstliches Behagen über sie. Gern wollte sie lange noch so stehen in dem lauen Wasser, sich schwesterlich an diese schöne geheimnisvolle Frau lehnend, diese seltsam schimmernden Augen, diesen Mund mit den schmalen, zu roten Lippen ganz nahe haben. Doralice sprach jetzt von gleichgültigen Dingen, von dem heißen Tage und daß es am Bullenkruge wenig Schatten gebe und vom Schwimmen und Lolo hörte ihr zu wie etwas Erregendem, Verbotenem, dessen Schönheit sie, sie allein jetzt plötzlich erkannt hatte.

»Jetzt, denke ich, schwimmen wir«, schlug Doralice vor und sie warfen sich in das Wasser, schwammen dicht nebeneinander, wandten zuweilen die Gesichter einander zu, um sich anzulächeln. »Geht es?« rief Doralice, »wir sind gleich da.«

»O, es geht, es geht schön«, antwortete Lolo.

Es war fast so bequem, dachte Lolo, als lägen sie beide auf einer grünen Atlascouchette und könnten sich unterhalten. Ja, das war es, sie wollte sich unterhalten. Sie fühlte sich nicht mehr so befangen wie dort auf der Sandbank. Sollte sie fragen, ob es bei Wardeins sehr eng sei? Nein, das war zu unpersönlich, so sagte sie denn: »Gnädige Frau, ich sehe Sie jeden Abend von meinem Fenster aus im Mondschein spazieren gehen.«

»So«, erwiderte Doralice und legte sich auf die Seite, um Lolo ansehen zu können, ihr Gesicht war über und über mit flimmernden Tropfen übersäet, »das ist dann wohl Ihr Fenster oben im Giebel, in dem ich jeden Abend Licht sehe?«

»Ja«, rief Lolo begeistert zurück. Es freute sie, daß Doralice zu ihr hinaufgeschaut hatte. Nun waren sie angekommen und gingen ans Ufer.

»Es ist hübsch«, meinte Doralice, »so zu zweien zu schwimmen«, und sie reichte Lolo die Hand. Lolo nahm diese kleine feuchte Hand, hielt sie einen Augenblick und führte sie dann schnell an ihre Lippen. »Ich … ich danke Ihnen, gnädige Frau«, sagte sie leise.

»Nicht doch«, wehrte Doralice, beugte sich vor und küßte Lolo auf den Mund.

Von der Düne her aber bewegte sich ein Zug eilig auf Lolo zu. Voran Frau von Buttlär, die unausgesetzt »Lolo!« rief und mit dem Taschentuch winkte, ihr folgte Fräulein Bork mit dem Badetuche, dann Wedig die Hände in den Hosentaschen und ein ironisches Lächeln auf den Lippen und zuletzt die Generalin erhitzt und ganz außer Atem. Lolo ging dem Zuge ein wenig zögernd entgegen. »Da bist du endlich«, rief Frau von Buttlär. »du bringst mich noch um mit deinen Geschichten.« Lolo ließ sich schweigend in das Badetuch hüllen, man sah ihrem eigensinnigen Gesichte sofort an, daß sie nichts zu ihrer Entschuldigung anführen wollte. Während sie jetzt alle wieder zum Badehause zogen, ging Frau von Buttlär hinter ihrer Tochter her und schalt unausgesetzt: »So etwas kann nur dir passieren, gerade dieser Person in die Arme zu laufen und geküßt hat sie dich. Wie kommt sie darauf, die freche Person? Und du läßt das geschehen. Von wem wirst du dich nicht noch alles küssen lassen.«

Da wandte Lolo ein wenig den Kopf und sagte entschlossen und eigensinnig: »Sie hat mich geküßt, weil ich ihr die Hand geküßt habe.«

»Du hast ihr die Hand geküßt«, rief Frau von Buttlär, »hat man so etwas gehört und warum? ich bitte dich. Diese

Person, sie ist ja halbnackt, keine Ärmel und die Dekolletage! aber du hast keinen Stolz, du bist verlobt, du sollst eine ehrliche Frau werden; wir ehrliche Frauen müssen doch Front machen gegen diese Damen und du küßt ihnen die Hände. Dein Bräutigam wird sich freuen. Ach Gott, mir ist ganz übel, so schäme ich mich.«

Da legte sich die Generalin ins Mittel, schob Lolo in das Badehaus und sagte: »Für jetzt ist es genug, das Kind ist angegriffen, geschehen ist geschehen, wir werden ihr mit etwas Baldriantee den Kuß der Jasky wieder wegkurieren.«

Zu Hause schickte Frau von Buttlär Lolo sofort zu Bett, sie selbst legte sich auch hin und Ernestine lief mit Baldriantee treppauf, treppab.

Lolo lag oben in ihrem Zimmer auf ihrem Bett noch immer bleich und schaute mit ihren erregten Augen nachdenklich zur Decke auf. Nini saß neben ihr, sie sprach nichts, sondern schaute Lolo nur wartend an. Endlich begann Lolo zu sprechen, langsam und versonnen: »Ja, sie war herrlich, aber das wußte ich, und daß ich sie werde lieben müssen, das wußte ich auch, aber ich wußte nicht, daß sie etwas an sich hat, das einen weinen machen könnte. Ich hatte so das Gefühl im Halse wie bei ganz rührenden Stellen in Romanen, das ist natürlich deshalb, weil alle so schlecht von ihr sprechen, weil alle so gegen sie sind. Aber ich bin für sie.« – »Ich auch«, sagte Nini.

»Du?« fragte Lolo verwundert, »du kennst sie ja gar nicht.«

»Das tut nichts«, meinte Nini, »ich war schon für sie den ersten Abend, als ich sie im Mondschein spazieren gehen sah. Aber was wirst du jetzt tun?«

»Ich weiß, was ich tun werde«, sagte Lolo ernst. Sie stand auf, setzte sich an ihren Schreibtisch und begann einen Brief zu schreiben. Nini wartete geduldig und fragte dann: »Hast du an sie geschrieben?«

»O nein«, antwortete Lolo überlegen. »Ich habe mir aus der Stadt sehr viele rote Rosen kommen lassen, die werde ich ihr abends durch das Fenster in ihr Zimmer werfen.«

»Und ich«, beschloß Nini, »werde mich so lange üben, bis ich auch zur zweiten Sandbank schwimmen kann, und wenn ich dabei auch ertrinke.«

JOHN VON DÜFFEL

Der schwarze Pool

In der Nacht hatte ich noch geträumt, dass du ertrinkst. Mir ertrinkst. Ertrunken warst. Es gab keine Geschichte zu diesem Traum. Es gab nur dieses Bild, dein Körper unter Wasser, gekrümmt wie zum Sprung, aber ohne jede innere Spannung, gelöst und gesichtslos, Kopf zwischen den Schultern, die Arme weit voraus – nicht gestreckt, sondern schwebend, mit schaukelnden Handflächen. Und dein Haar, viel Haar, wie Seegras, eine Weide, schwappend und schwerelos in den Wellen. Es war wirklich nur dieses Bild, und der ganze Traum bestand darin, dass ich es anstarrte. Anstarren musste. Dass ich das Auge war, es anzustarren. Sonst geschah nichts. Am nächsten Tag hast du schwimmen gelernt. Da warst du gerade fünf.

Ich bin lange nicht mehr hier gewesen, im Stadtzentrum, länger, als ich dachte. Für einen Moment versuche ich nachzurechnen, wie viele Wochen und Monate vergangen sind seitdem, lasse es dann aber. Es hat sich nicht viel verändert, doch alles ist anders. Alte Baustellen wurden geschlossen, neue aufgerissen, der Verkehr ist noch lauter, als ich ihn in Erinnerung habe, die wenigen Bäume sehen aus wie mit einem Grauschleier überzogen, farblos in der Sommersonne, die ganze Straße ist mir so fremd, wie es nur etwas sein kann, das einem früher einmal sehr vertraut gewesen ist. Diesen Weg bin ich ins Büro gegangen, all die Jahre. Ich wechsle Blicke mit den Gebäuden und schaue dann auf den Gehsteig.

In meinem Traum war es der schwarze Pool. Das Wasser fühlte sich an wie das Meer, doch es war der schwarze Pool im grünen Gras. Ich hatte dir noch sagen wollen, am nächsten Morgen, lass uns heute nicht ins Wasser gehen! Ich wollte dich warnen. Aber du bist ins Becken hineingestiegen, bis dir das Wasser über die Schultern reichte, hast die Kinnspitze vorgereckt, Kopf in den Nacken, und einfach vier, fünf Züge gemacht. Ich war sofort bei dir, um dich herauszuziehen. Doch ich höre noch heute deine Stimme, keuchend und zwischen den Zähnen hindurch: »Du kannst loslassen, Papa!«

Es war der schwarze Hotelpool. Und der fünfte gemeinsame Sommer unseres Lebens.

Später beim Abendessen sagte deine Mutter, du hättest in einem Hotel Laufen gelernt und Schwimmen in einem anderen Hotel. Ich fügte hinzu, dass sich immerhin die Qualität des Hotels verbessert habe. Wenig später bekam ich die feste Stelle, das Büro im Zentrum, und wir wurden sesshaft. Bis du aus dem Haus gingst.

Sie steht auf einmal vor mir, an der Ampel, ich bin mir sofort sicher, dass sie es ist, auch wenn ich nur ihren Rücken sehe und ihr dünnes, dauergewelltes Haar – dunkel und ganz anders als deins. Sie war als Schulpraktikantin zu uns gekommen, wurde bald darauf Assistentin und kletterte dann die Karriereleiter schnell nach oben. Keine Ahnung, was sie jetzt macht, ich verfolge das Geschehen nicht mehr, aber sie wird es sicher noch weit bringen. Als es grün wird, gehe ich mit leichter Verzögerung los und halte einige Meter Abstand zu ihr. Ich will nicht, dass sie mich sieht. Nicht, dass wir eine Geschichte miteinander hätten. Vielleicht habe ich mir es einmal gewünscht, doch das ist lange her. Und es ist gut, dass keine Geschichte daraus geworden ist.

Nach deinen ersten Zügen wolltest du nicht mehr aus dem Wasser. Du fingst an, dir den gesamten Pool zu erschwimmen, kreuz und quer, rauf und runter, begleitet vom Lob und Beifall der anderen Hotelgäste, die auf den Liegestühlen am Beckenrand in der Sonne lagen. »Wasserratte« nannten sie dich, und ich lächelte etwas brüchig dazu. Wir verließen den Pool für den Rest unseres Hotelaufenthaltes nur noch zum Essen und Schlafen. Manchmal gesellten sich andere Kinder zu dir, schlossen flüchtige Wasser-Bekanntschaften für einen Vormittag oder zwei. Doch sie alle gingen irgendwann wieder an Land und brachen auf zu anderen Ausflügen und Spielen. Du bliebst im Wasser, und ich blieb bei dir. Nach den ersten Tagen war ich davon überzeugt, dass Laufenlernen für dich nur eine Vorstufe war, nur ein Übergang und Behelf, um ins Wasser zurückzukehren. Es war die beschwerlichere Form der Bewegung in einer Welt voller Ecken und Kanten, Schwellen und Stolperfallen. Im Wasser gab es keine Hindernisse mehr.

Ich hatte eine liegen gelassene Taucherbrille für dich ergattert, etwas zu groß für dein kleines Gesicht, aber sie hielt dicht, wenn man sie nur richtig festzog. Ihr wurdet unzertrennlich, und selbst wenn du sie für kurze Zeit abnahmst, blieben die Abdrücke auf deiner Stirn. Ohne dass ich hätte sagen können, wann und wie, hattest du Tauchen gelernt, vielleicht konntest du es auch schon immer. Unter Wasser rissen wir die Augen weit auf, schnitten Grimassen, gestikulierten mit Händen und Füßen. Wir stießen Laute aus, Luftblasen, schrille Töne und Triller und verständigten uns in einer Fischsprache, auch wenn es nicht viel zu sagen gab. Meist wolltest du nur auf meinen Rücken genommen werden und mit mir auf den Grund tauchen. Allein kamst du kaum tiefer als einen halben Meter, du warst zu leicht, viel zu leicht. Aber du liebtest es, dich an meinen Schultern festzuklammern und huckepack mit mir in die Tiefe zu tauchen, um so lange wie möglich in dieser Unterwasserwelt zu verweilen, in der es nichts zu bestaunen gab außer der Entfernung von der Realität. Nur widerwillig gabst du mir das vereinbarte Zeichen zum Wiederauftauchen, manchmal auch gar nicht. Deine sich immer fester einkrallenden Fingernägel verrieten mir dann, dass es an der Zeit war, mich abzustoßen vom schwarzen Grund. Am Ende konntest du die Luft länger anhalten als jedes andere Kind im Hotel, auch als die größeren Jungs, die sich dir für ein paar Tauchmanöver anschlossen, mit uns unter Wasser herumalberten, aber sehr bald das Interesse verloren. Dir wurde nie langweilig. Deine Beharrlichkeit übertraf alles, was ich von mir selber kannte. Es schien, als hättest du Schwimmen gelernt, um unter Wasser zu sein. Immer wieder wolltest du mit mir um die Wette tauchen, und an der Art, wie du den Kiefer vorschobst, wenn du das sagtest, konnte ich sehen, dass du entschlossen warst, mich zu besiegen. Früher oder später. Aber möglichst jetzt.

Sie geht zum Glück zügig, schreitet trotz halbhoher Schuhe weit aus. Ich muss nicht einmal künstlich zurückbleiben, sie ist schneller als ich, und ich denke, dass »zielstrebig« wohl das erste und letzte Wort sein wird, das mir zu ihr einfällt. Doch gerade dieses Strebsame, das bei den meisten Menschen etwas Verbissenes, Getriebenes hat, ist bei ihr von einer unglaublichen Leichtigkeit und Frische. Sie ist schön in ihrem Ehrgeiz, sogar wenn er sich gegen mich kehrt.

Die nächste Ampel wird grün, extra für sie. Es scheint, als müsste sie nie lange warten, als würden ihr alle Hindernisse aus dem Weg geräumt wie von unsichtbarer Hand, und wenn ich etwas bedaure, dann nur, dass ich nicht diese Hand bin. Ich muss mich beeilen, um den Anschluss nicht zu verlieren.

Zielstrebig wie immer steuert sie auf die nächste Kreuzung zu und biegt dann rechts ein. Sie geht ins Büro, denke ich, meine alte Strecke, genau derselbe Weg. Doch es ist sicher nicht mein Büro, das sie jetzt ihres nennt, sondern eins weit darüber. Ich zögere kurz, doch ich kann nicht anders, ich muss ihr nach. Ich muss sehen, in welches Stockwerk sie fährt.

Ob wir eigentlich schon Kiemen hätten, fragte uns der Hotelangestellte, der den Pool für die Nacht abdecken wollte – er hatte es uns zuliebe schon so lange wie möglich herausgezögert, zuerst die Sonnenschirme zusammengekurbelt und die Liegen wieder in eine Reihe an den Beckenrand gestellt.

»Nein, Kiemen haben wir noch nicht, aber das ist nur eine Frage der Zeit«, rief ich aus dem Wasser zurück, geschmeichelt, aber auch leicht beschämt. Der Mann hatte wirklich lange gewartet, und wir beeilten uns, aus dem Wasser zu kommen.

In Wirklichkeit wollten wir gar keine Kiemen. Wir waren Meeressäuger, Wale, Delfine, die Arme in Vorderflossen zurückverwandelt, die Beine zu einer Schwanzflosse verschmolzen, mit Lungen, die weit mehr als menschliche Lungen die Fähigkeit besaßen, sich leer zu pumpen und wieder mit Luft zu füllen. Wir wünschten uns Wal-Lungen und Delfinblut in unseren Adern, um große Mengen Sauerstoff zu binden. Und es schien, als würde dieser Wunsch in Erfüllung gehen. Man konnte fast zusehen, wie deine Ausdauer im Luftanhalten sich steigerte – wir zählten, anfangs bis dreißig, vierzig, dann bald über hundert. Und jedes Mal wolltest du wissen, ob du jetzt länger unter Wasser bleiben konntest als ich. Irgendwann, um deinen Eifer zu belohnen, gab ich mich bei einem unserer Tauchgänge geschlagen, schnappte nach Luft und tat, als könnte ich nicht mehr. Doch deine Reaktion war nicht Stolz oder Befriedigung, sondern Enttäuschung.

»Du hast mich gewinnen lassen«, sagtest du vorwurfsvoll, im leicht nasalen Ton der Taucherbrillenträger. Und zum Zeichen dafür, dass ich es nicht wieder tun würde, war ich bereit, mit dir um etwas zu wetten, das mich im Falle einer Niederlage einiges kosten würde. Ich dachte an ein neues Fahrrad. Aber du sagtest: »Ein Tier.«

»Was für ein Tier?«, fragte ich unbehaglich.

»Wenn ich länger unter Wasser bleibe als du, kann ich mir eins aussuchen«, sagtest du und strahltest mich an. Mir war klar, dass ich diese Wettschuld womöglich nicht begleichen konnte – ein Pferd oder auch nur ein Pony wären unerschwinglich für mich –, aber ich willigte ein, weil ich dachte, bis dahin würde es noch Jahre dauern und unsere Wette längst vergessen sein.

»Sehen wir uns auch mal wieder«, höre ich plötzlich ihre Stimme aus einem Straßencafé und drehe mich um. Sie hat sich einen Kaffee geholt, ich hätte es mir denken können, den angeblich besten Latte Macchiato der Stadt zum Mitnehmen. Wie konnte ich nur vergessen, dass sich alle im Büro hier an dieser Coffeebar ihren »Latte« holen, weil der Bürokaffee trotz aller Bemühungen und Neuanschaffungen Bürokaffee bleibt.

Lächelnd kommt sie auf mich zu. Ihre Oberlippe kräuselt sich über den geraden, etwas forschen Schneidezähnen. Vielleicht lacht sie mich aus, doch ich kann es ihr nicht verübeln. Ich kann ihr überhaupt nichts übel nehmen.

»Entschuldigung, aber ich war gerade völlig in Gedanken«, sage ich und wundere mich selbst, wie müde das klingt. Auch darüber lacht sie.

Wir bleiben kurz stehen, tauschen ein paar Belanglosigkeiten aus, sie ist darin geübter als ich und frischer zugleich, fast aufgekratzt. Ich suche nach etwas von Interesse, aber nichts von dem, was ich ihr sagen könnte, hätte in ihrer Welt Gewicht. Es gibt keine Verbindung mehr zwischen ihrem und meinem Leben.

»Schwimmen Sie eigentlich noch?«, fragt sie, als ich mich gerade verabschieden will. Sie hat sich etwas Persönliches gemerkt, vielleicht das Persönlichste überhaupt, was mich betrifft, das ist nett. Ich habe keine Ahnung, was ich ihr antworten soll. Doch als sie sich wieder in Bewegung setzt, Richtung Büro, gehe ich mit ihr. Wir gehen nebeneinander, schweigend für mehrere Schritte. Es ist fast, als ginge sie langsamer mir zuliebe.

»Ich habe diesen Sommer oft an Sie gedacht«, fährt sie fort, »ich habe sogar Ihren Rat beherzigt und tatsächlich mit dem Schwimmen angefangen, und ich kann Ihnen nur recht geben, es wirkt Wunder. Egal, wie müde, lustlos oder wasserscheu man sich vorher fühlt, nachher fühlt man sich immer besser. Es ist, wie Sie sagen: Schwimmen vertreibt die bösen Geister.«

Ich kann mich nicht erinnern, so etwas je gesagt zu haben, aber sie lächelt mich so voller Überzeugung an, dass ich ihr glaube und nicht meinem Gedächtnis. War sie schon immer so groß, frage ich mich, sie wirkt so viel größer als ich, so viel aufrechter. Dann sage ich: »Ich dachte, wir duzen uns.«

In dem Sommer, in dem du Schwimmen gelernt hattest, konntest du mich nicht übertrumpfen. Doch du warst keineswegs enttäuscht, sondern wirktest so sicher und siegesgewiss, als wüsstest du, dass du mich bald schlagen würdest. Es dauerte noch vier Sommer, ehe du gegen mich gewannst, dann allerdings mit Leichtigkeit. Wir waren in einem Hotel ohne Pool abgestiegen, in einem bewaldeten Mühltal, mit einem nahe gelegenen Schwimmteich. Anstatt

Grimassen zu schneiden und Fischsprache zu sprechen, betrachteten wir durch unsere Taucherbrillen Kröten, Molche, manchmal auch kleine Fische. Weit konnten wir nicht sehen. Bei unserem ersten Zeitvergleich war ich so lange unter Wasser geblieben, dass mir schwarz wurde vor Augen, doch du übertrafst mich auf Anhieb um fünfzehn Sekunden. Da warst du neun und hattest unsere Wette nicht vergessen. Und ich hatte noch immer nicht genug Geld für ein Pferd.

Wir müssen es deiner Mutter sagen, das war das Erste, was mir durch den Kopf ging. Doch diese Beichte war nicht das Schlimmste. Das Schlimmste war, dass dein Sieg, der in den Sommern zuvor ein heller Triumph gewesen wäre, dich auf einmal nicht mehr freute. Du hattest Mitleid mit mir. Anstatt jedem im Hotel davon zu erzählen, behieltst du es für dich und lagst mir auch nicht in den Ohren mit deinem Wettgewinn. Du sagtest nichts, du wolltest nichts. Ich tat dir leid.

Diesmal schnappte ich ohne jede Übertreibung nach Luft, ich konnte wirklich nicht mehr und musste mich auf den schmalen Holzsteg legen, der ein paar Meter ins Wasser ragte. Minutenlang war ich außer Atem und kämpfte mit dem Hotelfrühstück in meinem Magen, alles drehte sich. Irgendwann – wann genau, war mir entgangen – hattest du dich neben mich auf die Holzplanken gesetzt und deine Hand auf meine Schulter gelegt wie zum Trost.

Beim Abendessen erzählte ich deiner Mutter bis auf diesen Umstand alles von meiner Niederlage, schonungslos und tapfer, wie ich fand. Du hörtest mir zu, als wärst du nicht dabei gewesen. Als ich schließlich auf das Tier deiner

Wahl zu sprechen kam, das du dir damit verdient hättest, schien es dir fast unangenehm. Doch ich bestand darauf. Wettschulden seien Ehrenschulden, und was man versprochen habe, müsse man auch halten.

»Also?«, drängte ich dich.

Deine Antwort war so leise, dass ich sie nicht gleich verstand.

»Ein Aquarium?«, fragte ich. »Nur ein Aquarium?«

Du nicktest und sahst auf den halb leeren Teller vor dir auf dem Tisch.

»Ja, aber in ein Aquarium müssen doch Fische! Was für Fische möchtest du denn?« Ich wurde ein bisschen ungehalten, ich konnte einfach nicht glauben, dass ein Aquarium alles war, was du wolltest. Im ersten Moment hatte ich den Verdacht, deine Mutter könnte dir erzählt haben, dass ich gerade knapp bei Kasse war. Aber vielleicht hattest du auch unsere nächtlichen Gespräche mitbekommen, in denen es ums Geld ging. Umso fester war ich entschlossen, dir jeden Wunsch zu erfüllen, und sei es ein Pony oder ein Pferd. Doch du sagtest nur, du würdest alle Arten von Fischen mögen, und standst auf.

In den Tagen danach kam ich morgens und abends kurz zu dir ins Wasser und schwamm ein paar krumme Runden im Teich, viel Platz war nicht. Den Rest der Zeit tauchtest du allein, um die Frösche und Molche zu beobachten. Ich begleitete dich nur noch selten unter Wasser. Irgendwie war es nicht mehr dasselbe. Wir fuhren eine Woche früher zurück als geplant.

Ich kaufte dir das Aquarium, als wir wieder zu Hause waren. Doch es einfach so in dein Zimmer zu stellen – ohne

Fische, die dir Freude machten –, brachte ich nicht übers Herz. In der Zoohandlung hatte ich nach Lungenfischen gefragt, wal- oder delfinartigen. Die Blicke, die ich erntete, waren mehr als befremdet.

Dann auf einmal wusste ich es. In einer Nacht- und Nebelaktion fuhr ich in das Hotel zurück. Es waren über dreihundert Kilometer. Als ich ankam, dämmerte es bereits über dem Tal. Ich stieg mit Taucherbrille in den Schwimmteich, suchte das Ufer ab, das Schilfrohr, die schlammigen Stellen. Die Sicht war alles andere als gut. Doch ich entdeckte tatsächlich einen Wassermolch, sogar zwei, nebeneinander in einer Ufersenke, wo du während unseres Aufenthalts viel getaucht hattest. Er ließ sich leicht fangen, kinderleicht.

Ich füllte ein großes Einmachglas dreiviertelvoll mit Teichwasser, Algen, Wasserpflanzen, setzte den Molch hinein und verfrachtete ihn neben mich auf den Beifahrersitz. Es war ein unglaublich schöner Wassermolch mit einem orangefarbenen, feuerroten Bauch, der sich an der Glaswand abdrückte. Seine Füße – Flossen konnte man beim besten Willen nicht sagen – hatten fünf Zehen, Finger fast, verbunden mit Schwimmhäuten, aber deutlich entwickelt. Auf den ersten Blick konnte man sie vielleicht für Krallen halten, doch in meiner Hand hatten sie sich ganz weich angefühlt, wirklich wie Finger.

Während der gesamten Fahrt beobachtete mich der Molch mit seinen wachen, wachsamen Echsenaugen. Mal verfolgte er meine Bewegungen – möglicherweise erschienen sie ihm durch das Glas stark vergrößert, so wie für mich die Paddelschläge seiner Vorderbeine –, mal sah er mir still ins Gesicht. Immer wenn ich den Eindruck hatte, dass ihn die Lebensgeister verließen und er in Apathie verfiel, rüttelte ich an dem Einmachglas und brachte das Wasser in Bewegung, um es ein wenig mit Sauerstoff anzureichern, obwohl mir klar war, dass Molche Lungenatmer sind wie wir. Ich hatte solche Angst, er könnte sterben und dich nie erreichen. Ich fuhr die ganze Strecke in einem Stück, ohne anzuhalten. Deiner Mutter, die sich beim Aufwachen wundern musste, wohin ich über Nacht verschwunden war, schickte ich von unterwegs eine SMS: *Komme etwas später zum Frühstück – bin noch mit dem Tier auf der Autobahn. Nichts verraten!*

Auf den letzten hundert Kilometern verschlimmerte sich sein Zustand. Er hing jetzt schräg im Glas, Kopf halb aus dem Wasser, Schwanz nach unten, er bewegte sich kaum noch, zuckte nur. Ich fing an, ihm gut zuzureden, und drehte die Musik laut auf. Doch er sah mich nur weiter mit seinen abwartenden, leicht erbosten Echsenaugen an.

Selten hatte ich mich so schuldig gefühlt.

Als wir in einen Stau kamen, goss ich ihm in kleinen Schlucken Mineralwasser ins Glas, Frischwasser, dachte ich, doch er wandte nicht einmal mehr den Kopf. Ich hielt ihm meinen Finger hin, berührte ihn sacht am Unterbauch und glaubte zu spüren, wie eine Luftblase seine Echsenkehle hinunterwanderte und sein Kaltwasserherz schlug. In seinen schwarzen Augen spiegelte sich die Welt. Ich betete, dass er es schaffen möge, bitte, lieber Gott.

Es war eine sehr lange Fahrt.

Als du aus der Schule kamst, hatte ich den Boden des Aquariums mit schwarzen Steinen bedeckt und zur Wandseite hin eine kleine Uferlandschaft angelegt. Es gab Algen,

Schilfgrün, einen bemoosten Findling, reichlich Wasserschnecken, Mückenlarven und eine ordentlich arbeitende Pumpe. Auf dem dunklen Grund war der Molch kaum zu sehen. Aber er war da. Und er war wieder munter.

»Ich nehme an, ich brauche ihn dir nicht vorzustellen«, sagte ich geheimnisvoll, »ihr kennt euch.« Dann erst, auf deinen fragenden Blick hin, erklärte ich dir, dass es einer der Molche war, die du bei deinen langen Tauchgängen im Mühltal beobachtet hattest. Du gingst ein paar Schritte auf das Aquarium zu, hocktest dich davor und starrtest hinein, ohne ein Wort, ohne irgendetwas anderes um dich herum zu sehen und zu hören. Du freutest dich, glaube ich, wirklich.

Deine Mutter, die danebenstand, gab zu bedenken, dass man Molche nicht einfach so fangen dürfe, sie stünden unter Naturschutz. Ich schwieg schuldbewusst.

Du nanntest ihn Lurchi.

Am nächsten Morgen packte ich das Aquarium, so wie es war, ins Auto und fuhr mit Lurchi und dir noch einmal ins Mühltal zum Schwimmteich. Die Reise im Aquarium überstand er gut, ich hätte es gleich so machen sollen. Ohne Komplikationen fuhren wir zweieinhalb Stunden später beim Hotel vor, trugen das Aquarium mit vereinten Kräften zur Badestelle und kippten den gesamten Inhalt in den Tümpel – auf Höhe der Ufersenke, die Lurchi vor wenig mehr als vierundzwanzig Stunden verlassen hatte. Er wand sich ein, zwei Mal nach beiden Seiten und ließ sich dann in einer Mulde nieder, nicht weit entfernt, auf dem sonnenbeschienenen Grund. Eine Weile sahen wir ihm vom Ufer aus zu. Dann zogen wir unsere Sachen aus und sprangen zu ihm ins Wasser. Wir schwammen uns die Fahrt vom Leib, tauchten mit ihm um die Wette und vergossen ein paar Tränen zum Abschied. Dann aßen wir ein Eis auf der Hotelterrasse. Noch nie in meinem Leben hatte ich so sehr das Gefühl gehabt, das Richtige zu tun.

Wir sind da, vor dem Bürogebäude, in das sie hineingehen wird und ich nicht. Wir stehen voreinander, vor dem Abschied, doch keiner traut sich auszusprechen, dass unsere Wege sich hier trennen werden, vermutlich für immer.

»Warum gehen wir nicht einfach mal zusammen schwimmen?«, fragt sie lächelnd. Schwer zu sagen, ob sie das ernst meint, doch es ist wirklich sehr nett von ihr. »Oder schwimmen Sie etwa nicht mehr?«

Sie siezt mich schon wieder, wahrscheinlich ist es besser so.

»Nein, nein, ich schwimme durchaus noch«, sage ich schnell, es klingt gelogen, doch ich beschließe im selben Moment, genau das zu tun, so bald wie möglich. Egal, wie man sich vorher fühlt, nachher fühlt man sich immer besser, denke ich und muss lächeln über diesen Satz, den sie sich gemerkt hat.

»Ich muss da jetzt reingehen«, sagt sie entschuldigend und deutet mit dem Becher in ihrer Hand auf die obersten Stockwerke. Fast sieht es aus, als würde sie ihnen zuprosten, doch ich glaube ihr sogar, dass es ihr leidtut.

»Na dann, viel Erfolg«, verabschiede ich mich.

Sie nickt und fragt, als wäre es ihr fast entfallen, schon im Gehen: »Und was machen Sie jetzt?«

»Die bösen Geister vertreiben«, sage ich.

TERESA PRÄAUER

Kleines Lexikon für Badenixen

Baden

Es gibt da eine auffällige Unvereinbarkeit zwischen dem Badengehen im Urlaub und dem Badengehen im Alltag. Während das Badengehen im Wasser immer eine Spielart des Vergnügens bedeutet – bedeutet das Badengehen außerhalb des Wassers immer ein Scheitern. Wer mit einer Geschäftsidee baden geht, hat Pech gehabt. Er versinkt, kentert, geht auf Grund. Eine Veranstaltung, die ins Wasser fällt, ist abgesagt. Wer nass wird, außerhalb des Badesees, der steht im Regen und ist ein begossener Pudel. Wer sich nassmacht, nässt. Er ist ein blöder Pisser und ein armseliger Bettnässer.

Stranden

Ähnlich verhält es sich mit dem Strand. Während der Strand, neben dem Wasser, im Sommer der zweitschönste Ort ist, an dem man sich aufhalten kann, und nach dem Schwimmen das Stranden bloß einen Sonnenbrand zur Folge hat, bedeutet das Stranden mit einer Sache im Beruf ein Feststecken im Stillstand. Wer im Geschäftsleben strandet, hat keinen Erfolg. Er sitzt fest, läuft auf, erlitt Schiffbruch und konnte nicht landen. Wer in der schönen Alten Donau schwimmt, hat sein Leben sportlich im Griff – wer aber während eines Vortrags ins Schwimmen gerät, hat die Kontrolle über seine Worte bereits verloren. Wer im Schwimmbad vom Trampolin springt, landet freudig lachend im kühlen Nass des Pools, wer vom Fensterbrett springt, bricht sich Hals und Bein.

Ausbaden

Während es im Sommer im berühmten Wiener Strandbad Gänsehäufel herrlich erfrischend ist, wenn einem das Wasser bis zum Halse steht, so zeigt ein solcher Wasserstand im täglichen Leben bloß noch das Ausmaß der Katastrophe an. Es erwischt einen eiskalt. Wenn man das Ganze dann auch noch ausbaden muss, dann wird das Baden, das im Gänsehäufel zur Glückseligkeit gereicht, im *Daily Business* zu einem Unglück, zu dessen Beseitigung und künftiger Vermeidung ein Paar signalroter Schwimmflügel nicht ausreicht. Wenn das Pech sich in Flutwellen an den Mauern unserer Existenz bricht, dann hilft auch der Glaube daran, dass es einen gibt, der übers Wasser laufen kann, wenig. Man kann dann vielleicht noch versuchen, gegen den Strom zu schwimmen – aber eine solche Tätigkeit im Alltag hält dem Vergleich mit den Bedingungen innerhalb einer Badeanstalt keineswegs stand.

Fließen

Höchstens können wir uns, sowohl was den Sommerurlaub als den Berufsalltag angeht, im Phänomen des *Flow* treffen. Es fließen lassen, sich treiben lassen im Fluss, im Flow sein. Das behaupten zumindest die Lebensberater.

Im Wasser kommt man eben sehr gut zurecht, so als Badenixe mit nur einer Schwanzflosse für Antrieb und Steuer. – Während man im harten Alltag wieder gezwungen ist, auf zwei Beinen zu stehen.

JOHANNES GELICH

Chlor

Nach der Wärme im Hallenbad schlägt mir auf der Straße die kalte Luft ins Gesicht. Es ist kühl und feucht wie im November. Ich bin dankbar für diesen ungeplanten Tag in der Halle. Zuhause mache ich kein Licht. Es erscheint mir absurd, Licht für mich allein zu machen. Ich bin nicht hungrig oder durstig, vielmehr verspüre ich ein mattes Verlangen abzuschalten und beobachte die Hausfassade gegenüber, während ich auf der Wohnzimmer-Couch im Halbdunkel sitze. Ich frage mich, ob das Mädchen mit dem Zebramuster-Bikini morgen wieder ins Hallenbad kommen wird. Die Dämmerung über den Dächern geht in die Nacht über, hinter einigen Fenstern flackert nervöses Licht aus Bildschirmen. Die Stimmen vom Hallenbad haben sich in meinem Kopf zu einem gleichmäßigen Geflüster beruhigt. Ich erfreue mich an dem rhythmischen Zusammenspiel der bunt aufflackernden Fenster. Blau, ein Rotschimmer dort, ein gelbliches Zucken hier, doch zumeist ein hektisches kaltes Blau. Während ich das feierabendliche Treiben hinter den Fenstern des Nachbarhauses verfolge, ziehen die Bilder von heute Morgen an mir vorbei: Ich fuhr wie jeden Tag in die Firma, grüßte im Aufzug den einen oder anderen Kollegen mit einem Nicken und betrat mein Büro im 7. Stock unseres Glas-Solitärs am

Donauufer. Ich schaltete den Computer ein, packte einige Unterlagen aus meiner Aktentasche, als ich den Anruf von Abteilungsleiterin Kain zu einem Vier-Augen-Gespräch entgegennahm. In ihrem Büro teilte sie mir mit, dass unsere Abteilung aufgrund von Reengineeringmaßnahmen umstrukturiert werde, und händigte mir ein Kündigungsschreiben aus. Ich sei mit sofortiger Wirkung vom Dienst freigestellt, meine Anwesenheit für die Dauer der Kündigungsfrist im Haus nicht mehr erforderlich. Wegen der Abfertigung solle ich mich in Verbindung mit dem Personalbüro setzen. Als wir auf den Supervisor warteten, erklärte mir die Kain, dass sie wahrscheinlich selber dran glauben müsse. Ich ruf dich an!, sagte sie zum Abschied in der Tür ihres Büros und übergab mich lächelnd dem Supervisor. Er eskortierte mich in mein Büro und überwachte meinen Auszug. Während ich meine privaten Angelegenheiten ordnete, entschuldigte sich der Supervisor einige Male mechanisch: Sie wissen ja, die Vorschrift. Schon gut, sagte ich. Nach einer Stunde hatte ich meine privaten E-Mails und Adressen kopiert und die Schubladen meines Schreibtisches ausgeräumt. Als ich den Computer mit dem hinteren Kippschalter über dem Gebläse abwürgte, fragte der Supervisor: Machen Sie das immer so? Ich antwortete nicht, steckte meine Unterlagen und das Kündigungsschreiben in meine Aktentasche, und wir verließen schweigend mein Büro. Nachdem wir uns verabschiedet hatten, drückte er für mich den Aufzugsknopf. Bei der Fahrt abwärts empfand ich eine lähmende Dankbarkeit, dass das Unternehmen für mich gehandelt hatte, und vergaß ganz darauf, meinen Kollegen zuzunicken. Zuhause überlegte ich, was ich mit dem angebrochenen Tag anfangen sollte, holte meine Schwimmsachen aus der Kommode im Schlafzimmer und ging zu Fuß in die Schwimmhalle. Ich höre in den Korridor und erwarte das Geräusch von Viviens Schlüssel im Schloss der Wohnungstür. In der Halle war es wärmer als in diesem abgekühlten und unbewohnten Appartement. Ich würde jetzt lieber im Hallenbad neben dem Mädchen mit dem Zebramuster-Bikini sitzen. Beim Warten auf meine Frau komme ich mir vor wie ein pawlowscher Hund, der das Geräusch von Viviens Schritten herbeisehnt. Ich stelle mir das Raunen ihres Trolleykoffers auf dem Dielenboden des Korridors vor. Oder eine ungeschickte Umarmung, der ein abfälliges Wort über meinen Chlorgeruch entspringt. Ich werde sie fragen, wie die Geschäftsreise war, das Seminar, ohne glaubhaft Interesse vortäuschen zu können. Sie wird von ihrem Chef erzählen, der die Überstunden nicht bezahlen will. Oder von ihrem Malkurs und dem blauen Stück der Venus. Ich stehe von der Couch auf und schlurfe ins Badezimmer, um mir das Gesicht mit Seife abzuwaschen. Die Haut ist durchsetzt von feinen, roten Punkten und Äderchen. Ich betaste mit den Fingern die Druckstellen, die die Schwimmbrille auf meinem Gesicht hinterlassen hat. Mein Blick fällt vom Spiegel auf die nassen Handtücher und die Badehose auf dem Wäscheständer. Normalerweise gehe ich ein- oder zweimal in der Woche ins Hallenbad. Sie behauptet, ich ginge absichtlich ins Schwimmbad, um hinterher nach Chlor zu stinken und nicht mit ihr schlafen zu müssen. Ihr ekelt vor dem Geruch des Chlors, vermischt mit meinen Ausdünstungen. Weil du ein Mann bist, stinkst du nach dem Hallenbad viel stärker nach Chlor als eine Frau, belehrte sie mich öfter. Ihr eigener Chlorgeruch stört sie nicht. Sie rieche ihn überhaupt nicht, behauptet sie wenigstens: sie rieche *nie* nach Chlor. Es gab Tage, die rochen besser. Tage, deren Reste ich in Form von zusammengeknüllten Zettelchen in meiner Haiku-Kiste aufbewahre. »Meine Tage riechst du/ gefiedertes Tier/ das dich umspringt.« Mir kommt mein Chlorgeruch heute besonders intensiv vor, doch das liegt wahrscheinlich an dem schlechten Gewissen, dass ich mir das Hallenbad nicht mit einem anstrengenden Bürotag verdient habe. Ich würde gerne all das Chlor ungeschehen machen, zumindest heute und für den Augenblick, und überlege, ob ich noch einmal duschen soll. Ich muss Vivien verheimlichen, dass ich den ganzen Tag im Hallenbad vertrödelt habe. Sie hätte dafür kein Verständnis. Meine chlorhaltigen Schwimmsachen müssen verschwinden. Ich stelle mir ihren inneren Triumph vor, wenn ich ihr erzählen würde, dass ich gekündigt worden bin. Sie hat mich für mein mangelhaftes Engagement in der Firma öfter kritisiert und mir die Kündigung prophezeit, weil ich nicht motiviert genug sei. Meine Kündigung wäre ihre Bestätigung. Vivien hat keine Ahnung vom wahren Ausmaß meiner Arbeitsverweigerung. Die Kündigung kommt für mich trotzdem überraschend. Ich hatte keine Angst aufzufliegen. Ich fühlte mich im Windschatten von Abteilungsleiterin Kain sicher, weil ich dachte, sie wäre als Erste fällig, wenn herauskäme, dass unsere Abteilung völlig unproduktiv ist. Ich war mir sicher, es würde auf sie zurückfallen, dass sie ihre Mitarbeiter nicht motivieren könne. Ich werde auf einmal panisch, Vivien könnte mich mit den nassen Badesachen in der Hand überraschen, während der

Chlorgeruch von mir abdampft. Ich beginne zu schwitzen. Die nassen Handtücher könnte ich in der Waschmaschine entsorgen, doch die Schuhe und die Badehose würden mich verraten. Es brauchte ein Versteck. Der Balkon wäre denkbar, doch Vivien könnte dort über Nacht ihre verrauchte Nylonjacke zum Auslüften aufhängen. Vielleicht der Fahrradkeller, in dem unsere Fahrräder stehen? Doch was, wenn sie morgen ausnahmsweise ihr Fahrrad auf dem Weg zur Arbeit benützt? Ich gehe zum Wohnzimmerfenster und beobachte die Gestalten hinter den Fenstern im Nachbarhaus gegenüber. Einige Passanten huschen am Haustor vorbei. Niemand betritt das Haus. Der Innenhof wäre eine Alternative. Ich stopfe die nassen Badesachen in meinen Rucksack und laufe aus der Wohnung. Vor dem Hauseingang parkt umständlich eine rote Honda-Limousine ein, und für eine Schrecksekunde glaube ich, es ist Vivien. Ich habe ganz vergessen, dass sie ihren roten Honda schon letztes Jahr verkauft hat, weil ihr Chef nur einen kleinen Mini fährt und ein Mitarbeiter Vivien geflüstert hatte, dass es der Chef nicht leiden könne, wenn seine Mitarbeiter unter ihm »größer fuhren« als er. Ich überquere die Straße und schaue die Straßenschlucht hinunter in Richtung Westen, wo sich die dunkle Silhouette des Wiener Walds am Horizont wölbt. Ich ziehe den Kopf ein, als hätte ich einen Schlag zu erwarten, und probiere die Klinke des Nachbarhauses. Das Tor ist offen. Hinter dem Eingang flackert schwach das rötliche Plastiklämpchen des Schalters für die Gangbeleuchtung. Ich haste vorbei an den gold-métallisé glänzenden Postkästen und finde die Tür zum Innenhof. Im Garten ist eine Wäscheleine zwischen zwei Bäume gespannt, auf die ich die weißen, noch feuchten Seeigel-Schuhe mit den giftig orangefarbenen Wäscheklammern festzwicke. Die weißen Plastikschuhe habe ich während eines Mallorca-Urlaubs mit Vivien gekauft, um mich gegen die Strongylocentroti franciscani am Felsstrand zu wappnen. An den Felsen unter dem Wasserspiegel wimmelte es von Seeigeln. Vivien hatte mit Strandschuhen vorgesorgt, für die ich sie ausgelacht hatte, weil sie wie Ballettschuhe aussahen. Bis ich mir selbst einen Seeigel eingetreten hatte, dessen Stacheln ein Arzt vor Ort herausoperieren musste. Dann besorgte ich mir auch solche Strandschuhe aus Plastik. Die knorrigen Franziskaner können bis zu 200 Jahre alt werden, und ihre Stacheln bleiben bis zum Lebensende kräftig. Ich frage mich, warum der Mensch für so eine Beständigkeit nicht geschaffen ist. Der rote Strongylocentrotus wird nie krank, und die Altersbestimmung ist nur durch Gewebeanalyse möglich. Die hundertjährigen Seeigel produzieren sogar mehr und bessere Samen als die jüngeren. Nach diesem Urlaub wuchsen mir die Seeigel-Schuhe ans Herz, und ich verwende sie auch heute noch im Hallenbad. (Wie lange ist unser Schlafzimmer von allen Planeten verlassen? Planeten, die ich auf lange zurückliegenden Spanien-Urlauben fotografierte, als ich die Kamera mit offenem Verschluss auf den Rücken legte, und sich die Sterne wie unscharfe Girlanden ihre Spur am blauschwarzen Himmel bahnten?) Ich zwicke Handtuch und Badehose neben die Schuhe und werfe einen schnellen Blick auf die Fenster im Parterre, als hätte ich etwas zu verbergen und nicht sie. In einer Wohnung im ersten Stock brennt Licht, aber ich kann kein spitzelndes Gesicht hinter den Scheiben erkennen und mache mich davon.

Zurück auf der Couch, höre ich meinem Atem zu, wie er sich beruhigt und wieder übergeht in eine täuschend echte Unauffälligkeit. Das bunte Aufglühen der Fernseher hinter den Fenstern des Nachbarhauses gegenüber reicht mir als Unterhaltung. Vivien kann kommen, ohne irgendwelche nachlässigen Spuren dieses Tages vorzufinden. Da fällt mir ein, dass auf dem Anrufbeantworter neben den Nachrichten für Vivien auch jene von Chefin Kain gespeichert sein muss. Als ich nach Hause kam, hatte sie mir schon aufs Band gesprochen und um Rückruf gebeten. Ich springe von der Couch auf und haste ins Vorzimmer zum Telefontischchen. Aus Versehen drücke ich die Taste zum Abhören unserer Begrüßung: »Vivien und ich sind im Moment nicht zuhause. Bitte versuchen Sie es zu einem späteren Zeitpunkt oder hinterlassen Sie eine Nachricht. Danke!« Der Anrufbeantworter fragt nicht danach, ob man einen Tag löschen will, ohne an ihn erinnert zu werden. Nachdem ich die Nachrichten noch einmal über mich ergehen lasse, lösche ich sie mit einem lang anhaltenden Knopfdruck, einer ungebührlichen Anstrengung, dann ist auch diese Spur beseitigt. Ich setze mich wieder auf das Sofa und denke an die Schwimmer, die ich heute im Bad beobachtet habe. Ich frage mich, ob der ehrgeizige Schwimmer, der heute als Letzter aus dem Wasser gestiegen ist, diesen kurzen Moment bewusst erlebt hat? Oder ob dieser poetische Augenblick spurlos an ihm vorüberging wie irgendein anonymer Passant? Jetzt springen die Gymnastikerinnen im Wasser mit ihren bunten Schaumstoffstangen zwischen den Beinen an mir vorbei. Der Tag in der Schwimmhalle verlief ruhig, ohne laute Streitereien. Ich fürchte, heute Nacht könnte es noch zu einer Umarmung mit Vivien kommen. Sie würde dann bestimmt das Chlor riechen. Die Haut am Hals ist weicher und absorbiert das Chlor stärker als die dickere Haut an den Wangen. Ich stehe auf, gehe ins Bad und suche im Spiegelschrank ein altes Parfum. Seit Jahren habe ich kein Duftwasser mehr verwendet, denn ich wüsste nicht, wofür ich gut riechen sollte. Ich habe auch lange kein Parfum mehr geschenkt bekommen. Im Spiegelschrank finde ich eine verstaubte Flasche Davidoff und bespritze meinen Hals auf beiden Seiten. Das Davidoff-Fläschchen ist noch fast voll, ich weiß nicht mehr, wann ich aufgehört habe, auf meinen guten Geruch zu achten. Das Davidoff muss ein Geschenk von der Mutter in Familie 1 oder dem Vater in Familie 2 sein, die beide gut riechen. Im Alter zwischen 14 und 18 wurde ich von ihnen mit unzähligen Flaschen Parfum eingedeckt. An ihnen sollte mein schlechter Geruch nicht gelegen haben. Ich weiß keine Erklärung, warum ich all diese verstaubten und abgestandenen Parfumfläschchen nicht längst entsorgt habe. Ich schließe die Badezimmertür hinter mir, öffne sie aber gleich wieder, damit es noch etwas durchziehen kann und das Parfum sich verflüchtigt. Alles ist für eine Spur gut. Dann lasse ich mich endlich auf das Sofa fallen, und meine Betrachtungen verlieren sich in Gedanken an die warme Schwimmhalle und das Mädchen mit dem Zebramuster-Bikini.

Nachweis

Der Verlag dankt folgenden Rechteinhaber:innen für die Genehmigung zum Abdruck:

Aub, Max (1903, Paris – 1972, Mexiko-Stadt)
Vom Schwimmen. Aus: ders., *Vivo. Eine Liebesgeschichte.* Erschienen 1991 im Verlag Mathias Gatza Berlin. Copyright © Max Aub, 1953 and Heirs of Max Aub. Copyright der Übersetzung © Lorenz Rollhäuser. Aus dem Spanischen von Lorenz Rollhäuser.

Bánk, Zsuzsa (* 1965, Frankfurt am Main)
Die richtige Zeit zum Schwimmen (Titel von der Herausgeberin). Auszug aus: dies., *Der Schwimmer.* Copyright © S. Fischer Verlag GmbH, Frankfurt am Main 2002.

Barnes, Julian (* 1946, Leicester)
Ostwind. Aus: ders., *Unbefugtes Betreten.* Copyright © 2012, Verlag Kiepenheuer & Witsch GmbH & Co. KG, Köln. Aus dem Englischen von Gertrude Krueger und Thomas Bodmer.

Cheever, John (1912 Quincy, Massachusetts – 1982 Ossining, New York)
Der Schwimmer. Aus dem gleichnamigen Erzählband. Copyright © 1978, John Cheever, used by permission of The Wylie Agency (UK) Limited. Copyright der deutschsprachigen Ausgabe © 2009 DuMont Buchverlag, Köln, S. 294–310. Aus dem amerikanischen Englisch von Thomas Gunkel.

Dörrie, Doris (* 1955, Hannover)
Schwimmen. Aus: dies., *Leben, schreiben, atmen. Eine Einladung zum Schreiben*. Copyright © 2019, Diogenes Verlag AG Zürich.

Düffel, John von (* 1966, Göttingen)
Der schwarze Pool. Aus: ders., *Wassererzählungen*. Copyright © 2014 DuMont Buchverlag, Köln, S. 55–66.

Fitzgerald, F. Scott (1896, St. Paul, Minnesota – 1940, Hollywood)
Die Schwimmer. Aus: ders., *Die letzte Schöne des Südens*. Copyright © 2009, Diogenes Verlag AG Zürich.

Fuller, Claire (* 1967, Oxfordshire)
Swimming Pavilion, 26. Juni 1992, 5 Uhr. Auszug aus: dies., *Eine englische Ehe*. Copyright © 2017, Piper Verlag München. Aus dem Englischen von Susanne Höbel.

Geiger, Arno (* 1968, Bregenz)
Du sollst die Donau nicht duzen (Titel von der Herausgeberin). Auszug aus: ders., *Es geht uns gut*. Copyright © 2005 Carl Hanser Verlag GmbH & Co. KG, München.

Gelich, Johannes (* 1969, Salzburg)
Chlor. Auszug aus dem gleichnamigen Roman. Copyright © Literaturverlag Droschl Graz – Wien 2006.

Heger, Moritz (* 1971, Stuttgart)
Aus der Mitte des Sees. Auszug aus dem gleichnamigen Roman. Copyright © 2021, Diogenes Verlag AG Zürich.

Hesse, Hermann (1877, Calw – 1962, Montagnola, Tessin)
Abstecher in den Schwimmsport. Aus: *Hermann Hesse, Sämtliche Werke in 20 Bänden*.
Herausgegeben von Volker Michels. Band 14: *Betrachtungen und Berichte 1927–1961*. Copyright © Suhrkamp Verlag, Frankfurt am Main 2003. Alle Rechte bei und vorbehalten durch Suhrkamp Verlag Berlin.

July, Miranda (* 1974, Barre, Vermont)
Das Schwimmteam. Aus: dies., *Zehn Wahrheiten.* Copyright © 2016, Verlag Kiepenheuer & Witsch GmbH & Co. KG, Köln. Aus dem amerikanischen Englisch von Clara Drechsler und Harald Hellmann.

Keyserling, Eduard von (1855, Tels-Paddern bei Hasenpoth, Kurland, Russisches Kaiserreich – 1918, München)
Wellen. Auszug aus dem gleichnamigen Roman. Erstmals erschienen 1911 im S. Fischer Verlag Berlin.

Kolodzy, Betty (* 1963, Wolfenbüttel)
Schöner schwimmen. Aus dem gleichnamigen Erzählband. Copyright © 2012, Betty Kolodzy, mit freundlicher Genehmigung von Literatur Quickie, Hamburg.

Kobler, Seraina (* 1982, Locarno)
Eisbadetage. Exklusivbeitrag für diese Anthologie. Copyright © 2023, Seraina Kobler.

Lawrence, D. H. (1885 in Eastwood, Nottinghamshire – 1930 in Vence, Frankreich)
Eintauchen. Auszug aus: ders., *Liebende Frauen.* Copyright © 2008, Diogenes Verlag AG Zürich. Aus dem Englischen von Petra-Susanne Räbel.

Mayer, Gina (* 1965, Ellwangen)
Eine Bahn Brust, eine Bahn Rücken, eine Bahn Kraul (Titel von der Herausgeberin). Auszug aus: dies., *Die Schwimmerin.* Copyright © 2020 HarperCollins in der Verlagsgruppe HarperCollins Deutschland GmbH, Hamburg.

Musil, Robert (1880, Klagenfurt – 1942, Genf)
Kunst und Moral des Crawlens. Aus: ders., *Essays.* Erstmals erschienen 1932 im Magazin *Der Querschnitt* Berlin.

Präauer, Teresa (* 1979, Linz)
Kleines Lexikon für Badenixen. Exklusivbeitrag für diese Anthologie. Copyright © 2023, Teresa Präauer.

Reventlow, Franziska zu (1871, Husum – 1918, Muralto)
Der Herr Fischötter. Aus: dies., *Das Logierhaus zur schwankenden Weltkugel.* Copyright © Erstmals erschienen 1917 im Langen Verlag München.

Swift, Graham (* 1949, London)
Schwimmen lernen. Aus dem gleichnamigen Erzählband. Copyright © Graham Swift, 1982. Mit freundlicher Genehmigung von United Agents LLP. Copyright der deutschsprachigen Ausgabe © 2006 Carl Hanser Verlag GmbH & Co. KG, München. Aus dem Englischen von Barbara Rojahn-Deyk.

Wells, Benedict (* 1984, München)
Sprung in den Lake Virgin (Titel von der Herausgeberin). Auszug aus: ders., *Hard Land.* Copyright © 2021, Diogenes Verlag AG Zürich.

Roman
256 Seiten
Auch erhältlich als eBook und Hörbuch-Download

Eine Benediktinerabtei, idyllisch an einem See gelegen. Ihr Gastflügel ist gut besucht, doch die meisten Mönche nähern sich dem biblischen Alter. Gerade hat einer der jungen das Kloster verlassen und eine Familie gegründet. Seither stellt auch Lukas, Ende dreißig, seinen Lebensweg infrage. Da taucht Sarah auf, aufmerksam, zugewandt und körperlich. Um zu einer Entscheidung zu finden, überlässt sich Lukas dem See: Beim Schwimmen öffnen sich Körper und Geist.

Krimi
272 Seiten
Auch erhältlich als eBook und Hörbuch-Download

Kurz nachdem Seepolizistin Rosa Zambrano in einer Kinderwunschpraxis am Zürichsee Eizellen einfrieren lässt, wird ihr Arzt tot aufgefunden. Wem stand Dr. Jansen, der nebenbei ein erfolgreicher Biotech-Unternehmer war, im Weg? Erste Spuren führen in eine Villa an der Goldküste, in die alternative Szene, in Genforschungslabore und ins Rotlichtmilieu – und zu vier Frauen, die sich jede auf ihre Weise nicht mit dem abfinden wollen, was Biologie oder Schicksal vorgeben.